文春文庫

ギャングスター・レッスン

ヒート アイランドⅡ

垣根涼介

文藝春秋

ギャングスター・レッスン

ヒート アイランドII

目次

ギャングスター・レッスン

ヒート アイランドⅡ

Lesson1　裏戸籍《ダブル・アイデンティファイ》

1

アキは二十歳になった。

十九の夏の終わりに手元に残っていたのは、現金が八百万円だった。その金と引き換えに、彼はそれまでの世界のすべてを失った。

渋谷という街、チームを組んでいた同年代の仲間、百人の配下、実質的には営利団体だったそのチームを運営することによって、月々コンスタントに上がってきた利潤……。


チームを解散した二カ月後、彼は海外に渡った。

現金二百万円をトラベラーズチェックに替え、パスポートとタイ航空のオープンチケットを片手に、東南アジアに向かった。

タイ、ベトナム、ラオス、カンボジア……いずれの国でもガイドブックにも載っていない安宿を選び、泊まった。主だった街から街へ、一週間おきに移り住んだ。現地で知り合ったバックパッカーたちと情報交換したり同宿することはあっても、日中の行動を共にすることはなかった。常に一人だった。

チェンマイでの一週間は、マリファナを吸いながらドイツ人女性のバックパッカーとセックスをした。

ホーチミンでの一週間は、毎日あてどもなく街をぶらつき、歩き疲れるとロータリーの噴水に腰掛け、ぼうっと周りを見ていた。

プノンペンでの一週間は、メコン河ほとりの屋台で食った魚に中《あた》り、薄暗い部屋の中であぶら汗を流しながら七転八倒していた。汗沁《あせじ》みのついたシーツの中で、二十歳の誕生日を迎えた。

ビエンチャンでのことだ。

連日、同じ辻に立っている乞食を見かけた。

盲目の老婆と、五、六歳の頬《ほお》のふっくらとした少女の一対だった。白濁した両目をかっと見開き、杖《つえ》をつき、襤褸《ぼろ》を身に纏《まと》った老婆――枯れ枝のようなその右腕は、自分の矢面《やおもて》に立たせた少女の肩の上に置かれていた。少女は大きな瞳を歩道を行き交う人々にじっと凝《こ》らしたまま、ほとんど瞬きもしなかった。

異国での滞在が百日になり、やがて二百日目がおとずれ、ただでさえ暑いインドシナ半島に、猛烈な湿気とともに本格的な夏がやって来た。

ジグソーパズルのようなものだと感じた。

画面を構成していた無数のピースがバラバラに外されて白紙に戻ってゆくように、今までの自分を形作っていた思考や情感、そういった心の中の原風景が、ゆっくりと解体されていく。後に残るものは、かつての自分を構成していたピースの山積みだった。

静かに三百日が流れていった。日本に帰れば、再構築《リストラクチャリング》が待っていた。

八月の下旬に成田に着いた。第二ターミナルの到着ゲートに向かう間も、妙に現実感がなく、足元がふわふわしていた。

2

アキは三時にその場所に着いた。

練馬区向山、豊島園《としまえん》にほど近い住宅街の中にあるアパートの前。一年前の今日に、取り交わした口約束。その約束のために日本を離れ、自分をいったん更《さら》の状態に近づけてきた。

カーキ色のカーゴパンツと半袖《はんそで》のデニムシャツという出で立ちで、道端に突っ立っていた。三本目のマルボロを路上に落とし、ナイキの靴底で揉《も》み消した。時計を見る。もうすぐ三時半だった。

平日の住宅街はうだるような熱気の中、静かにまどろんでいた。アスファルトの上でゆらゆらと陽炎《かげろう》が踊っている。一年前の今日も、こんな暑気だった。

遠くから、低くくぐもった排気音が聞こえてきた。

北に数十メートルほど進むと通りは下り坂になり、その坂の向こうから登ってくる路面は、彼の目線の高さからは見えない。

近づいてきた排気音は、やがてその坂の下から聞こえてきた。予感はあった。大口径のマフラーを装着したエンジンに特有の、ボッ、ボボボ……という重苦しいエグゾーストノート。

やがて坂の向こうから、一台の白いセダンが姿をあらわした。

スバルのインプレッサ……ちょっと見には、ごく平凡な外観《エクステリア》のセダンを装っている。だがアキは、それがフルチューンを施したWRX／STiのカモフラージュであることを知っている。フロントガラスの向こうに、男が二人乗っていた。

インプレッサはゆっくりとスロウダウンし、アキの前で停まった。

アイスブルーのスモークを貼《は》ったサイドウィンドウが静かに下り、助手席の男が顔を覗《のぞ》かせた。臙脂《えんじ》色のTシャツの上に、生成《きな》り色の麻のジャケットを羽織っている。尖《とが》った顎《あご》、軽く引き結んだ薄い唇、一重の切れ長の瞳がアキを見上げていた。その顔は覚えていた。三十代半ばぐらいだろうとも、見当をつけていた。

だが、まだ名前は知らない。

「待たせたか？」男は言った。

「三十分ほど」アキは答えた。

「どうやってここまで来た？」

「駅から歩いて」

「去年乗っていた天蓋のJ62型《ジープ》はどうした？」

「売った」

助手席の男は物憂げにうなずくと、後部座席に向かって軽く顎をしゃくった。

「乗れ」

言われるまま、ドアを開けて後部座席に乗り込んだ。車内のひんやりとした冷気が、彼を包む。乗り込むと同時にクルマが発進した。

住宅街の中を、のんびりとした速度で南に向かって抜けてゆく。途中、何度か舗装の新旧の継ぎ目を跨《また》いだ。こつ、こつ、と、タイヤがわずかな段差を忠実に拾い上げ、振動が尻の下からじかに伝わってくる。サスとダンパーは、かなりの強度で固められているようだ。

運転席のバケットから、パッチワーク柄の半袖シャツを着たドライバーの両肩が、はみ出ている。首も太い。その横顔を盗み見るに、助手席の男とほぼ同年代に見える。助手席の男がボクサータイプのほっそりとした体つきをしているのに対し、ステアリングを握る男の二の腕は、荒縄を捩《よじ》ったような筋肉のつき方をしていた。

信号を三つ、過ぎた。

二人とも前方を向いたまま黙りこくっている。

重苦しい沈黙に負け、アキは、ついルームミラーを覗き込んだ。

と、ミラーの中で、ドライバーのくっきりとした二重の瞳がちらりと彼を見上げた。

思わず視線を逸《そ》らそうとした瞬間、その瞳が笑いかけてきた。

「不安がるこた、ねぇぞ」伝法《でんぽう》な口調でドライバーは口を開いた。「あと数分で環七に出る。通り沿いに式場を兼ねたホテルが建っている。話は、そこのラウンジに着いてからだ」

この二人組に会ってから、初めて聞いた長ゼリフだった。少し居心地が良くなった。

中古車ディーラーやファミリーレストラン、コンビニの建ち並ぶ埃《ほこり》っぽい大通りを、車間を詰めたクルマが行き交《か》っている。

大通り沿いに、一軒だけ場違いな様子で聳《そび》え立っている薄茶色の建物があった。前面《ファサード》の植え込みを中心にロータリーが廻り、ガラス張りのエントランスがその上に張り出している。エッジストーンを外壁に張りめぐらしたホテルの脇に、地下の駐車場へと降りる入り口があった。ドライバーはそこへインプレッサを乗り入れた。

クルマを降り、地下の駐車場からエレベーターに乗り込んだ。ドライバーを先頭に、ジャケットの男、アキと続く。ドライバーの男が一階を押し、扉を閉めた。

ロビーに上がるまでの狭い空間の中で、三人は自然と向かい合うような格好になった。アキは、二人の視線の高さが自分とほぼ同じ位置にあることに気づいた。つまり、百八十センチちょっとある自分と、ほぼ同じ上背だということだ。

肉厚のパッチワーク男が口を開いた。

「やれやれ、こんな狭苦しい場所に押し黙った野郎が三人とは――」そう言って笑った。

「シャレにもならんな」

アキも内心苦笑し、ジャケットの男もかすかに鼻を鳴らした。

一階のロビーへと出る。

平日の昼下がりということもあり、エントランスホールに人影はまばらだ。

大理石のタイルが敷き詰められたフロントの前を過ぎ、正面玄関から赤い絨毯《じゅうたん》がつづくホールを横切る。その先に、一段上がってカーペットが敷き詰められたブースがあった。横長の窓と奥の壁に囲まれたラウンジだ。一番奥のテーブルまで進み、奥の壁を背景に二人組が並んで座り、アキはその対面に着席した。

ホール脇にあるカウンターから若いウェイトレスがやってきて、おしぼりを並べ、メニューを差し出した。

「アイスコーヒー」

と、メニューも広げずにジャケットの男は言った。

パッチワーク柄の男は差し出されたメニューを広げ、しげしげと覗き込んでいる。一瞬、それしか目に入っていない子供のような表情だった。

ジャケットの男が、少し苛立《いらだ》った視線を相方に投げる。

アキに、ようやく二人組を観察する余裕が生まれた。揃《そろ》って大柄だという以外、見れば見るほど好対照の二人だった。

ジャケットの男は肩幅が広く、絞《し》まった体つきで、その首筋や頬からもおよそ贅肉《ぜいにく》というものが削《そ》げ落ちている。対してメニューを覗き込んでいる男は、隣の男に一回り太い筋繊維を巻き付けたような重量感のある体つきで、その座った鼻や太い眉毛《まゆげ》に、どことなく愛嬌《あいきょう》が漂っている。

「早く決めろ」痩《や》せぎすの男は急《せ》かした。「二度手間だ」

ウェイトレスが一度戻って再び注文を取りに来る手間が、ということだ。さっさと飲み物を持ってこさせ、誰も聞き耳を立てる者のいない状況で、じっくりと本題に移りたいのだろう。

「おまえは？」と、痩せぎすの男はアキに聞いてきた。

「おれも、一緒で」アキは答えた。

「アイスコーヒー、二つ」男はウェイトレスに訂正した。

パッチワーク柄の男が、ようやく納得のいった表情でメニューから顔を上げた。

「じゃあおれは、クリームソーダ」

こんな場合ながら、危うくアキは笑い出しそうになった。

注文を受けたウェイトレスが下がり、テーブルの周囲に再び人はいなくなった。

痩せぎすの男は顔をしかめた。

「なんだっておまえは、そんなものを頼む」

パッチワーク男は、ぽりぽりと頬を掻《か》いた。

「仕方ねぇだろ。今は甘いもんが飲みたいんだ」

想像していた雰囲気と違い、やや間の抜けた出だしとなった。

ジャケットの男は軽くため息をつくと、アキに向き直った。

「アキ……仲間からは、そう呼ばれていたな」男は言った。「本名は？」

「辻本秀明」

なるほどね、とパッチワークがうなずいた。「ヒデアキのアキ、か」

「柿沢だ」ジャケットの男が自己紹介した。「本名だ」

「おれは桃井」と、パッチワークも親指を反らして自分を示した。「よろしくな」

一年を経て、初めての自己紹介だった。

「おまえ、少し感じが変わったようだ」柿沢と名乗った男が聞いてきた。「この一年、何をしていた？」

アキは正直に答えた。チームを解散し、インドシナ半島を十カ月ほどぶらぶらしてきたと告げた。

「何のために？」

アキはちょっと言葉に詰まった。挙句《あげく》、答えた。

「バカになりに行った」

ふむ、と柿沢は首をかしげた。

「で、行っている間に、バカにはなれたのか？」

「よく、分からない」

相手の目元がかすかに緩むのを、アキは見た。

ウェイトレスが飲み物を持ってやってきた。アイスコーヒー二つとクリームソーダをテーブルに置いた。彼女が去ると、柿沢が再び口を開いた。

「決心は出来ているんだろうが、念のために言っておく。おれたちの仕事仲間になるということは、この三人以外に、誰にも腹を割れなくなるということだ。言っている意味、分かるか？」

アキはうなずいた。桃井が柄の長いスプーンを手に持ち、緑色のソーダ水に浮かんだクリームを掬《すく》い取った。柿沢はさらに念押しをした。

「これから付き合う女にも、昔親しかった奴にも、どこかで気を許せなくなる。やがて、そいつらはおまえから離れてゆく」

もう一度、うなずいた。

「まだ表の生き方だって選べる。五分だけ、もう一度ここで考えてみろ」柿沢は言った。「結果、やめるというのなら、それはそれで構わない」

「柿沢、よ」桃井が一口目のクリームを呑《の》み込んだ後、ちらりと相方を見た。「ちと、くどすぎないか？」

「一生の問題だ」すかさず柿沢は答えた。「くどすぎるぐらいで、ちょうどいい」

桃井は軽く両肩をすくめてみせた。だが、何も言わなかった。代わりにアキは口を開いた。

「一年、考えたんだ」そう、言ってのけた。「今さら考えることなんてない」

二口目を口元に運んでいた桃井が、ふと笑みを洩《も》らした。

「……分かった」ようやく柿沢はうなずいた。「じゃあアキ、これからまず半年ほどをかけて、おまえの身辺を仕事向きに整えてゆく。一緒にヤマを踏むのは、それからになる」

「身辺とは？」

「おまえにだって親はいるだろう。まずはその親や世間に、言い訳のつく表向きの仕事をこしらえなければならない。おれたちもそれぞれ表の仕事を持っている。ごくわずかながら税金も国に納めている。この桃井が――」と、柿沢は相方に顎をしゃくった。

「大泉ジャンクションの近くで、ガレージを経営している。クルマのチューンナップシヨップだ。内実は開店休業状態だが、それでも受注伝票と仕入れ伝票を操作して、毎年の青色申告の時には赤黒トントンの経営内容に見せている。つまり、表向きの仕事でも税務署に突っ込まれないぐらいには税金を払っているということだ。おまえはそこに、修理工見習として雇われることにする。月給は……そうだな、月十五万で、ボーナス払いが一回二十万の年二回。年収二百二十万としよう。今の所得税率だと年間六万弱を税金で持っていかれる計算だ。それに、都内に住むとしたら都民税と区民税か市民税が来年度以降四万弱かかる。それと国民年金と国民健康保険に加入し、月々二万前後の社会保険料を支払うことで、まずはマトモな表の顔を完全に確保しておく。ここまでは、いいか？」

アキは一瞬うなずきかけ、それから慌てて首を振った。

「その給料は、どこから出るんだ？」アキは柿沢の隣の男を見た。「この、桃井さんから出るのか？」

「給料はあくまでも表向きの見せかけだ。おまえに手持ちがないのなら、おれが桃井におまえの給料一年分は立て替えておく。最初のヤマを踏んだ分け前で、その立て替え分は返してもらう。手持ちがあるのなら、おまえが前払いして、月々この桃井から給料としてもらえばいい」

アキは納得した。

再び柿沢が聞いてきた。

「おまえ、住まいは今どうなっている？」

「まだ日本に戻ってきたばかりだから、親元に居候《いそうろう》している」

「じゃあ桃井に保証人になってもらい、アパートを借りろ。それと駐車場だ。クルマの件に関しては、あとで桃井が話す。敷金・礼金や前家賃の手持ちがないようなら、その金もおれが立て替えておく」

「金は、六百万ほどある」アキは言った。「だから、その点は大丈夫だと思う」

桃井が口を挟んだ。

「渋谷時代に、ためた金か？」

「そうだ。チームからの上がりだ」

桃井は軽く口笛を吹いた。

「これで、ひとまず表の顔の準備は終わりだ」柿沢は言った。「これと同時並行して、裏の顔の身辺準備も整える。手短に説明しておく。知り合いを通して、おまえの年格好に見合うような人間の戸籍謄本と住民票を一通ずつ、手に入れる。入手方法は、このあと新宿まで出向いて実際にやってみせるから、今後の参考に覚えておくんだ。戸籍謄本と住民票が手に入ったら、都内か近県の適当な不動産屋に行き、謄本の人間に成りすまして、安アパートを借りる手続きをしろ。家賃は口座引落としにすると伝えろ。身元保証書と保険証はおれが偽造する。そうすれば、二年後の更新のときまで、不動産屋も家主もまず怪しむことはない。裏の顔の住所を決めておくためだけの目的だから、本当にボロアパートでいい。分かったか？」

アキはうなずいた。さらに柿沢が言葉を続ける。

「その上で役場に行き、住民票をアパートの住所に移す。そして印鑑登録を済ませる。その印鑑と住民票を持って普通自動車免許の再交付を受けに免許試験センターに行く。これで、必要に応じて提示することの出来る裏の顔の証明書が出来る。その名義でクルマを買う。アパートの近くに駐車場を確保する。むろん、この駐車場の契約は、クルマのナンバーが取れ次第、解除する。クルマの保管場所は、表の顔で借りた駐車場だ。免許証と印鑑を持って銀行に行く。口座を作り、そこから家賃や光熱費その他を自動引き落としにする。これで、ひとまず下準備は終わりだ」

「次に、クルマの件を話すぜ」今度は、隣の桃井がその後を引き継いだ。「おまえ、クルマには詳しいほうなのか？」

「まあ……あんたのインプレッサが、本当はWRX／STiのヴァージョンだってことぐらいは分かる。それもかなりのチューンを施した」

桃井は軽く笑い、後をつづけた。

「新しい免許証を持って、おれと一緒に中古車ディーラーを廻ってクルマを探す。仕事の下見や、本番の際に使うクルマだ。だから、その名義で購入する。おれたちは表の金に手を出すことはない。警察に追われることはないが、それでも裏金を強奪された暴力団や外国人マフィア、代議士の秘書連中は血眼《ちまなこ》になっておれたちの足跡を探す。万が一にも、現場でクルマの種類やナンバーを覚えられていたときの用心だ。これならいったん手に入れた裏の顔と住所、クルマのナンバーを廃棄するだけで、表の顔にまで捜索が伸びてくる心配はない。分かるよな？」

「理解している」

「購入後エンジンは全バラにしてチューンを施し、フレーム自体にも補強を入れるつもりだ。だから、なにも真新しいクルマを選ぶ必要はない。ボディもそこそこくすんだような、初年度登録から五年落ちぐらいの中古車でちょうどいい。ただし、走行距離は二万キロ未満のやつを選ぶ。あまり距離を走っているクルマだと、手を入れる前のフレーム自体が既にヤレて、外装のチリも合わなくなっている恐れがある。通常走行するだけなら問題ないが、もしも誰かに追われて急発進したり、急ハンドルを切ったり、高速走行の際には、微妙にステアリングが持っていかれる。逃げているときに電柱やガードレールに自損《ヒット》でもしたら、目も当てられない。これも分かるよな？」

アキはうなずいた。桃井は笑みを湛《たた》えたまま、さらに聞いてきた。

「さて、じゃあ質問だ。おまえなら、そんな仕事用のクルマを購入するときに、どんな車種を選ぶ？」

一種の試験だ。少し考えて、アキは答えた。

「たぶん、四ドア・セダン。現場を離れるときに一時《いちどき》に三人が乗り込め、嵩張《かさば》った荷物も積み入れがしやすい。目立つ外車はダメで、国産のセダンだと思う。で、セダンでも出来るだけ平凡なエクステリア、色も白とか地味な暗色系のよくあるボディカラー……裏通りなんかでの急な取りまわしも考えると、五ナンバーサイズがいいと思う。例えば、日産のクルーとかプリメーラだ。あるいは元々からの動力性能を重視するんなら、三菱のランエボや、ホンダのインテグラ・セダンのタイプR。これを買ってリアウィングやアンダーウィング、フォグを取っ払い、その他に目立つエンブレムなんかを廉価《れんか》版のそれと入れ替える……そんな感じだと思う」

桃井の笑みはますます深くなった。

「分かってるねぇ」

そう言って、相方を振り返った。

「しかも、クルーなんてレアなクルマを引いてきやがった」

柿沢もちらりと満足げな笑みを洩らした。

「これで、大体の準備は分かっただろう」柿沢は言った。「仕事後の、取り分の条件を説明しておく。ここに、強奪した金があるとする。そこからいったん仕事の前準備にかかった必要経費を、それぞれが差し引く。工具類、銃の仕入れ代、銃の仕入れに海外まで出向いたら、その渡航費用、下見の際の旅費交通費……例えば、そんなものだ。だからレシートが取れるものはすべて取っておく。取れないものでもメモ書き程度には押さえておく。むろん、現地の下見に必要な宿泊交通機関などの予約は裏の名前で行なう。そのための免許証だ。武器類の仕入れに海外へ渡航した場合も、裏の名義でパスポートを取り、それを使う。つまり、仕事がらみでは表の顔は一切出さないと言うことだ」

アキはうなずいた。柿沢は話を本筋に戻した。

「話が前後したが、それで、おれたちの手元には必要経費を除いた純利益が残る。その残額から、まず三人が三十パーセントずつ取る。さらに残りの十パーセントを、そのヤマの企画を立案した人間が取る。そういうやり方を今までしてきたし、おまえが加わってからも、そのやり方を踏襲するつもりだ。この条件に関して、何か質問や疑問は？」

しばらく考えてアキは言った。

「なんて言うか、初回の仕事から、おれはそんなに取り分を貰《もら》ってもいいのか？」と、素直に疑問を口にした。「あんたらのキャリアに比べれば、まだ見習いもいいところだろう？」

すると、柿沢はにやりと笑った。

「安心しろ。初回のヤマまで、おまえの身辺を整えただけで放って置くと思うか？　その間おまえにはいろんなことを学んでもらい、別途に実際の現場を想定した訓練も施す。実務訓練《オージェイティー》は、この桃井にやってもらう。表の顔でも修理工見習いだから、一緒にいて教育をしてもらうにはちょうどいい。実際の仕事に取り掛かるまでに、少なくとも技術と知識面だけは一人前になっておくことだ。それが前提の、おれたちと同等の取り分だ」

この男が言うからには、必ずそうするのだろう。

「学ぶことと、訓練の内容ってのは？」

「まずはヤクザと外国系マフィアのシノギの種類を一通り、覚えてもらう。資料に関しては、百冊ほどおれの本がある。時代は日々動いてゆく。若干古い商売のやり方も載っているが、とりあえずはそれを読め。特に裏カジノやノミ屋の運営の仕方、麻薬取引、組織売春、マネーロンダリングの知識は、確実に吸収してくれ」

言いつつ、柿沢はジャケットの外ポケットからセブンスターを取り出した。

「警視庁の鑑識課と捜査一課強行犯捜査係の捜査ドキュメントも、おれが揃《そろ》えている。

警察OBから裏ルートを通して仕入れたものだ。これにもじっくりと目を通してもらう。桃井も言ったとおり、べつに警察に追われる立場じゃないが、金を強奪されたやつらはどんな種類の組織の人間であれ、この警察のやり方を真似る。資金力があればあるほど、そっくりになってくる。だからだ」

そこで言葉を区切ると、セブンスターに火をつけた。

「新聞も読め。最低日経と、全国紙のどれかには毎日目を通せ。真実ばかりが載っているわけではないし、事象の捉え方や掘り下げも浅い場合が多いが、それでも意識を持って目を通していれば、世の中のどんな業界に金が集まっているか、どんな金の流れ方をしているのかが、少しずつ見えてくる。特に選挙がらみと、建設、不動産関係だ。その隙間《すきま》を狙《ねら》って、裏金も生まれる」

煙を吐き出しながら、柿沢は質問をしてきた。

「ところで、パソコンはいじれるか?」

「基本程度は」

「どう、基本程度は、なんだ?」

「ウインドウズのソフト、特にインターネット、メール、エクセル、ワードなら、付加機能も含めてたいがいは使えると思う。チームが運営していたパーティ主催の、大事な商売道具だったから」

柿沢はうなずいた。

「できればマックもいじれるに越したことはないが、まあ、いいだろう。次、実務訓練だ。これも大きく分けて三つだ。まずは、銃器の扱い方とそれに付随する知識。これは裏の顔が整い次第、おまえを一度オアフ島に連れてゆく。ホノルル郊外の射撃場で、二十二口径から四十五口径まで、毎日腱鞘炎《けんしょうえん》にならない程度に一週間ほどをかけて撃ち慣れてもらう。両手撃ちでポイントを捉《とら》えられるようになったら、片手撃ちもマスターする。銃の種類や扱い方、入手の仕方も現地で教える。二番目に、格闘系の技術だが、おまえ、今までに武道の経験は？」

アキは首を振った。ほう、と桃井が意外そうな顔をして口を挟んできた。

「腕力はあるだろうが、よくそれで百人もの配下を抑えていたな」

「なにも、力だけがすべてじゃない」

「じゃあ、なんだ？」

「金だよ」明瞭にアキは答えた。「チーム運営で生まれてきた金を、幹部に均等に分け与える。その幹部から遊興費のおごりという形で、さらにその下のメンバーに金が流れる。おれが動かしていた大所帯のチームは、元々そいつら幹部がヘッドをつとめていたチームの寄せ集めだ。やつら同士の元々の繋《つな》がりもある。だから、そういう治め方で充分だった」

「なるほど」桃井は笑った。

「話を、戻す」柿沢は言った「おまえには、立ち技系の格闘技を一つ、覚えてもらう。少林寺でも合気道でも何でもいい。道場かジムに通って、まずは一通りの型をマスターしろ。いざというときに役に立つ。その後も通いつづけて、上達に努めろ。おれたちも、そうしている。おれは学生時代からボクシング、桃井は五年前から空手をやっている」

アキはうなずいた。柿沢はさらに言葉をつづけた。

「最後に、再びクルマだ。本番のヤマは電車もバスも走っていない深夜がほとんどだ。だから、必ずクルマを使う。どんなクルマを買うにせよ、この桃井が――」と、相方に顎をしゃくり、「交通機動隊のGT－Rやスープラと渡り合っても互角以上の動力性能には、必ず仕上げてくれる。ただ、そこまでの性能を引き出すからには、エンジンと駆動系に相当な負担を強いることになる。現場で動かなくなりでもしたら万事休すだ。当然、日々のメンテナンスにも気を遣う。だからおまえは、クルマの購入からチューンナップの仕上がりまで桃井につきっきりで勉強をすることになる。並行して、日常のメンテナンスのやり方も覚えてもらう。クルマが仕上がったら、試走《シエイクダウン》を重ねつつ徐々にその性能に慣れてもらう。深夜の湾岸、常磐《じょうばん》、首都高に出て、桃井のアドバイスを受けながら腕を磨く」

と、ここでさすがに話し疲れたのか、一息入れた。

「長くなったが、おおまかには以上だ」

ふと気づくと、桃井のクリームソーダは半分以上減っていたのに対して、柿沢のアイスコーヒーはすでに氷が溶けたまま一口も飲まれていなかった。アキもそれは同様だった。

時計を見た。五時を廻っていた。窓の外で、環七通りを挟んで向かいにあるシュテルンのショウルームのガラスが、眩《まぶ》しいばかりの夕陽を照り返していた。

「早速だが、これから、おまえの戸籍の話をつけに行く」柿沢が立ち上がりながら言った。「事前に、あたりはつけてある」

3

午後六時三十分。

ＪＲ新大久保駅の東側、西武新宿線沿いの暗がりにある百円パーキングに、インプレッサは停まった。

助手席の柿沢がシートベルトを外しながらアキを振り向いた。

「大久保の裏通りを抜けて、歌舞伎町の二丁目まで歩く」柿沢は言った。「行く先は大久保公園。ここから南に七百メートルほどだ」

アキは疑問を口にした。

「なぜ近くまで行ってから、クルマを停めないんだ？」

「職安通りを越えると、これから会う相手の仲間が路上をうろついている」ダッシュボードの中から分厚い封筒を取り出しながら、柿沢は答えた。「相手はおれたちの正体を知らない。当然、手に入れた戸籍をどう使っているのかも知らない。だから、その仲間にクルマから降りるところを見られたくはない」

つまり、その相手に万が一にもクルマのナンバーを調べられて、手に入れた戸籍人の登録になっていることを知られたくはない――そういうことだろうと、アキは思った。

徹底した用心深さだった。

三人はクルマから降り立つと、線路沿いの暗い道を歩き始めた。たそがれどき。五十メートルほど進んだところで、ガード下をくぐって百人町に抜ける道路と交差した。その薄暗い十字路に、携帯電話を持った男が数人立っていた。彫りの深い顔立ちの、南米系ラティーノだ。揃って、原色柄のアロハを着込んでいる。男たちの視線の見つめる中、三人は彼らとすれ違い、十字路を過ぎた。

と、前方の暗がりの角から一人のラティーノがひょいと路上に姿をあらわし、瞬間アキたち三人を凝視した。が、次の瞬間にはほっとしたように肩の力を抜くと先頭の柿沢とすれ違い、後方へと消えた。アキが振り返ると、十字路にいた男たちに歩み寄ってゆくその背中が見えた。

柿沢と桃井の後につづいて歩を進めながら、男が出てきた暗がりの真横までできた。何の気なしにその暗がりに視線を向けた。砂利敷きの貧相な月極駐車場があり、その隅で、娘がバッグに手を入れている。娘が顔を上げてアキを見た。茶髪にくっきりとしたアイライン、唇にグロスを引いた今どきのメイクが、薄闇の中に浮かび上がった。二十歳前後の、繁華街に行けばどこにでも転がっていそうな小娘だ。

「エス、か……」桃井がアキを振り向き、ちらりと笑った。「世も末だな」

先頭の柿沢は黙ったまま、次の角を左に曲がった。韓国語と中国語の看板が目立つ。数十メートルほど進み、さらに右の路地へと曲がる。せせこましい道の両側に、いかにも連れ込み宿といった風情の貧相なラブホテルが、押し合うように連なっている。

それぞれの入り口の前に、外国人売春婦が一定の間隔を置いて立っていた。

コロンビア人、チリ人、中国人、タイ人――プアゾンとクリスチャン・ディオールの甘ったるい香り。それぞれが会社帰りのサラリーマンを捕まえようと、さかんにモーションをかけている。

オニイサン、ヒマ？

コンニチハ。

ゲンキデスカ？

ホテルの入り口脇に掲げられた『外国人の客引き禁止』の赤いプレートが、彼女たちの背中で街灯の光を受け、鈍く光っていた。

そのうちの一人と、目が合った。

南米系と思《おぼ》しき小柄な女が、ベルボトムのジーンズの前で両手を組んだまま、じっとアキを見つめていた。カーリーヘアを後ろでひっつめた、寂しげな表情をした金髪女だった。地球の反対側からの出稼ぎ人。やがてその女性の位置が彼の横にきて、背中に過ぎていった。黒い瞳が、サーチライトのように自分の横顔に突き刺さっているのを感じていた。

おい、アキよ、と桃井が再び後ろを振り返った。

「今の、わりかしイケてたな」

曖昧《あいまい》にうなずいた。

柿沢は相変わらず黙って歩を進めている。

職安通りを渡ってハローワークの角から歌舞伎町に入ると、また街の雰囲気が違って見える。派手でどことなく無機質な、見慣れた日本の繁華街。

大久保公園は、そんな繁華街に林立するビル群の谷間にあった。周囲の立体的な風景の中、そこだけがべたりとした土色の平面だった。

ベンチに陣取ったカップルや園内を足早に行き交う勤め人の向こうに、植え込みに腰掛けているホームレスの姿がちらほらと見える。

先頭の柿沢は公園を斜めに突っ切ると、植え込みの奥まった隅に座っている作業服姿の男の前まで近づき、停まった。

桃井とアキも、その背後で足を止めた。

三人の気配に気づいたのか、それまで地べたを向いていた野球帽の汚れたつば先がせり上がり、白髪混じりの髭面《ひげづら》が覗いた。

口元と目尻に無数の皺《しわ》が刻み込まれた赤銅《しやくどう》色の顔だった。年のころは五十代半ばで、野球帽の両側から、灰色の髪がはみ出していた。とはいえ、浮浪者にありがちな垢《あか》じみた不潔さはなく、アキたちを見つめる目も、ごく落ち着いた自然な光を湛えていた。

その男を見下ろしたまま、柿沢は口を開いた。

「この前の件だが、正式に頼みたい」前置きなしに、話を始めた。「その前にもう一度、戸籍の経歴を確認しておきたい」

そう言って、ちらりとアキに視線を走らせた。それでアキは、柿沢が戸籍主の経歴を、この男の口を通して自分に伝えるつもりなのを知った。

髭面は少し笑い、話し始めた。

「岩永正一。山梨県中巨摩《なかこま》郡出身。生きていたとして、現在は二十三歳。母子家庭だった。中学時代からぐれ始め、高校に上がる頃には手をつけられないほどの不良になっていたようだ。キャバレーに勤めていた母親は、六年前に客と蒸発。それを契機に、高校を中退して上京。以来、地元の人間とは行き来がない」

「上京してからの履歴、知り合ってから戸籍を手に入れるまでのいきさつを、話してくれ」

「パチンコ屋のフロア係、ビル管理会社の清掃員、どこも長つづきせず、最後にはフィリピンパブのボーイになった。女の一人と懇《ねんご》ろになったまではよかったが、カソリック系の女の中には、ゴムをつけないで商売するやつが今もいる。その女から愛情と一緒にエイズまでふるまわれ、感染した」

不運を絵に描いたような男だと、アキは思った。

「あとはお決まりのコースだ。捨て鉢になって、この界隈《かいわい》でぼろ布のような状態で寝起きを始めたところを、わしとわしらの仲間が拾った。コンビニの賞味期限切れの弁当や飲食店から出た残飯を与えながら過去を聞き出した。半年間、面倒を見た……あそこに、ビルの入り口が見えるだろう？」

そう言って、男は公園の向こうに見える雑居ビルに顎をしゃくった。

「あのエントランス脇の軒下が、午前零時から朝七時までのやつの定位置だった。ビルのシャッターが下りて、翌朝また開くまでの間だ。今年の二月半ばだ。ひどく冷え込んだ夜がつづいた。ダンボールの中から、さかんに咳《せき》が聞こえてきていた。日中もほとんど食欲を示さなかった。そんな状態が数日つづいたある朝、七時をだいぶ過ぎても起き出して来なかった。様子を見に行くと、ダンボールの中で毛布に包《くる》まったまま、冷たくなっていた。カリニ肺炎だと思う。免疫力が低下しての、日和見《ひよりみ》感染だろう」

アキにはその病名は分からなかったが、それでもそれが、体力が落ちているにもかかわらず不摂生な生活を送っていた人間がかかる症例ではないかという見当はついた。そして、そんな知識をこともなげに口にするこのホームレスに対して、なにか底知れぬものを感じた。

「やつが完全に死んでいることを確認すると、この区画の向こうにある派出所へ――」と、今度は彼の背後に聳《そび》える高層ビルを見上げた。「わしが連絡に行った。むろん、その前に、やつが以前から肌身離さず持っていたポーチの中から、期限切れの免許証や保険証など、元々の身分を証明するものは取り除いておいた。ハコ詰めの巡査にやつの身元を聞かれたとき、デタラメの名前を伝え、福島の出身だと聞いていると答えた。若い浮浪者の野垂れ死にとして熱心な身元調査もされず、無縁仏として処理された」

柿沢が聞いた。

「母親は、この息子が死んだことは今も知らないんだな?」

「そうだ」

「今後、その母親が息子を探し出す可能性は?」

相手は口元をゆがめた。

「少なくともやつは一年前まで、ちゃんとした住所を持っていた。免許証で確認したが、住民票も、本籍の山梨から、新宿区の中落合にある『さくら荘』とかいうアパートに異動してあった。その五年の間、母親がもしその気になって住民票の転居先を辿《たど》れば、簡単に探し出せたはずだ」

ふむ、と柿沢は首をかしげた。「だが、いま一つ、確証が欲しい」

男は、再び笑った。

「もうひとつの事実だ。やつ——正一は、エイズに感染したことが分かった直後、一度だけ地元に帰っている。役場を訪ねて母親の転居先を調べたところ、蒸発から三年後に届けが出ていたらしい。住所は、栃木県の鬼怒川温泉。とあるホテルの、従業員寮になっていた。山梨から取って返すようにして、その従業員寮を訪ねた。母親はそこに居た。温泉宿の仲居をして、駆け落ちした男と暮らしていた。玄関に何気なく出てきたやつの母親は、正一の顔を見るなり、ぎょっとしたそうだよ。背後に見えたダイニングに、四、五歳になる子供がいた。蒸発したときの母親の年齢を思い出した。まだ三十六だった。それでやつはピンときた。

(今度、フィリピンの女と結婚することになった) 咄嗟《とっさ》に、そう嘘《うそ》をついた。(式はマニラで挙げて、一生そこに住み着くつもりだ。だから、見納めにきた)

かつて母親だったその女は、明らかにほっとした表情を浮かべたそうだよ。居間でお茶を出された帰りに、封筒を渡されたと言っていた。あとで中身をあらためると、五万七千円入っていたそうだ。女がそのときに持っていた有り金の全部だろう、ささやかな手切れ金とご祝儀――これで話は終わりだ。満足か？」

柿沢は無表情にうなずいた。

「五十万、おれの内ポケットに入っている。残りの五十万は、その免許証に記載された住所にちゃんと住民票があるかどうかを確かめてから、支払いに来る。そういう条件だったな？」

その言葉を聞きながら、アキはその金もゆくゆくは自分が支払うのだろうと感じた。身辺を整えるだけでも、戸籍に百万、ダミーの給料に二百二十万、二重のアパート代、仕事に使うクルマの購入費、海外渡航費……不足になれば柿沢が前借りさせてくれるとはいえ、思いのほか初期投資がかかりそうだった。

だが、男は意外なことを口にした。

「その前に一つ、相談したいことがある」彼は言った。「実は、あんたがひと月前に来たときとは、いささか状況が違ってきている。今から話す頼みごとを聞いてくれれば、その百万はチャラでもいい。無条件で免許証を差し出す用意があるが、どうだろう」

これには柿沢も桃井も、怪訝《けげん》そうな表情を浮かべた。むろん、それはアキも同様で、思わず柿沢の顔を見た。柿沢は一瞬アキを見ると、再び初老の男に向き直った。

「どういうことだ？」

「最近、夜になると、わしらを面白半分に痛めつけにやってくる集団がいる。五、六名の若造の、俗に言う浮浪者狩りの連中だ。決まって木曜の夜にやってくる。腕の骨を折られたやつも、歯を折られたやつもいる。そいつらが二度とここに足を向けないよう痛めつけ、脅しつけてほしい」

「そのために、百万をフイにするのか？」

相手はうなずいた。

「仲間とも話し合ったうえだ」髭面の男は、左右の植え込みに視線を走らせた。彼から少し離れた両側に、二人のホームレスがじっとうつむいたまま座っている。「分かっているとは思うが、わしがこの界隈のホームレスを束ねている。人数にして、五十人ほどだ。両側の二人はそんなわしの補佐役だ。元々この百万も、手に入れば仲間に均等に分け与えるつもりだった。正一の面倒は、みんなでみていたわけだからな。だが、三人で話した結果、一人あたま二万にしかならない一時金を手に入れるよりは、怯《おび》えずに寝られる夜を手に入れたほうがよかろうということになった。他の連中も、それに同意している」

一瞬置いて、柿沢は聞いた。

「このエリアを仕切っている暴力団は？」

「アシベ会館脇に事務所を構える轟《とどろき》組だ」

「なら、そいつらに頼んだほうがいい」柿沢は答えた。「人を脅しつけるのは、あの連中の専門だ。百万はおろか、五十万でも喜んで請け負ってくれる。それこそ徹底的にやってくれるだろう」

顔役は首を振った。

「それは、出来ない」

「なぜ？」

「あの連中に金を見せれば、死ぬまでしゃぶられる。わしたちのことを金に無縁な存在だと思っておればこそ、今までやつらは接触してこなかった。一度金を見せれば、どこからそんな大金を用意したかを必ず探り当てる。わしらのささやかな儲《もう》け口も、永久に牛耳《ぎゅうじ》られてしまう。それでは仲間に対するわしの顔も、たたなくなる」

桃井が口を挟んだ。

「じゃあ、なんであんたらが束になって直接やつらを痛めつけない？　一番手っ取り早くて、金もかからない方法だぞ」

相方さんよ、と顔役の男は桃井のことをそう呼んだ。

「わしらはな、今後もここで生きてゆきたいんだよ。毎晩深夜から朝方まで、繁華街から出た大量の食べ物が手に入る。噂《うわさ》を聞きつけ、この公園にも絶えずホームレスが流入し、消えてゆく。ぽっくり逝《い》くやつも年に数人は出る。暗黙の了解のもと、そこにささやかな定期収入も生まれる。年に十日ほどは木賃宿《きちんやど》に泊まり、風呂に入り、新鮮な食い物を手にすることが出来る。だが、そんなわしらが若造どもを返り討ちにしたとする。一対一では自信がないから、大所帯で襲うことになる。目撃者が出る。そのうちの誰かにでも警察に通報されたら、一巻の終わりだ。喧嘩《けんか》両成敗は世の常だが、それでも若造どもは二度とこの区域に近寄らないことを条件に、厳重注意ぐらいで済まされるだろう。だが、わしらはこの界隈で不法に寝起きしている身の上だ。マスコミも騒ぐ。最悪の場合、警察にここを追われることにもなる。状況はいったい、どっちに不利かね？」

これには桃井も言葉に詰まった。代わりに柿沢が再び口を開いた。

「もし頼みを断ったとしたら、あんた、どうする?」

顔役は、少しため息をついた。

「どうもこうも、ありゃせんだろ。しばらくは、別エリアの集団に挨拶《あいさつ》を入れて、地場の食べ物を荒らさないという条件つきで、毎週木曜の夜だけはそのエリアに潜ませてもらう。だが、それでもやつらの来訪が止《や》まなかったら、そのときは轟組の力を借りるしかない」そう言葉を区切ると、あとをつづけた。「しかし、もしそうなれば、さっきも言ったとおり、おそらく轟組の連中はわしらの陰の商売に気づき、それを押さえ込んでしまう。今後、あんたらの新しい戸籍が必要になったときは、轟組の連中から買うしかなくなる。連中のことだ、二重売りをせんとも限らん。あんたらは安心して新しい戸籍を手に入れられなくなる」

そう言い終わると、柿沢をじっと見つめた。うまい誘導だ、とアキは思った。推論を淡々と重ねることによって、こちらの今後の不具合も浮き彫りにしてみせる。

やがて柿沢は口を開いた。

「だが、そんなきな臭い相談を、なぜ正体も知らぬおれたちに持ち込む?」

「確かに、あんたらの正体は知らんさ」顔役は答えた。「だが、どんな世界の住人かは、ぼんやりとでも感じることが出来る」

「どういうふうに?」

「例えば、わしらホームレスは、この社会の境界に住んでいる。表と裏の世界をつなぐ立場取りを活かして、日々の糧《かて》を得ている。それは極道連中も同様だ。同じ境界線上に住んでいる以上、一度でも関わりを持てば、やがてはどこかで利害が絡んでくる。挙句、力の弱いほうが、面倒に巻き込まれる」

柿沢は視線で、その先を促《うなが》した。相手はつづけた。

「だが、あんたらはわしの見るところ、その境界の両側に、二つの世界を持っている。完全な表と完全な裏。その二つの世界を活用することで、息をしている。だからもう一つの戸籍がいるんだろうが、その世界を往き来するときに境界を通り過ぎるだけだ。それ以外でわしらと日常が絡むことはない。取引が終われば、後腐れもない。だから、頼みごとをしたい」

「もう一つ、聞かせてくれ」柿沢は言った。「仮におれたちがそのガキどもを痛めつけたとして、今後そいつらがおとなしくなる保証はどこにもないように思うが？」

「先週と先々週、近くに仲間を伏せさせておいて、それぞれの帰宅先を尾行させた」顔役の男は答えた。「リーダー格の若造の住所はむろん、他のメンバーの居所も摑《つか》んでいる。その連中を痛めつけてもらうときに、それを脅し文句で伝えてもらう。その上で、二度とここには現れるなと、釘《くぎ》を刺してもらえればいい。これなら、連中もまず鳴り止むだろう」

少し考え、柿沢はうなずいた。

「仔細《しさい》は分かった」言いながら、時計を見た。「今、七時十分だ。八時半まで時間をくれ。こいつらと相談してまた戻ってくる」

柿沢が選んだ店は、職安通りを再び大久保一丁目へと戻った、裏通りにあるタイ料理屋だった。ずいぶんとくたびれた感じの店構えだった。

「腹ごしらえをしながら、話をしよう」軒先にかかったタイ語だけの看板を見上げながら、柿沢は言った。「この手の店が賑《にぎ》わうのは深夜だし、日本人客もそう多くない。スタッフも片言の日本語しか出来ないタイ人だろう。少しは安心して話も出来る」

言葉どおりだった。十坪ほどの店内には、タイ人のカップルが一組と、同じくタイ人のスタッフがカウンターの中と外に二名ずつ、居るだけだった。アキたち三人は奥のテーブルに座った。メニューを広げた柿沢が、やってきたウェイトレスに問い掛けた。

「日本語は、分かるか？」

「スコシダケ」

と、その浅黒い女は、人差し指と親指を使ったゼスチャーをしてみせた。三人で手早くメニューを指差しながら、オーダーを済ませた。トムヤムクン、春雨サラダ、ビーフンの野菜炒め、渡り蟹《がに》の甘辛煮、生春巻き、シンハービール……そんなところだった。

ウェイトレスが去ると、さっそく桃井が口を開いた。

「おれは、気が乗らないな」と、口を尖らせた。「いくら百万がチャラになるからって、他人の厄介ごとの、しかも畑違いの仕事に手を出すのはどうかと思うぜ。約束の金さえ払えば、今回のアキの戸籍は手に入るんだ。それでひとまずケリをつけないか？」

「だが、今後、新しい戸籍が必要になった場合はどうする？」柿沢が反論した。「今後ヤマを踏んでいるときに、おれたちがうっかり手がかりを残す可能性もないとは言い切れない。あのオヤジは信用できる。代わりを見つけ出すには、かなりの労力と時間がかかる。現におまえも去年の件では、再度世話になっただろう？　ここで、あのオヤジに少し恩を売っておくのも悪くはない」

「そりゃ、そうだがよ……」

口籠《くちご》もった桃井を尻目に、柿沢はアキの顔を覗き込んだ。

「言っておくが、桃井の言うことも道理だ。だが、もし断るにしろ、その百万を最終的に払うことになるのはおまえだ。だからこの件は、おまえに最終の判断をしてもらう」

アキはうなずいた。次いで柿沢は桃井を見た。

「おまえも、それでいいか？」

「いいぜ」と、桃井も答えた。

ウェイトレスがビールを運んできた。再び話し合いになった。

桃井が口にした気乗りしない最大の理由は、若者たちを痛めつけているときに、警察なり地回りのヤクザなりにその現場を見咎《みとが》められることだった。

もしそうなってでもみろ、と桃井は言った。

「やつらなんざ別に屁《へ》でもないが、面倒はごめんだ。当然おれたちは現場を放り出す。そのどちらかが、残ったガキどもを捕まえて事情を聞き出す。今度はやつらホームレスの立場が危うくなる。とことんまで尋問されたら、最悪、おれが去年貰い受けた戸籍の名前だって唄《うた》うかもしれない」

確かにそのとおりだと、アキも思った。

だが、と桃井は譲歩した。

「その心配がクリアされるなら、やってもいい。ガキどもを痛めつけるのは趣味じゃないが、柿沢の言うとおり、確実な仕入れのルートは残しておくに越したことはない」

その言葉を受け、柿沢はアキを見た。

「アキ、おまえはどう思う」

アキは答えた。

「うまくやれそうなら、やってもいいと思う」

今度はその線に沿って、話が進んだ。

一皿目がくる頃には、誰にも見咎められぬようにその連中を暗がりに囲い込む方法論になった。ビールを追加した。二皿目、三皿目が届き、四皿目のトムヤムクンを小鉢に取り分け終わる頃には、だいたいの手順が出来上がっていた。

五皿目のビーフンの野菜炒めに手をつけ始めた。シンプルな計画だった。それゆえに、洩れはないように思えた。

八時二十分に店を出た三人は、そのまま大久保公園にとって返した。植え込みに座って待ち構えていた顔役の男に、依頼を受ける旨を伝えた。

「すまんな」と、顔役の男は頭を下げた。「わしの名は工藤正利、八戸《はちのへ》の生まれだ。あんたらは名乗らなくてもいい」

「なぜ、そんな一方通行の自己紹介をする？」柿沢が聞いた。

「取引とはいえ、あんたらはわしらの頼みを聞いてくれた」工藤と名乗った顔役は、にやっと笑った。「宿無しにも、礼儀はある」

その後、工藤と共にこの界隈で計画に使える場所があるかどうか下見を行った。見つけた。ホームレス仲間の数名に当日の役割分担を伝え、その晩が終わった。

4

二日後、木曜の夜がやってきた。

若者たちが現れるのは、毎週、午前零時ごろだという。

十時半過ぎに大久保公園にやってきたアキたち三人は、顔役の工藤と最終の打ち合わせを行い、目的の場所へと向かった。

大久保公園の北側を走る裏通りをツーブロック東に進んだ。人影もまばらになった十字路に、初老の男が立っている。真新しいシャツとズボンが、無精髭《ぶしょうひげ》の散らばった顔にそぐわない。工藤が用意した南側の歩哨《ほしょう》だった。万が一警察と地回りのヤクザが現れ、その十字路から北に伸びる路地に進もうとしたときに、別方向に誘導する役割を受け持つ。

今夜の舞台となるその薄暗い路地に、三人は足を踏み入れた。両側に古びた雑居ビルが軒を連ねている。夜更けには完全に眠りにつく界隈――どのビルにも、灯《あか》りの洩れている窓は見当たらない。さらに先に垣間見える職安通りに面して、ぽつんと人影が浮かんでいた。姿かたちは通りを行き交うクルマの逆光でよく判別できないが、これも工藤が用意した北側の歩哨だ。

路地を中ほどまで来ると、左手のビルの谷間に、細長い袋小路があった。暗がりの中にひっそりと佇《たたず》む、稲荷神社の境内だ。入り口に建った赤い鳥居をくぐって、二十メートルほど石畳の参道を奥に進むと、小さな社《やしろ》が建っている。

その入り口で、三人は停まった。

アキは時計を見た。午後十一時三十分。

桃井がマルボロに火をつけ、煙を吐き出した。

「しっかし、お稲荷さんの前で悪さをたくらむところなんざ――」と、ぼやいた。「おれたちも、とんだ罰《ばち》あたりだな」

薄闇の中、柿沢がちらりと笑って桃井を見た。

「気が、引けるのか」

「狐狸《こり》の祟《たた》りともいうぜ」

「なら賽銭《さいせん》でも放り込んで、今のうちに謝っておいたらどうだ」

なるほど、と桃井はうなずき、鳥居をくぐって奥の祠《ほこら》まで進んでいった。チャリチャリ、と賽銭箱に小銭の落ちる音がアキの耳に届いてきた。

柿沢よ、と奥の暗がりから、桃井の声が湧いた。

「お稲荷さんへの拝み方、知ってるか」

面倒臭そうに柿沢が答える。

「神社には違いないから、二拍一礼だろう」

アキはつい笑った。

素人《しろうと》のガキが相手とはいえ、彼らの倍の人数はいるだろう。凶器も持っているかもしれない。そんな相手を素手で待ち構えていながら、このとぼけたやりとり。

十二時十分前に、工藤が足早に姿をあらわした。

「ハイジアビルの前で張っていたやつから、今連絡がきた」アキたちの前で立ち止まるなり、口を開いた。「二番通りをのんびりとした足取りで、大久保公園に上がってきている」

公園脇に待ち構えている浮浪者数人が、その若者たちに罵声《ばせい》を浴びせかけて、すぐに逃げ出す。若者たちはその標的を追って、ここまで駆け込んでくる——そんな手はずだった。

「てことは、遅くとも一分以内にはやってくるな」桃井がつぶやいた。「配置に、着くか」

柿沢と桃井が、通りの反対側にあるビルのエントランスの陰に入っていった。工藤は、ビル脇にある非常階段に身を潜ませた。そこまでを確認して、アキも稲荷神社の境内へと入っていった。参道を奥まで進み、社の背後に廻って、周囲に耳を澄ます。

二十秒もたった頃だろうか——不意にばたばたという複数の靴音が、遠くから聞こえてきた。いくつもの罵声と笑い声が、さらにその足音を追い立ててくる。

（まて、コラッ）

（ヒャッホー）

（たっのしいなったら、楽しいな♪）

狩り慣れている……暗闇の中で、ちらりとそんなことを感じる。手加減は無用のように思えた。

やがてその足音が境内に入った。かと思うと、数秒後にはアキの潜む社の裏手に、二人の男が駆け込んできた。

彼らの服に沁み込んだ、ツン、と饐《す》えた臭いが鼻を突く。

「おぅい、隠れんぼかぁ？」

「出てこいよ。逃げられっこねぇって」

へらへらと嘲笑《あざわら》うかのような呼びかけが、社の向こう側から明瞭に聞こえてきた。

頼む、と男の一人が必死の面持ちでアキに囁《ささや》いた。アキはかすかにうなずき返すと、立ち上がり、社を回り込んで表の石畳へと出た。

途端に、それまでさかんにはやし立てていた若者たちの声が、止んだ。

アキは目の前の相手を確認した。境内の中ほどまで進んできていた若者たちは六人。いずれもアキと同年代に見える。渋谷、池袋、原宿……どの街でもごろごろ見かける、ごくありふれた若者たち。カーゴパンツに擦《す》り切れたヴィンテージジーンズ、タンクトップにKIKIのサーフTシャツ、ノッポもいればチビも、デブもいる。

そのうちの一人が、警戒心を剝《む》き出しにした声を放った。

「あんた、誰だよ」

「掃除人だ」言葉少なにアキは答えた。「おまえらの」

一瞬、若者たちは言葉に詰まった。だが、直後には口々に喚《わめ》き始めた。

「このボケナスが、なーに寝ぼけたこと言ってんだっ」

「たかが一人でチョーシこいてんじゃねぇ」

「ぶっ殺すぞ！」

アキはわざと笑みを浮かべてみせた。

「なら、やってみろよ」

六人は互いに目配せした。うち中央の二人――ノッポがフォールディングナイフを、デブがダガーナイフを取り出した。刃渡りが小振りのダガーナイフはともかくとして、ノッポのフォールダーは要注意だ。そのブレードと取っ手の形状には見覚えがある。おそらくエマーソン・コマンダー。かつてのアキの配下の一人が、自慢げにそのナイフを見せたことがあった。あっさりと筋繊維を切断する切れ味と、骨をも抉《えぐ》る分厚いエッジ――もし体の一部に突き立てられでもしたら、あとあと面倒なことになる。

左右の四人も、境内の幅いっぱいに、ゆっくりと扇形に広がっていった。一斉に襲い掛かってくる気のようだ。

と――、

「みっともねぇよなあ」のんびりとした声が、そんな彼らの背後から響いた。「この夜更けに、そんなに吼《ほ》え散らしなさんなって」

六人の若者は、はっとなって身を翻《ひるがえ》した。鳥居の下に、柿沢と桃井が姿をあらわしている。自然、境内の出口を塞《ふさ》ぐ格好となっている。

桃井はさらに笑いながら言葉をつづけた。

「青少年たち、ちょっとおれたちに自己紹介してくんねぇかな？」

若者たちは束《つか》の間《ま》、あっけにとられている様子だった。

が、ノッポが再びナイフを握りなおし、用心深く返す。

「なんで、おれたちがそんなことしなきゃならねぇんだよ？」

「そうか」無邪気に桃井はうなずいた。「なら、おれがこれを読み上げるまでだ」

そう言って、手に持っていた紙を声高らかに読み上げ始めた。

「一番のコース――松本クン、豊島区南大塚一丁目二十二の×。二番のコース――小川クン、大田区仲六郷二丁目十五の×。三番のコース――五十嵐クン、板橋区大山金井町二十八の×……なんだ、どいつもこいつもスネッかじりの分際じゃねぇかよ。つづけるぞ、四番のコース――岡田クン、足立区関原三の五の×、五番のコース……」

読み上げられているうちに次第に若者たちの顔が強《こわ》ばってゆくのが、アキのほうからもはっきりと見てとれた。と同時に、桃井のそのおどけた節回しに笑い出しそうになった。スポーツ中継のアナウンサーの口調を真似《まね》ている――。

一通り読み上げた桃井は、紙から顔を上げてにやりとした。

「さあ、洟垂《はなた》れども、サバイバルゲームだ。勝ち残ったやつの賞品には、この紙をくれてやる」そう言って、右手に持った紙片をひらひらとさせた。「言っておくが、まだおれも目を通したばかりだ。取り上げられたら、おまえらの跡は追えない」

その誘い文句が終わった途端、桃井と柿沢めがけて若者たちは殺到した。

が、アキの見たところ、柿沢と桃井の動きはそれ以上に素早かった。まずは柿沢——最初にフォールディングナイフを突き出してきたノッポの腕を、フェイントをかけて左斜めに泳がせつつ、ノーガードになったテンプルに右フックを一閃《いっせん》させる。ノッポが崩れ落ち、背後にいた若者が意味不明の叫び声を上げながら柿沢に摑《つか》みかかろうとする。柿沢は一瞬で相手との間合いを詰め、その顔面にカウンターブローを放つ。無駄のない動き。プツッ、と鼻骨のひしゃげる音がアキの耳元まで届き、相手は顔を押さえたまま地面の上でのたうち始めた。

一方の桃井の足元には、既に若者が一人転がっていた。ダガーナイフを持ったデブが、桃井めがけて腕を突き入れる。桃井はくるりと体を捻《ひね》りながら、その手首めがけて肘打《ひじう》ちを見舞う。重量のある体つきにしては軽やかな身のこなし。あっ、とデブが喚き、思わずナイフを取り落としたときには後の祭りだった。一瞬遅れ、肘打ちの動作と連動した桃井の廻し蹴《げ》りが、その頸骨《けいこつ》に食い込んだ。

その乱闘の様子を、残る二人が突っ立ったまま茫然《ぼうぜん》と見ていた。

「おい」アキは、その二人の背中に声をかけた。「なにボサッと見てんだ。おまえらの相手はこっちだぞ」

我に返った二人はほぼ同時に身を翻し、拳《こぶし》を振り上げながら襲い掛かってきた。最初に伸びてきた腕を、素早く左の掌底《しょうてい》で跳ね上げる。がら空きになったその頰に、右拳を叩き込む。一瞬にして腰砕けになった相手を尻目に、もう一人に向き直った。顔面を打つと見せかけて腹部めがけて蹴りを入れ、思わず半身をくの字に曲げた相手の首筋に、渾身《こんしん》の右拳を撃ち下ろす。相手は声もなく地面に沈んだ。振り返りざま、最初に頬を打ち据えた男がまだ片膝《かたひざ》をついてうめいているのを認めると、その顔面に正面から蹴りを放った。足の甲がその両目の間の鼻根にめりこむ。それで唸《うな》り声を上げていた若者も気を失い、石畳に這《は》いつくばった。

「念入りだな」

その声に顔を上げると、桃井がニヤニヤしたままアキを見ていた。

「さすがに百人からの頭目《ヘッド》をはっていただけは、ある」

隣の柿沢も両腕を組んだまま、うっすらと笑みを浮かべている。

桃井は足元に落ちていたフォールディングナイフを手にとると、顔面を押さえて地面にうずくまっている一人に近寄った。脇にしゃがみこむと、その髪を鷲摑《わしづか》みにして顔を上げさせる。

「こんな物騒なもん、ちらつかせやがって」そう毒づき、血塗《ちまみ》れの若者の頬にその先端をピタピタと押し当てた。「どんなに痛いもんか、いっぺん味わってみるか、おい？」

「かんべんしてくれよ」必死の面持ちで、若者は訴えた。「それに、ナイフを抜いたのはおれじゃないだろ」

その震える指先は、石畳の上に転がったまま唸り声を上げている一人を示していた。柿沢を最初に襲ったノッポだった。

桃井は苦笑を浮かべた。

「それも、そうだ」

そう言って立ち上がり、そのノッポの傍《そば》まで歩いていく。ノッポは、左半身を下にしたまま、依然として唸りつづけている。右肩から伸びたその腕が、力なく石畳の上に伸びていた。桃井はいきなりその右腕を踏み抜いた。肘が逆に拉《ひし》がれ、関節の砕ける音が辺りに響く。

ぎゃっ！　とノッポは喚き、直後にはのた打ち回り始めた。

やがて、涙目で桃井を見上げた。

「ひ、ひでぇじゃねぇかよ……」

「なら、体を刻まれたほうが良かったか？」桃井は静かに問いかけた。「ナイフを取り出すってのは、しまいにはそうされる覚悟があるってことだ」

言い終えるや否や、思い切り背中を蹴りつけた。

「もう一人、おれが相手したナイフ野郎がいたな」

ぽつりとつぶやき、境内の隅に気を失ったまま転がっているデブに近寄っていった。顔面を張って意識を取り戻させた。それから同様に右腕を踏みつけ、その関節を砕いた。デブの絶叫が周囲一帯に響き渡った。

アキが倒した二人だけが、まだ気を失っている。

意識を取り戻している四人に向かって、柿沢が口を開いた。

「この界隈に、二度と姿をあらわすな」そう、物憂げに言い放った。「今度見かけたら、おまえらの家まで押しかける。気を失っているやつを担いで、とっとと消えろ」

三分後――。

境内から、若者たちの姿は消えていた。境内脇の路上には四人の男が残っている。アキたち三人と、顔役の工藤だ。

「今回は、本当に世話になった」工藤は頭を下げると、柿沢に免許証と保険証を差し出した。「また入用になるようなことがあれば、いつでも言ってきてくれ」

柿沢が、その二つの証明書を受け取った。

工藤はふたたび頭を下げると、路地の向こうの暗がりに吸い込まれていった。

それまでビルの陰にしゃがみこんでいた桃井が、やおら身を起こした。

「さて、と。おれたちも帰るとするか」

アキもうなずいた。そんなアキに、柿沢が免許証と保険証を差し出してきた。

「良かったな」と、わずかに笑った。「支出が減って」

アキもなんとなく笑い返した。

「おまえ、これから忙しくなるぞ」桃井が明るく言った。「まずは、適当なアパート探しからだ。おれも手伝ってやる。なんつったって、おまえのＯＪＴトレーナーだからな」

職安通りを渡り、新大久保駅の百円パーキングに戻り始めた。

路地を分け入っていくと、せせこましいホテル街のエリアまできた。十二時半を過ぎているというのに、薄暗い路上にはまだ外国人売春婦の影がちらほらと見える。その彼女たちの足元を、原色のネオンが照らし出していた。

見覚えのある顔がその中にあった。黒いパンツ姿に真っ赤な七分丈のシャツを羽織っている、小柄な南米系の女性――今夜も金色のカーリーヘアを後ろでひっつめていた。その表情がアキの顔を見た途端、少し緩んだ。

「ゲンキデスカ？」

脇を通りかかったとき、そうアキに話し掛けてきた。

「いい感じ《ブエノ》だよ」

咄嗟《とっさ》にアキは返した。アンコールワットで同宿になったスペイン人が、さかんにこの言葉を連発していた。

途端に、女は弾《はじ》けたように笑い出した。直前まで浮かべていた寂しげな表情が、嘘のように掻き消えていた。

途中、アキが振り返ると、女は伸び上がるようにして爪先《つまさき》立ち、両手を振った。

Lesson2　試走《シェイクダウン》

1

狂っていた、と言ってもいい。

二十代の終わりまで、桃井はクルマ屋だった。

十六歳で工業高校を中退し、整備士《メカ》の世界に入った。他の人間の数倍は仕事をこなしつづけた。

二十二歳で独立し、練馬区の大泉ＪＣＴ《ジャンクション》近くにチューンナップ・ショップを構えた。二十坪に満たないガレージ――だが、それだけあれば充分だった。納得のできる仕事をしたいのなら、ヒトは雇うべきではないと考えていた。

走り屋の若者たち――首都高族や湾岸族が、連日連夜、自慢のＧＴカーを持ち込んでくる。それを一人ガレージに籠《こも》りっきりで、仕上げてゆく日々だった。３３Ｒスカイライン、ＦＤセブン、８０スープラ、ランエボ……水平対向エンジンから直列六気筒、ロータリーまでなんでもござれだった。

国内自主規制の二百八十馬力から、三百五十、四百、そして六百馬力オーバー。仮組みしたエンジンと車台《シャシ》を、深夜の外環道や常磐道でシェイクダウン。

時速二百五十から、二百八十、そして、三百二十キロ《200マイル》オーバーの世界へ。

スピードだけがすべてだった。楽しかった。夢の中にまで焼けたオイルの香りと、レッドゾーン間際で廻りつづけるタービンの金属臭が沁《し》み込んでいた。女と寝ているより、クルマをいじっているほうが幸せだった時もあった。バカ丸出しだ。

今でも桃井は、そんな当時のことを苦笑交じりに思い出す。

惜しみなく注ぎ込んだ若さと情熱——そんな乱痴気騒ぎに似た祭りの時間《ファンダンゴ》は、終わったのだと。


六年前、この稼業に足を踏み入れた。

外国人マフィアの経営する地下銀行や非合法のカジノ、ノミ屋、盗難車輸出や麻薬取引の現場を襲撃し、金を奪う。あるいは小選挙区の選挙で地元にバラ撒《ま》かれる応援資金を横取りに、地方に出向く——。

法律の網は届かない。だから警察に追われることもない。良心の呵責《かしゃく》もあまり感じずにすむ——かつて彼の顧客の一人だった柿沢は、そう語った。

当時、桃井は二十九歳だった。預かったクルマを自分の納得がいくまでこつこつと、しかし完璧《かんぺき》に仕上げてゆく作業、仮組みの後の実走につぐ実走——当然その人件費は、客に手渡す請求書に反映されてくる。しかし、時代は廉価《れんか》でお手軽なチューンを求め始めていた。ボルト・オン・ターボ、シャシダイでのパワー一発測定で、一丁上がり……客足が減ってきても、桃井は自分のやり方を変えようとしなかった。チューンという仕事は、彼のすべてだった。妥協する仕事をするぐらいなら、店をたたんだほうがマシだと思っていた。そして、廃業を決意したのだ。

「三カ月、考えてみることだ」柿沢は言った。「それまでにもし身の振り方が決まっていないようなら、おれに電話をくれてもいい」

廃業後の当てはなかった。クルマ以外、何も取り柄のない自分も知っていた。迷った挙句、三カ月後に電話をかけた。

柿沢にもう一人の仲間、折田を紹介された。

三人で、年に一、二度、ヤマを踏んだ。

年に、数千万単位の金が転がり込むようになった。どこからも被害届けが出ることのない裏金《ブラックマネー》――その金を、都市銀行の五つの口座と、第一地銀の七つの口座に、一千万ずつプールしていた。ショップを経営していた頃の資金繰りの苦労が、遠い昔のことに感じられた。

昨年、折田が引退した。

二週間前、アキという若者が仕事仲間に加わった。柿沢から教育係を任された。

桃井の日常は急に忙しくなった。

2

アスファルトの上には、夏の残り香がこもっていた。

巡回バスやタクシーの群がる駅前のロータリーに、陽炎《かげろう》が揺れている。ＪＲ中野駅の南口で、桃井はインプレッサを停車した。

時計を見た。午前十時五十五分――。

サイドウィンドウを半ばまで下げ、マルボロに火をつけた。

横断歩道の電子音とセミの鳴き声、通行人たちのざわめきと靴音が、さらに身近になって窓越しに飛び込んでくる。

ヘッドレストに頭部をもたせかけたまま、改札口を眺めていた。

電車が到着したらしく、駅舎から人の群れが吐き出されてくる。その流れの中に、すぐに目当ての大柄の若者――アキ――を見つけた。周囲からアタマ一つ飛び出ていた。青いグラデのかかった、リムレスのサングラスをかけている。その顔が一瞬左右を見回し、桃井の乗るインプレッサのボンネットの上で落ち着いた。

桃井はステアリングに置いていた左の人差し指だけ、軽く上げてみせた。若者はかすかにうなずくと、駅舎前の人込みを抜けてこちらのほうへ向かってきた。

大またの、腰のよく据わった足取りだった。色の抜けたブルージーンズに、ワーキングシューズ、イエローのTシャツが午後の陽光を受け、発達した大胸筋を浮き彫りにしていた。腰元に、縦長のウェストバッグを吊り下げている。

鍛えれば、モノになるはずだ――柿沢の言葉を思い出す。桃井も同感だった。

若者がクルマの脇まで来た。桃井は助手席側の窓を下げた。

「よう」と、声をかけた。「今日は色メガネでお出ましか」

若者は顔をしかめた。

「外にいると眼がチカチカする」

「なぜ？」

「朝方まで資料に目を通してた」

「柿沢の、あれか？」

「そうだ」

答えるとドアを開け、助手席に乗り込んできた。それからサングラスを取った。充血した目が見てとれる。桃井は笑った。

桃井たちの仕事仲間に加わってから二週間、この若者には昼夜を問わず、ほとんど自由な時間はなかったはずだ。

まず、日中は、自分自身の身辺を仕事向きに整える手続きに追われている。

リーダーの柿沢に代わり、桃井がその手口を指南した。手始めに、アキ自身が親や世間に申し開きのできるマトモな社会人としての顔――表の顔――を作った。

桃井自身も、表の顔を保つためだけに、昔からのガレージを今も維持している。

そこに、アキを雇い入れた形にした。月給十五万にボーナスが二回で各二十万の雇用契約書を作り、初年度の給料二百二十万は、アキから貰《もら》い受けた。次いで、アキが住むためのアパートと駐車場を、吉祥寺に確保した。

そこまで準備を整えてからアキは実家を離れた。電話を引き、パソコン、ファックス、その他これから必要となる機材を買い揃《そろ》えた。

そこまでが終わると、表の顔に対する、裏の顔の準備だった。

仕事の際に使う身分ということだ。

大久保公園のホームレスの顔役から手に入れた、期限切れの免許証があった。「岩永正一」という、免疫不全で死んだ若いホームレスのものだった。

免許証に記載してある住所の区役所に出向き、本人に成りすまして住民票と戸籍謄本を取った。その裏の顔でもう一つアパートを契約し、住民票を異動し、印鑑登録を済ませる。最寄りの銀行で口座を作り、光熱費やその他を自動引き落としにする。免許センターに行き、盗難届けを出した免許証の再発行をしてもらう。

そこまでの身辺整理の作業が日中を使って、昨日までつづいた。

夜は夜で、柿沢からアキに課題が与えられている。

アキが吉祥寺に引っ越した翌日だった。

桃井もそのアパートにいて、細々とした手伝いをしていた。柿沢がクルマでダンボール箱一杯の資料を運んできた。

中身は、暴力団と外国人マフィア・組織窃盗団関連の本が百冊ほどに、警視庁捜査一課強行犯捜査係と鑑識課の分厚い捜査ドキュメントも入っていた。

「一日一冊を、ノルマにしろ」こともなげに柿沢は言った。「そうすれば四カ月以内に、すべて読み終える。その頃までに次のヤマも決めておく。さらに二カ月の準備段階を経て、おまえにとっては最初の仕事に取り掛かる」

アキはうなずいた。柿沢は言葉をつづけた。

「新聞の購読手配はしたか？」

「朝日と日経は、明日から届くことになっている」

「毎日、まんべんなく目を通すことだ」柿沢は言った。「最初は政経や法律関係の見慣れない用語に戸惑うだろう。イミダスか現代用語の基礎知識を買ってきて、首っ引きで読み進めるようにしろ。ちゃんとした辞書も必要だ。そうすれば初めから大まかなことは理解できる」

アキは少しゲンナリした表情で再びうなずいた。桃井は腹の中で苦笑した。

新聞を読み慣れていないものにとって、いちいち意味を拾い上げながら隅々まで読み込む作業は、最初のころは一紙につき最低二時間はとられる。つまり、新聞だけで計四時間——さらに参考資料の本を読む時間を入れれば、控えめに見ても一日七、八時間は取られる。日中は当然、身辺を整える作業に時間を取られるから、夜の睡眠を削って読み進むしかない——。

助手席でアキはぼやいた。

「泥棒になるのも、楽じゃないみたいだ」

「モノを読むのは、苦手か？」

「高校も中退だしな。五年近く文字なんてマトモに読んだことがない」

「おれだって中退だ。しかも工業の」桃井は受けた。「ま、慣れてくればどんどん早く読めるようになる。投げ出すなよ」

アキはむっつりとうなずいた。桃井はギアを入れ、今日の予定に移った。

午後の排気ガスにまみれた環七通り沿いには、いくつもの中古車屋が軒を連ねている。二時間ほどをかけ、その七、八カ所を廻った。

アキの、仕事用のクルマを見つけるためだ。

走行距離が短く、車体《シャシ》とエンジンにヤレのきていないベース車を購入後、桃井が手を加え、万が一追っ手や警察に追われても振り切れるようなマシンに仕上げる。

ベース車となるのは、国産の五ナンバー四ドア・セダン——緊急時に三人が一時に乗り込め、機材の積み下ろしも比較的容易で、狭い場所での切り返しも出来る。なおかつ、路上に停めておいても目立たない。プリメーラ、クルー、アルテッツァ、ランエボ、インテグラ……二リッタークラスで、様々な車種を見て廻った。

アキが最終的に絞り込んだのは、アコード・ユーロRと、レガシィのB4・RSKだった。

「何故その二台を選んだ？」

展示場からいったん脇に止めたインプレッサに戻り、桃井が聞いた。

「どっちも、元々のエンジンがいいと聞いたことがある」アキは答えた。「そのわりにカタチが地味で、もさっとしていて垢《あか》抜けない」

桃井は笑った。だからより目立たない、ということなのだろう。

「——で、どっちにするんだ？」

するとアキは、桃井の意見を求めてきた。

「あんたはどう思う？」

少し考えて、桃井は口を開いた。

「おまえ、クルマの運転には自信があるほうか？」

アキは首を振ってから、J62にしか乗ったことがない。

「免許を取ってから、J62にしか乗ったことがない」

J62——つまり、三菱製のジープだった。本格的なクロカンにしか乗ったことのない人間が、オンロードのテクニックに長《た》けているはずがなかった。

「なら、レガシィのほうがお勧めだ」桃井は答えた。「全天候型の四駆なら、雨や雪の日のヤマでも心配ないし、コーナーで車体が滑り出しそうになっても、全部のタイヤが踏ん張ってくれる。言ってみれば、ヘタが運転してもクルマの限界能力はそこそこに高い。エンジンやサスも、ユーロRにくらべるとマイルドな味付けだしな」

アキはうなずいた。

「レガシィを選んだとして、あんたならどういう仕様にする?」

「レガシィB4だと、基本的なエンジン形式はこのインプレッサと同じだ」桃井はステアリングを軽く弾《はじ》いてみせた。「つまり、EJ20+シーケンシャルのツインターボ。マイルドな味付けとは言っても、ノーマルで二百八十馬力……素人がいきなりフルパワーを扱うには、現状ママでもチトつらい」

「……だろう、な」

と、アキは力なくうなずいた。その横顔に、年相応の若さが覗《のぞ》いた。桃井は言葉を続けた。

「おれの記憶だと、レガシィはノーマルブーストが0・7から0・8㎏/㎝前後だった。CP《コンピューター》リセッティングでブーストを1・1から1・2の間までに調整する。これで三百から三百二十馬力程度にはなる。燃料系とエンジンブロック本体の強度からいくと、ブーストを1・4前後かければ三百五十馬力ぐらいまでは絞り出せるが、それだとピストンやクランクシャフトの強度が不安だ。おまけにかなり扱いにくいエンジンになる。現時点でのおまえの運転技術やエンジンの安全マージンを考えれば、やはりブースト1・2ぐらいに抑えておいたほうが無難だ」

「てことは、CP調整のみで、三百馬力前半に落ち着くと？」

そう問いかけてきたアキに、桃井は首を振った。

「今のは、あくまでも純正タービンの場合だ。どういう仕様にするかのエンジンの前提条件として、話したまでだ」

「とは？」

「おれが以前このインプレッサに使っていたタービンが、ガレージの棚にしまってある。TD05‐06・18G／8㎝のハイブリッドタービンだ。ノーマルタービンからこの仕様のものに乗せ替える。フィンの効率がいいから、ブースト1・2でも三百八十馬力前後は稼げる。吸排気ポートを研磨してパイピングし直せば、それだけでも四百馬力オーバーは堅いはずだ。このタービンが優れものなのは、それだけのパワーをたたき出しても、むしろノーマルのタービンより扱いやすくなることだ。低回転から高回転までパワーカーブがスムーズで、レスポンスも格段に良くなる」

「――はあ」

専門的になりすぎた話に、アキはやや反応が鈍い。桃井は構わず最後まで説明を続けた。

「ちなみに言っておくと、レガシィクラスでの四百馬力オーバーは、パワー・ウェイト・レシオなんかを考えると五百前後の三ナンバースポーツの動力性能に相当する。で、交機（交通機動隊）のスカイラインGT-Rでも、トータルな扱いやすさやエンジンの信頼性も考えると、それくらいの馬力に抑えられているはずだ。万が一追われても、互角に渡り合えるって寸法だ」

「で、あとはおれがそのエンジンのパワーに応じたテクを磨けばいい、と？」

「そういうことだ」

アキはようやく納得のいった表情を浮かべた。そして、ためらいがちに聞いてきた。

「……こんな場合、現金払いのほうがいいんだろ？」

その口調に、この稼業へ足を踏み入れることへの気後れが、まだ滲《にじ》んでいた。気づかぬ振りをして桃井は受けた。

「むろんだ」と、諭《さと》すように言った。「裏の顔を使った対人接触は、なるべくシンプルにしたほうがいい」

アキはうなずき、後部座席に放り出してあったウェストバッグの中から分厚い封筒を取り出した。展示してあったレガシィの車輛価格を思い出した。

「いくら、持って来た？」

「二百万」

桃井もうなずいた。車輛本体価格が百七十三万——納車代行料やその他の諸経費を入れても、充分に間に合う金額だった。

「提示する免許証、うっかり間違えんなよ」念のため、釘《くぎ》を刺す。「この場では、おまえは岩永正一だ」

「分かってる」

アキは言い捨て、助手席のドアを開けた。

展示会場に戻り始めたその後ろ姿を、桃井はぼんやりと眺めていた。

アキの背中が先ほど見たレガシィの前で立ち止まると、ディーラースタッフが笑顔で事務所から出てきた。両腕が心持ち、揉《も》み手気味になっている……なんとはなしに一人、苦笑した。

3

一週間後、アキが桃井のガレージにレガシィB4を乗り付けてきた。二年落ち、一万三千キロのクルマ。ピカピカに磨き立てられていたことも手伝って、外見《そとみ》には下ろしたての新車のように見えた。

思っていたより運転しやすい——。

運転席から降りてくるなり、アキは桃井に感想を洩《も》らした。

そりゃそうだろう、と腕組みをしたまま桃井は笑った。

「いちおうこの世間で、普通に売ってるクルマなんだからな」

その顔の血色が、この前会ったときより明らかに良くなっていた。

「睡眠は、しっかり取れているようだな」

「一日中、本と新聞を読んでいるだけでよくなった」アキは答えた。「いくら読むのが遅くても、昼間の時間だけでノルマは充分イケる」

桃井は笑って、

「それも、今日でまた中断だ」と、言った。「毎日、陽のあるうちは、おれと一緒にクルマをいじりっ放しになる。終わった後に勉学に励め、青少年」

途端にアキは口を尖《とが》らせた。

「そんなこた、言われなくても分かってる」

桃井はB４のボンネットに顎《あご》をしゃくった。

「とりあえず、クルマをガレージの中へ入れろ」

ガレージの片隅に備え付けてあるデスクの前までアキを伴い、一枚の進行表を手渡した。

「これからの作業スケジュールだ。いちおう、おまえのために書いておいた」

アキがその紙に視線を落とすのを見ながら、桃井は説明した。

「チューンは大きく分けて、ボディ本体とエンジンの二つに分かれる。エンジンを目標の馬力までパワーアップさせる工程と、そのパワーに見合うようなボディ剛性を作り出す過程だ。エンジンにはこの前言ったとおり、ハイブリッドタービンを噛《か》ませる。ついでに、エンジンブロックも補強しておく。後日、おまえの運転がもっと上手《うま》くなってブーストアップしたくなったときに備えて、耐久性を上げておくということだ。現状ママで維持するにしても、安全マージンの向上には格段に役立つ。ガスケットの他、バルブ、ピストン、コンロッド、クランクシャフトは特注の鍛造《たんぞう》モノに総入れ替えし、吸排気系をアレンジして全体のバランス取りをやってゆく。分かるな？」

アキはうなずいた。

「次に、ボディだ。いったん車体をすべてバラしてゆく。外板を取り除き、足廻りを分解し、エンジン本体と駆動系もフレームから下ろす。車内《コクピット》も、ダッシュボードからステアリングからシートから内張りから、残らず引っぺがす。ようは、フレームを剝《む》き出しにしてしまう。その上で、骨組み上の溶接箇所を増やしてゆく。これがスポット補強だ。このB4・RSKなら――」と、レガシィのフェンダーを軽く指先で叩いて、「市販車レベルでもそこそこの剛性は確保してあるはずだから、要所要所でトータル二百箇所《スポット》増しぐらいにまでもってゆき、前後をタワーバーでまとめれば、ラリーカークラスのボディが出来上がるはずだ。押さえる場所は、入れ替えるダンパーとサス、前後タワーバーの強度の兼ね合いで決めてゆく」

アキは熱心に進行表を覗き込んでいる。桃井は言葉をつづけた。

「さらに高速でクラッシュしたときの安全性を考えて、コクピット廻りにはロールケージを鳥かごのように張りめぐらす。Aピラー、Bピラー、Cピラー――つまり、ウィンドウ間の支柱だが――からルーフ全体とサイドフレームに、クロモリ（クロムモリブデン=剛性の高い鋼の一種）のロールを埋め込んでゆく」

「でもその分、車重が増えはしないか？」

当然の、素朴な疑問だった。

「他の箇所で、軽量化を図る」桃井は答えた。「フロントフェンダーとリアフェンダー、それにトランクフードは、知り合いのボディ工房に頼んでカーボン製単品製作《ワンオフ》の外板を作ってもらっている。それに入れ替えればかなりの重量減になるし、コーナーリングの慣性モーメント抑制にもなる。ちなみに言っておくと、RSKのエンジンフードは元々軽量のアルミ製だから、変更の必要はないだろう」

「なるほど」

「さて、今までに言ったすべてのことから始めて、ボディとエンジンの仮組みまでを、これから三週間かけてやる。何か質問は？」

一瞬考えて、アキは首を振った。

「ない」

「じゃあ、仕事に取り掛かろう」使い古したグローブをはめながら、桃井は言った。「まずは前後をジャッキアップして、台座《ウマ》を架ける。エンジンルーム下周りからボルトを外し、重機を使ってエンジンを積み下ろす。それからボディ全体のバラシにかかっていく」

それから三週間、朝の九時から夕方の六時まで、桃井とアキはガレージに籠《こも》りきりになった。

積み下ろしたエンジンのチューンは、桃井が一人で担当した。わずかの作業にも専門知識と技量の要る仕事だったからだ。アキにはまだ早い。ボディ補強に関しては、まず桃井が作業の手本を実際にやってみせ、それからアキに溶接機材を手渡して、随時その仕上がり具合をチェックするという方法をとった。

大気の中にまだ熱気が溶け込んでいる、九月の中旬だった。

桃井のガレージは、断熱材などはどこにも入っていない。十時頃から次第に熱が籠り始め、十一時から三時過ぎまで屋内は文字通り、蒸し風呂状態になる。

エンジンをいじりながらも、桃井は時おり目の端でアキの様子を観察していた。

若者は額に汗を滲《にじ》ませながら、黙々と作業に打ち込んでいた。溶接のやり方も、昨日今日やり始めた素人にしては要領が良く、仕上げも丁寧だった。

その仕事への姿勢に、好感を覚えた。与えられた役割を、懸命にきっちりとこなしてゆく――実際のヤマを踏むときにも、その性質は活かされてくるだろう。

毎日、十二時から一時までが昼食時間だった。

とは言っても、近くのコンビニで買ってきた弁当をガレージ軒下のコンクリートに広げて食べるだけのことだ。

この時だけは自然、アキとの会話が多くなった。

急に思いついたように、アキが聞いてきたことがある。

「そう言えば、あんたのインプレッサは、今は何馬力ぐらい出てるんだ？」

「六百馬力前後だな」桃井は答えた。「パワー・ウェイト・レシオで、2・23㎏／PS……GT－Rの七百馬力クラスと同等ぐらいだ。ノーマルならフェラーリでもポルシェでも、まあ問題にはならないだろう」

アキは軽く口笛を鳴らした。桃井はさらに言葉をつづけた。

「ただ、おれのクルマいじりは、たぶんに趣味の部分もある。パワーバンドも狭いし、扱いにくい。自慢するわけじゃないが、それなりの腕がないとチェイスになったときはかえって足かせになる」

ふうん、とアキは唸《うな》った。

それから自らの靴先を見つめたまま、ぽつりとつぶやいた。

「やっぱりクルマが好きなんだな、あんた」

桃井はなんと答えていいか分からず、口に放り込んだ米をもぐもぐと嚙みつづけた。

確かに今も好きだ。が、昔ほどではない。自分の醒《さ》めてしまった部分を自覚しているだけに、好きだ、と明快に答えてしまうのにはためらいを覚えた。


アキに関しては、内心おかしく思っていることがひとつあった。

二週間が過ぎても、アキは桃井のことを名前で呼ぼうとはしなかった。

あんた、とか、ええと、とか、あのさ、とか、話し掛けたいときはそんな呼びかけで、桃井の気を引いていた。

ある日自宅に帰ると、柿沢から電話がかかってきた。ふと思い出して、そのことを話した。

　電話口の向こうで、かすかな笑い声が起こった。

「なら、おまえ、なんて呼んで欲しいんだ？」

「いや、別になんて呼んで欲しいわけでもないんだけどさ」何故か少し、弁解口調になった。「ただ、おれを呼ぶときのあいつの態度が、今でもけっこう気詰まりそうなんだよな。ホントは名前で呼びたいんだけど、さん付けで呼ぶのも抵抗があるっていうか、そんな感じを受ける」

「だろうな」柿沢は答えた。「渋谷時代は、百人からのチームの王様《ヘッド》だったんだ。周りは同年代ばかり。立場上、目上の人間と付き合うことも敬語を使うこともなかったろう。だからだ」

「で、どうする？　本番を踏むときまでこんな調子だと、困るだろ」

「ほっとけ」柿沢はにべもない。「そのうち相手から馴染《なじ》んでくる。それより作業のほうは進んでいるのか？」

「八割方は終わった」桃井は答えた。「あと数日で仮組みに入る。予定通り、来週初めにはシェイクダウンだ」

「明日の昼頃に、ちょっと顔を出す。あいつの勉強の進捗《しんちょく》状況も確かめたい」

　翌朝、そのことをアキに伝えた。アキはわずかに眉《まゆ》を寄せた。

　それを桃井は見逃さなかった。

「苦手なのか？」

「て言うより、なんか、とっつきにくい」アキは白状した。

「いつも表情が変わらないし、何を考えているのかよく分からない」

桃井は笑った。その気持ちは分かる。事実、桃井自身、付き合い始めてから六年以上経つのに、柿沢が大口を開けて笑っている姿をいまだに見たことがなかった。

「安心しろ」桃井は言った。「たしかに腹の内は見えにくいが、仕事の部分では間違いなく信頼できる」


その柿沢がやって来たのは、午前中に予定していた作業がほぼ終わりかけたときだった。十二時少し前に、ユーノス500GT-iののっぺりとしたボディが、ガレージの前で停まった。むろん、このクルマのチューンも桃井が手がけた。V型六気筒の片側ずつにタービンをツインで装着し、四百馬力前後の仕様を出している。

運転席のドアが開き、柿沢が降り立った。編み込みの革サンダルに、裾《すそ》を軽く絞り込んだベージュの綿パン、半袖《はんそで》の白いサマーウールを着込んでいた。

相変わらず、すっきりとした立ち姿の男だった。ほどよく刈り込んだ短髪の下に、切れ長の一重瞼《ひとえまぶた》、高い鼻梁《びりょう》と、引き締まった口元がある。

そのあまりまばたきをしない瞳が最初にアキを、次いで、ほぼ補強作業の終わったB4のフレームを見た。

「たしかに順調のようだ」そう言って、片手に持ったビニール袋を少しあげて見せた。

「弁当だ。切りのいいところで昼食にしよう」

中身は鮒《ふな》寿司だった。たしか、滋賀県の名産だったはずだ。

「琵琶湖にでも、行ってきたのか？」と、桃井はからかった。

「昨日までな」と、柿沢は受けた。「雄琴《おごと》温泉まで行った。無駄足だった」

それでピンと来た。桃井はうなずいた。

アキはそんな彼らのやりとりを怪訝《けげん》そうに見ていた。ここらあたりが、裏の世界に関して基礎知識のある者とない者の違いだった。

仕事が、一段落した。

柿沢はガレージの隅にあるデスクで、アキはその反対側の工具棚脇の床で、そして桃井は二人の中間にある脚立《きゃたつ》に腰掛けて、弁当を食い始めた。

柿沢も元々必要以上のことは喋《しゃべ》らないタイプだが、アキもそれに劣らず口数は少ない。ましてこの時のアキは、それに輪をかけて無口だった。柿沢への苦手意識も手伝っているのだろうが、両者に挟まれた桃井としては、たまったものではなかった。

重苦しい沈黙を気にしてさかんに軽口を叩《たた》いたが、二人の反応は鈍い。

いいかげん疲れて不機嫌になりだしたとき、不意に柿沢が口を開いた。

アキ、と呼びかけた。

「勉強のほうは、進んでいるのか」

桃井を挟んで、ぶっきらぼうにアキが答えた。

「毎日のノルマは、こなしてる」

「昨日は、何を読んだ」

「蛇頭《スネークヘッド》についての本」

スネークヘッド――つまり、福建省や江蘇省あたりから入ってくる密航者を主に扱う、チャイニーズ系マフィアだった。

「じゃあ、質問だ」すかさず柿沢が言った。「彼らに運ばれた密航者たちは、稼いだ金を本国へ送金するのに、どういう方法を使っている」

まるで小学校の先生と生徒だった。だがアキは素直に口を開いた。

「蛇頭は、サイドビジネスとして地下銀行もやっている。密航者はそれを利用する。大体がうらぶれたマンションオフィスに居を構えた、中国系商社がその隠れ蓑《みの》だ。お茶とか、衣服だとか、架空の輸入品に対してこれまた架空の伝票を切り、割高な手数料を取る代わりに、本国に送金してやっている。日本のヤクザから、幽霊会社の名義を借りている場合もある」

柿沢の頬にちらりと笑みが浮かぶのを、桃井は見た。

「新聞の話をしよう」柿沢はつづけた。「今日の、朝日の朝刊は見たか」

アキはうなずいた。

「一面にはどんな記事が出ていた」

「農水省の大臣が続投する話。それと、イスラエル軍がパレスチナ自治区のベツレヘムを制圧したとかいう記事。代議士の事務所に付随する、政治団体の話……そんな感じだった」

「その記事では、政治団体はどんなことで金を得ていると書いてあった？」

「口利き――ゼネコンの下請けとして工事を受注させてやる代わりに、その業者から口利き料が入ってくる」

「最後のくだりにあった、その団体の政治資金収支報告書のことは、覚えているか？」

「たしか、毎年、何十円単位かの実入りしかないように書いてあった」

「で、おまえはその記事を読んで、どう思った？」

この答えは、一瞬遅れた。

「なんていうか……脱税した金が唸ってるんだろうなって、思った」

ふたたび柿沢がかすかに笑った。

「その調子で、頑張れ」


小一時間ほどいて、柿沢は帰っていった。

低い排気音を響かせながら走り去ってゆくユーノスを見送ったあと、桃井はアキを振り返った。

「やっぱり、とっつきにくいか？」

アキは、やや気まずそうにうなずいた。

「そのうち慣れるとは思う」それからふと思いついたように、「柿沢さんてのは、日ごろは何をしてるんだ」と、聞いてきた。

「リサーチだ」桃井は答えた。「さっき、雄琴温泉に行っていたとか言っていたろう。

あれもそうだ。あそこには温泉の規模の割に大きなソープ街がある。当然その裏には、暴力団がいる。裏金や覚醒剤も動く。だからだ。他にも、法の網の届かない儲《もう》け話を見つけに、代議士御用達《ごようたし》の銀座のクラブや料亭に行く。あるいはノミ屋や、去年おれたちが襲ったような非合法のカジノバーに出入りする。外国系マフィアのマンションオフィスや地下銀行の在り処《あか》を、それとなく探る。それでもそのヤマにかかる危険度と手間暇、それに見合った金が奪えるかどうかを秤《はかり》にかければ、仕事になりそうなネタは、年に一、二件見つかるかどうかだ」

あんたは？　とアキは問いかけてきた。「あんたはそれには付き合わないのか？」

「むろん、付き合うことだってある。料亭なんぞ一人で利用するやつなんかいないからな。そんな時は、連れ立って行く。たぶん、おまえもそうなる。ついでに言っておくと昼は昼で、柿沢もおれも週に三日はスポーツクラブや道場で汗を流している。体力維持のためだ。もっともクルマのチューンを終えるまでは、おれは別だけどな」

「なるほど」

「意外とこの稼業もヒマそうに見えて、日々忙しい」

そう桃井が締めくくると、アキは口元をへの字に曲げた。

「もう、見習い期間から身にしみてるよ」

4

四週目の月曜——仮組みの終わったレガシィの横で、桃井はアキに説明した。

「この前聞いたおまえのレベルだと、首都高や湾岸線デビューはまだ早い。特に首都高は基本的には四十年前の設計だ。車線の幅は狭いし、タイトなコーナー続きだ。クルマの挙動を不安定にさせる路面の継ぎ目や凸凹《でこぼこ》も、無数にある。いきなり二百キロオーバーで走るのは、素人には不可能だ」

アキは神妙にうなずいた。

「だから、まずは深夜の外環から常磐道ルートで、高速走行に慣れてもらう。交通量も少ないし、路面も広くて新しい。おまけに急なカーブもアップダウンも、ほとんどない。それなりのスピードを出しても、安心してクルマを操縦できる」

仕上がったクルマには、コンソール上部にブースト・油温・油圧計の三連メーターを取り付け、スピードメーターも三百二十キロフルスケールのものに新調してあった。ついでに、レーダー探知機も載せ込んである。

「分かっているとは思うが、エンジンはほぼ新品に近い状態になっている。だから、各パーツにアタリをつけるため、慣らし運転からはじめる。最初の二日で、三千回転をリミットに五百キロを走る。大泉JCT《ジャンクション》から外環・常磐とつないで、土浦北IC《インターチエンジ》経由、筑波山《つくばさん》まで往復すれば、一回で優に二百五十キロ程度の距離にはなる。その時点で一度エンジンオイルを入れ替え、鉄粉を取り除く。つづく二日で、四千五百回転をリミットに同じコースを五百キロ。もう一度オイルを入れ替えて、慣らしは終わりだ。その後はレッドゾーンぎりぎりまでぶん回していい」

もう一度アキはうなずいた。

毎晩午前零時、アキが運転席に、桃井が助手席に乗り込む。

静まり返った住宅街をそろそろと低速で抜け、大泉JCTから外環へ。

外環から常磐道に至る高速は、慣らしの回転数の上限で、クルージングをつづける。

土浦北ICから、筑波山へ。

その稜線《りようせん》伝いに走る表筑波スカイラインでは、アキにできる範囲で、連続するコーナーを攻めさせた。

平日の深夜ということもあり、すれ違うクルマもごくまばらだった。

ヘッドライトの向こう、暗い山林の間をすり抜けるたびに、曲がりくねったセンターラインが浮かび上がって見えた。

若い頃に首都高や近場の峠《とうげ》道を散々走り込んできた桃井の目からすると、アキの運転技術は、たしかに自らが口にした通りズブの素人に近かった。

桃井がそう感じていることが伝わるのか、なかなか思い通りに上げることの出来ないコーナーリング速度に、アキも時おり苛立《いらだ》った表情を見せた。

「落ち着けよ」やんわりと桃井は諭した。「そう一朝一夕にうまくいくもんじゃない。じっくりと腰を据えて、少しずつ上達すればいい」

「でもさ、ただやみくもに運転しているだけじゃなく、早く上達するコツみたいなものも、あるんだろ？」せわしくステアリングを切り返しながら、アキは訴えた。「ほら、アンダーステアだとどうだとか、オーバーステアが出た場合はどうとか……例えば、そんな類《たぐい》のことを知りたいんだけど」

その勘違いに、桃井は顔をしかめた。

「どこで、そんな用語を聞きかじった？」

「……渋谷時代の、チームの連中」

スカイライン沿いのパーキングで、一休みした。

天空には、上弦の月が照り輝いていた。夜露の光る草むらでは、まだ鈴虫が鳴いている。

二人してクルマを降り、煙草に火をつけ、ぶらぶらと展望台まで歩いていった。

眼下のだだっ広い平野には、つくば研究学園都市の無機的な夜景が広がっていた。その夜景を眺めながら、桃井は先ほどの質問に答えた。

「アンダーステアとかオーバーステアとかっていうのは、基本的に、前輪と後輪のスリップ角度の違いが引き起こす現象だ。ある速度以上で、コーナーに突っ込んだとする。その時のステアリングの操舵角《そうだ》に対して、より外側にフロントが持っていかれることをアンダー、より内側に切れ込むことをオーバーというんだ。そして、そんなクルマの特性は、よほど限界までマシンを追い込まない限りは、ほぼ二輪駆動車——つまり、ＦＦとかＦＲとかだが——に特有の挙動だと考えていい。四輪駆動ロードスポーツにも若干アンダーは出るが、今のおまえのレベルなら、あまり関係ない」

「………」

「何故かというと、常に四輪全部に駆動力《トラクション》がかかっているから、コーナーリングの際に前後輪どちらかのスリップ角度が、その他方に対して大きく違ってくることは考えられない。おまけにこのＢ４だと、通常はセンターデフで前後輪にそれぞれ５０《フィフティ》・５０《フィフティ》でトルク配分がかかるようになっているが、万が一どちらかのタイヤが滑り出しても、ビスカスＬＳＤが状況に応じてそのトルク配分を適正化してくれる。ようは、おまえがステアリングを切ったラインを、あくまでも生真面目《きまじめ》にトレースしてくれる。当然、クリアな路面では、ドリフト走行や派手なカウンターを当てる作業なんかとも無縁だ」

「じゃあおれは、どうすれば今より速く運転できるようになる？」

「将棋と同じだ。常に、その先を読むことだ。カーブに進入する際、次のカーブのことまで頭に入れて、その二区間の入り口から出口までの最短ラインに沿った、各コーナーでの最も内側に寄る地点《クリッピング・ポイント》を見つけ、そこを押さえる」

連続するコーナーを走り抜ける場合の、基本中の基本だった。

だが、月明かりの下、アキは怪訝《けげん》な顔をした。

「でも、それなら今でもやっているつもりだが……」

いや、と桃井は笑って首を振った。

「正確には、出来ていない。厳しいようだが、おまえがやっているのは四駆特有のトラクションにものを言わせ、クリッピングポイントから次のポイントに向けて、ただやみくもに直線的な動きと鋭角的なターンを繰り返しているだけだ。自然、少しずつポイントはずれてゆく」

アキは腕組みをしたまま、少し不満そうに口を開いた。

「じゃあ、どうすればいい？」

少し考えて、桃井は答えた。

「もっとカーブに対して優しく、クリッピングポイントを撫《な》でてゆくように通過するんだ。好きな女に接するように、だ。そうすればコーナーからコーナーへのつなぎは、緩やかなS字のラインを描くことになる。そのライン上からつづくコーナーへ、ごく自然に吸い込まれてゆく次のクリッピングポイントを見つけ、トレースする……うまく言えないが、このニュアンス、分かるか？」

「なんとなく」と、答えた。「つまり、もっとスムーズな方向転換をしろ、ということか？」

「おおまかには、そんなところだ」桃井は言った。「ついでに言うと、この種のハイパワー車だと、立ち上がり重視のコーナーリングを心がけたほうがいい。コーナー入り口のアウトサイドでは、通常のラインより心持ち小さな半径で回り込み、クリッピングポイントをやや先送りする。ポイントに差し掛かるときには、コーナー出口に向けてノーズがまっすぐに向いているような態勢にしておく。そこから次のコーナーまで稼げる直線の距離に応じて、馬力をかける。これだけで、今よりもずっと速く走れる」

アキはうなずいた。

四日が過ぎ、オイルを二回入れ替えた。

慣らし運転が完全に終わった。

外環と常磐ルートで、いよいよ本格的な高速教習を始めた。本格的な、と言ったのは、それ以前の慣らし運転で、既に高速の予行演習は終わっていたからだ。

つまり、最初の二日では、三千回転トップギアホールドで、時速百六十キロ前後まで出し、つづく二日では、四千五百回転をリミットに、二百三十キロ近くまで出していた。

カーブも少なく路面状態もよい常磐道とはいえ、速度計が二百二十の針を指したときには、アキもやや緊張の面持ちだった。

「怖いか？」と、その時に桃井は聞いた。

「そりゃ、そうだ」と、アキは答えた。「この速度でスピンでもすれば、おれたちは無事じゃいられない」

ステアリングを握る指が、風圧とスピードが増すにつれ、微妙に進行方向のズレを修正している。それを見て、ふたたび桃井は口を開いた。

「分かるだろ？」

「何が？」

「クルマは、まっすぐ進まない」桃井は言った。「速度を増せば増すほど、どんなに高速向けにセッティングされたGTカーでも、次第に挙動が怪しくなってくる。路面道からの突き上げ、微妙な風圧の変化……三百キロオーバーの世界になると、さらにデリケートな微調整が要求される」

しばらく黙って運転した後、ぽつりとアキは言った。

「だろうな」

5

レガシィB4の速度計が初めて三百キロの大台に乗ったのは、連夜のシェイクダウンが始まってから二週間目、ちょうど十月も半ばに差し掛かったころだった。

深夜。筑波山からの復路、常磐道上り——谷和原《やわら》ICを過ぎた地点で、メーターの針は二百四十キロを示していた。二百キロ台の後半に突入し、三百キロ間近になると、人の目には見えぬ路面の凹凸《おうとつ》にボディがキッ、キキ、と軋《きし》み、フルブーストのかかったボクサーエンジンが、ゆっくりとあえぎ始める。

守谷SA《サービスエリア》までつづく約五キロの直線道の前半で、時速三百十六キロを計測した。

「守谷で一休みする」桃井は指示を出した。「エンジンの冷却《クーリング》に入るんだ」

高回転・高負荷をかけつづけたエンジンを、いきなりアイドリング状態までもっていって停車させると、最大限にまで熱の籠ったエンジンとオイルの冷却がフィンだけでは間に合わず、オーバーヒートを起こす危険性がある。

そのために、SAまでゆっくりとスピードを落としてゆきながら、できるだけオイルクーラーとインタークーラー、ラジエーターに新しい空気を入れつづけるようにする。

小型車のパーキングにレガシィを停めたあと、しばらくは三連メーターを睨《にら》んでいた。だが、水温・油温ともに上昇してくる気配はなかった。アイドリングにも、バラつきは感じられない。

そこまでを確認して、桃井はようやく隣のアキに顔を向けた。

「メーター読みで、時速三百十六キロ――タイヤのスリップロスを五パーセントと計算しても、実速でジャスト三百キロ」そう言って、笑いかけた。「ひとまずは、ここまでだ」

アキも、ほっとしたような表情を覗《のぞ》かせた。

「見てくれよ」と、掌《てのひら》を差し出してきた。その表面にうっすらと汗が浮いているのが、薄闇にも見てとれた。「さすがに少し、ビビった」

だろうな、と吐息をつき、言葉をつづけた。

「谷和原ICの手前で高速コーナーに入ったとき、フロントが少し浮いてくるような感じがあったが、おまえはどう思った？」

アキはわずかに首をひねった。

「……そういえば、心持ちステアリングが頼りなくなったような気は、した」

桃井はうなずいた。

「フロントのダウンフォースが、若干足りないんだ。あそこで――」と、パーキングの奥に見える、煌々《こうこう》とライトの灯《とも》ったガソリンスタンドを指差した。「ハイオクを満タンにする代わりに、横の整備ガレージを少し貸してもらおう。フロントのダンパーを二段階下げる。とりあえずはそれで様子を見る」

すぐにギアを入れてスタンドに向かおうとしたアキに、笑って首を振った。

「その前に、一休みだ。食堂コーナーで蕎麦《そば》でも腹に入れよう」

クルマのドアを開け、アスファルトの上に降り立った。

二人の背後から、いくつものディーゼル音が大波が押し寄せるように響いてきた。振り返ると、大型車専用のパーキングエリアに長距離トラックやトレーラーがずらりと横並びになって、アイドリングの音をまき散らしている。

腕時計を覗き込んだ。

午前三時——抜け穴のない不景気といいつつも、この国の夜は寝静まることを知らない。ロングのトラック野郎たちが距離を稼ぐには、最も適した時間帯だ。

パーキングを横切り、建物の内部に入った。

レストランブースの前にある自販機で、チケットを買い求めた。桃井はきつね蕎麦、アキは天ぷらうどんだった。

カウンターにいる割烹着《かっぽうぎ》姿の店員にチケットを出し、窓に面した適当なテーブルに座った。

「エンジンのチューニングにも、特に不具合はないようだ」マルボロの煙を吐き出しながら、桃井は言った。「あとはおまえがこのクルマのセッティングに慣れてくれれば、それでいい」

アキは、指先でキー・リングをチャラリと鳴らした。それから、ためらいがちに感謝の言葉を口にした。

「連日連夜付き合ってもらって、ホントにありがたいと思ってる」

「なら、もっと早く、確実な運転を出来るようになってくれ」少し笑い、桃井は答えた。

「それが、おれと柿沢への礼になる」

「分かってる」

奥のカウンターから、出来上がりの呼びかけが聞こえた。アキが気を利かせて立ち上がり、両手にどんぶりを持って戻ってきた。

「すまんな」

言いながら箸《はし》を割り、蕎麦をすすり始めた。

麺《めん》と具をあらかた腹に収め終わったとき、反対側の壁際のテーブルに陣取っていた三、四人のグループが立ち上がったのを、なんとなく気配で捉えてはいた。

が、アキにクルマのメンテナンスの話をしていた桃井は、そちらに顔を向けなかった。

――でな、うっかり忘れがちなのがデフオイルの交換だ。ＬＳＤ装着車の場合は――

そこまで喋ったときだった。

不意に、テーブルの脇から声をかけられた。

「……モモ、ちゃん？」

女の声だった。だが、それにギクリとしたわけではない。

桃井のことをそう呼んでいた人間たちは、少なくともこの世界に足を踏み入れた六年前から、彼の周りからすっかり遠ざかっていった。

いや――正確に言うと、桃井のほうから意識して遠ざけていったのだ。彼らの息づく夜の世界から、自分自身の判断で、ぷっつりと姿を消したのだ――。

はっとして顔を上げると、そこには見覚えのある女の顔があった。

やや栗色がかった髪を思い切りよく後頭部のバレッタでまとめ、形のいい額が露《あら》わになっている。いかにも利かん気の強そうなくっきりとした眉の下で、見開いた二重瞼《ふたえまぶた》の瞳が、桃井の顔を見つめていた。

「ノリ――」

思わず、つぶやいた。

彼女の隣にいた作業着姿の中年男が、楊枝《ようじ》を咥《くわ》えたまま笑った。

「なんだあ、ノリちゃんの知り合いけ？」

おもいっきりの茨城弁だった。憲子《のりこ》の逆側で立ち止まっていた無精ひげの若い男も、

「ひょっとして、ノリちゃんの、昔のコレか？」

そうおどけて、小指を立てて見せた。

いかにも長距離トラッカーらしい磊落《らいらく》さだ。

「まあ、そんなところよ」彼女は軽く笑って二人をあしらい、それから桃井に向き直った。「……ほんとに、久しぶりだね」

「あ、ああ」

自分でも、まだ動揺しているのが分かった。そんな桃井に何かを感じたのだろう、アキが桃井と彼女の顔に、ちらりと視線を走らせてきた。

憲子は連れの男たちに向かって、両手を広げてみせた。

「ごめん、先に行っちゃって」

男たちは冷やかしの言葉を残し、レストランを出て行った。

憲子は依然として桃井の脇に突っ立っていた。ぴちりとしたダンガリーの長袖シャツに、同色の色褪《いろあ》せたブーツカットのジーンズ、足元にはよく履き込んだブラックのナイキ・エアマックス……そのラフななりも、昔のままだった。

「良かったら、ここ、座ります？」

アキはそう言うや否や、すっと立ち上がった。この若者と知り合ってから初めて聞いた、敬語らしい敬語だった。それから彼女に口を挟む隙《すき》を与えず、桃井に向かって口を開いた。

「先に、スタンドでクルマをリフトして、ダンパーの高さを調整している。三十分ぐらいはかかると思う」

そこまで一気に言うと、彼女にかすかに目礼した後、席を後にした。

つまり、おれのことならしばらくは気にするな、ということだ。

窓の外、駐車場を横切り、レガシィに向かって歩いてゆくアキの後ろ姿が見えた。

彼女もそんなアキの姿を視線で追っていたが、

「気が利くぼうやね――」そう評しながらテーブル越しに腰をおろした。ついで、やんわりと笑みを浮かべた。「こんな夜更けに、珍しく油っぽい話をしている男がいるなって思ったら、偶然ね」

これには桃井も苦笑するしかなかった。

「たしかに」桃井は応じた。「元気なのか」

「元気よ」彼女は答えた。「あたしは、相変わらず」

「今もトラックを転がしているのか」

彼女はうなずいた。

「より稼げる長距離のほうに、移っちゃったけどね」

「なぜ？」

「五年前、ウチの商売がコケてね。有限会社だったから、ちょっと借金が残っちゃって」

そうか、と桃井はうなずいた。

八年前に知り合ったとき、彼女は、両親の経営する小さな運送会社でトラック・ドライバーをしていた。一人娘だった。

当時、桃井は二十七歳だった。ブルーメタリックのFDセブンに乗っていた。気が狂うほどに愛していたクルマだった。T－78タービンを組み込んだエンジンはグロスで五百三十馬力ほどだったが、バランスの取れた軽いボディと相まって、湾岸、首都高、向かうところ敵なしの、いかれきったマシンだった。

夏の夜だった。

タイトな首都高のコーナーを追い上げてくる赤いマツダのRX－7があった。しかも桃井と同機種のFDセブン……赤坂トンネルを出たところで、その存在に気づいた。都心環状線を二百キロオーバーで走り抜け、箱崎から駒形・堀切とつなぎ、葛西《かさい》JCTへと南に下る中央環状線に出た。ごくゆるい高速コーナーの続くこのルートで、赤いFDを振り切ってしまうつもりだった。

だが、速度計が二百八十キロを過ぎても、赤いFDはぴたりとついて来た。その安定した走りっぷりをルームミラーの中で拝んでいた桃井は、思わずにやりとした。

いいマシンに、いい乗り手の腕。心持ち、アクセルを緩めた。

葛西から湾岸線に入り、辰巳《たつみ》のパーキングで停車し、クルマを降りた。直後、一台置いた隣の駐車スペースに、赤いFDが滑り込んできた。

驚いたことに、運転席から出てきたのは若い女だった。まだ二十代の前半に思えた。目鼻立ちのはっきりとした顔が、桃井のFDを見て、笑った。

「なんか、平井大橋あたりから、手心をくわえてもらったみたいね」

そのいきなりの台詞《せりふ》には、笑うしかなかった。エンジンの仕様を聞いた。桃井と同じ、T－78タービン……アレンジは、チューニング業界の最大手『J－SPEED』の手によるものだった。

自販機の前にたむろしていた顔見知りの湾岸族——週末の夜に会うだけの、ファーストネームしか知らない仲間たち——に、彼女を引き合わせた。

「今も、あのFDには乗っているのか?」

彼女は首を振った。

「会社整理のときに、売れるものはみんな売った」そして、少し顔をしかめた。「あんなに手を入れたFDも、三十万ぽっちでしか売れなかった」

「チューニング・カーの末路なんて、そんなものだろ」

「でも、ひどすぎない?」

「まあ、そうだ」

「モモちゃんは、まだあのFDに乗ってるの?」

桃井は首を振った。

「いや……おれも売り払って、今はインプレッサだ」

彼女は、フラットな笑みを浮かべた。

「そっか……」


それから憲子とは、週末の湾岸でたびたび出会うようになった。あるときは市川パーキングで、あるときは大黒埠頭で、というぐあいだった。会ってクルマの話を重ねるうちに、ゆっくりと親しくなっていった。三カ月が過ぎ、やがて、彼女と寝た。

いい女だった。明るく、さばけていて、その物言いや考え方にも、すっきりとしたものを感じた。話していると楽しかった。

だが、楽しい時間も、そう長くは続かなかった。

付き合いだした頃から相前後して、桃井のガレージの経営状態はゆっくりと悪化の一途《いっと》を辿《たど》り始めていた。売上伝票が示す未来は、どれもこれも芳《かんば》しいものではなかった。半年が過ぎ、一年が経ち、一年半が流れた。運転資金が底をつき始めた。商売が盛り返す見込みも、どうやら薄そうだった。

桃井自身、自分が古い枠に捕らわれている人間だということは分かっていた。付き合いだした当初から、結婚、の二文字が常に頭の中にあった。そしてそれは桃井にとって、彼女との生活を保障してゆくことが前提条件であるように、思えた。

だから、彼女に言った。

おれと別れてくれないか、と。このまま仕事をつづけていても、未来は暗いようだ、と。

しばらく黙り込んだ後、彼女は言った。

「つまり、あたしとは、その苦労を分け合う自信がないってことね」

その通りだった。情けなかった。クルマ以外、なんの取り柄もない人間だった。

シフトノブを無意味に揺らしながら、そうだ、と桃井は唸った。

「……そんな暮らしになったとして、おまえがおれをまだ好きでいてくれるか、楽しい生活を送っていけるか、自信がない。そしたらおれはどうすればいいのか、分からない」

自分本位の、勝手な意見だった。彼女の気持ちなど、どこにも考慮に入れていなかった。

彼女はため息をつき、桃井のＦＤを降りた。

最後に一言、感想を洩らした。

「淋《さび》しい考え方だね」

憲子はまだ、二十三だった。だが、クルマしか知らずに三十間際になっていた男などより、はるかに大人だった。

それっきり、彼女とは会わなくなった。三カ月後、柿沢からこの稼業にスカウトされた。その誘いに乗り、桃井はそれまでの世界から姿を消した。

「あの頃、みんな、心配してたよ」快活に憲子はつづけた。「練馬ナンバーの、ブルーのＦＤ……湾岸線、環状線――いきなりどこにも姿を見せなくなって」

「…………」

「しまいには事故って死んだっていう噂《うわさ》まで流れてたわ。ディズニーコーナーに二百五十キロで突っ込んで海に落ちたとか、つばさ橋の中間でダウンフォース不足で飛んだのを見たとか、そんな感じ」

そう言って、さすがに失笑した。釣られて桃井も、苦笑いを浮かべた。

「だが、こうして生きている」

「その、ようね」

彼女の薬指にリングがないことには、先ほどから気づいていた。たしか、今年で三十のはずだ。

「……出すぎたことを聞くようだけど、事業の借金は、まだ払ってるのか？」

「もう少し、あと一、二年頑張れば、完済するわ」

そう明るく応じた目尻に、昔にはなかったものが、ごくかすかにだが、確実に忍び寄ってきていた。

ふと、自分の預金通帳のことを思い出した。

一千万単位の小口に分け、何に使う目的もなく、ただ転がしてあるだけの一億以上の預金残高――意識しない間に、口が動いていた。

「あのさ……もし良かったら残りの借金、おれに立て替えさせてもらえないか」話しだすと、もう止まらなかった。七年前の情感が一気によみがえり、噴き上がってきた。その口調もいつしか昔に戻っていた。「おれ、今ちょっとしたことで儲けてて、自由になる金がかなりあるんだ。だから、少しぐらい無くなったって、全然なんともない。いや、むしろ、そうさせて欲しいんだ。ただ受け取るだけじゃ心苦しいって言うんなら、あるとき払いの催促なしでも、まったくこっちは大丈夫だし、だから、どうだろう？」

束の間《つかま》、彼女はあっけにとられていた。ぽかんと口を開け、桃井を見ていた。

「なあ、そうしようぜ」

桃井は両腕をテーブルの上で広げてみせ、さらに念押しした。

一瞬、彼女は明らかにぐらりときたようだった。ためらいの色がその瞳をよぎった。

――が、直後には首を振った。

ううん、とつぶやいて、テーブルの上にあった桃井の腕に、手のひらで触れてきた。

「やめようよ、そういうの」少し笑い、彼女は言った。「気持ちだけ、もらっておく」

「でもさ――」

そう言いかけた桃井を、今度ははっきりと遮《さえぎ》った。

「それも含めて、あたしの人生だもの」

「…………」

「でも、ありがと」

そう言って、もう一度桃井の腕をつかんできた。


時計を見ると、午前四時少し前だった。

憲子とともに、レストランを出た。すこし風があり、まだ夜は暗かった。

彼女は目の前に拡《ひろ》がる小型車の駐車スペースを見回し、聞いてきた。

「その、インプレッサは？」

「今日は、おれのクルマじゃないんだ」桃井は答え、サービスエリア左隅に建っているスタンドを指差した。「あそこに、ガンメタのＢ４が停まっているだろ？」

スタンドの隅に――おそらくセッティングを終えたのだろう――リフトから下ろしたと思《おぼ》しきＢ４が停まっていた。店内にでも入っているのか、アキの姿は見えない。

「あの彼に、どうもって伝えておいて」

「うん」

奥の大型車専用駐車場に向かって歩き始めた。ＳＡの無数の外灯が、二人の足元から伸びる影を、アスファルトの上に四方に散らしていた。

パーキングエリアを三分の一ほど横切ったところで、桃井は聞いた。

「今夜は、どこからどこまでなんだ？」

「小名浜《おなはま》から魚を積んで、築地まで」彼女は答えた。「早くあっちに着き過ぎても荷降ろしの順番を待つだけだから、ここで時間調整してたの」

駐車スペースに引かれたいくつもの白線を跨《また》いで、大型車専用の駐車エリアに辿り着いた。彼女のトラックは、日産ディーゼルの二十四トン級の大型貨物だった。鈍く光るグリル以外は、ブルーのフェイスをしていた。

「ビッグ・サムって、トラックよ」と、ドアの横に立ち、キーレスのボタンを押した。

「昔のモモちゃんふうに言うと、一万三千cc、V8直噴ディーゼル、マックスパワーは四百三十馬力――こんな感じ？」

そう言って笑い、手馴《てな》れた手つきでドアを開け、運転席に乗り込んだ。桃井の中で、何かが永久に遠ざかっていくような気がした。

が、彼女は閉めかけたドアを途中で止めた。

「……モモちゃん、今も一人？」

ああ、と桃井は答えた。「一人だよ」

彼女は一瞬考えたあと、視線を合わせぬまま素早く告げた。

「江東区に、丸亀運送って会社がある。あと一、二年は、そこにいるから」

桃井の返事も待たず、ドアは閉じられた。

ビッグ・サムが専用駐車場を出て本線に抜けて行くまで、桃井は突っ立ったまま、そのテールランプを見送っていた。

それからぶらぶらとパーキングエリアを横切り、スタンドまで歩き始めた。

彼女との獣のようなセックスを思い出した。腸《はらわた》を引きちぎられるような気がした。今の自分がひどくつまらないものに感じられた。

いつの間に出てきていたのか、スタンド脇に停めたレガシィの側面に、アキが腕組みをしたまま、身をもたせかけて立っていた。

「待たせたな」桃井は軽く呼びかけた。「彼女も、すまないと言っていた」

するとアキは珍しく、ニッと笑った。

「なんだよ?」

「いや……いい感じの女だったな、と思って」

「なら、どうした」

「ひどく、口惜《くや》しそうな顔をしている」

カッときた。

「この――」

だが、それ以上言葉にならず、代わりにアキの尻を思いきり蹴り上げた。

いてっ! とアキは笑いながら、運転席側のフェンダーに回り込んだ。回り込むなり、運転席のドアを開けた。

「早く乗んなよ」

「どうして」

「あのサイズの冷凍車だと、行き先は築地かそこらだろう」アキは言った。「今から飛ばせば、三郷JCT《みさとジャンクション》までには追いつける」

「無駄だ」桃井は吐き捨てた。「それに、そんなことをしてどうなる」

するとアキは、奇妙な笑みを見せた。

「——別に、どうもなりはしないさ」ドア上部に肘《ひじ》をもたせかけたまま、アキは言った。「見てたぜ。あんたに何を言ったかは知らないが、あの女が、閉めかけたドアを未練がましく途中で止めたのを」

「だから、なんだ？」

「トラックに追いついて、あんたが窓越しに手を振ってやる。そのあとに会うかどうかは問題じゃない。これから付き合うかどうかも、関係ない。だが、それだけであんたは気持ちよくなれる。彼女もそうだろう。あんたも彼女も、今よりはましな表情で一時《いっとき》を過ごせる。充分だろ？」

「…………」

結局、アキの言葉にのせられて桃井はクルマに乗り込んだ。乗り込むなりアキはギアをつなぎ、軽いスキッド音を立てながら本線に躍り出た。

柏《かしわ》IC、流山《ながれやま》ICを二百三十キロで流してゆき、料金所を通過した。三郷JCT手前一キロの地点で、前方の走行車線に見覚えのあるブルーの大型トラックが見えてきた。

アキはさらにレガシィを加速させると、そのトラックにぴたりと並ぶや否や、クラクションをやや長めに鳴らした。

助手席からトラックを見上げていた桃井の目に、運転席の窓に映った彼女の顔が見えた。訝《いぶか》しげなその顔が、最初にレガシィのボンネットに注がれ、ついで助手席の桃井の顔に止まった。

直後、彼女が大口を開けた。明るく笑っていた。トラックのホーンが続けざまに二回、鳴らされた。

アキもそれに答えるように、もう一度クラクションを鳴らした。

JCT分岐まで、距離にしてあと数百メートル——十五秒ほどのランデブーは、急ぎ足で終わった。外環道への分岐は、本線の左端レーンから分かれてゆく。アキはレガシィのノーズをわずかにトラックから下げ、そのテール越しに反対車線に回りこんだ。レーンから逸《そ》れてゆく分岐点に向けて、滑るように進入していった。

外環道への道《ループ》は、常磐道本線の上を大きく迂回するようにして、立体に横切っている。そのループが一番小高くなった中間地点に差し掛かった。桃井の眼下を、都内に向かって伸びる高速道路——ブルーの大型トラックはその先の首都高エリアに吸い込まれ、両サイドの緑ランプを瞬かせながら、やがて豆粒のようになって消えていった。

運転席のアキが軽い吐息を洩らした。

東の空から、うっすらと夜が明けかかっていた。

Lesson3　実射《ガンショット》

1

京成スカイライナーで、成田空港第一ターミナルに着いた。

エスカレーターで出発ロビーまで上がり、ユナイテッド航空のカウンター脇まで歩いてゆく。

二人はもうそこにいた。

テンガロンハットを被《かぶ》った赤いスイングトップの大男と、黒いジャケットを羽織った、すらりとした上背の男——小振りのボストンバッグが二つ、その足元に転がっていた。

アキは足早に近づいた。

桃井がテンガロンハットを手にとり、やんわりと笑った。

「見習いの分際で遅れてくるとは、いい度胸だ」

アキは口を尖《とが》らせた。

「まだ約束の十分前だぜ」

桃井はまた笑った。

「そりゃ、そうだ」と、つぶやき、隣の柿沢を見た。「が、おれたちよりは遅い」

柿沢が口を開いた。

「ちゃんと、仕事用のやつを持ってきたな？」

パスポートのことだった。アキはうなずいた。

柿沢は三冊のエアチケットをアキに差し出してきた。

「搭乗券《ボーディング》に換えてこい。手荷物しかない。海外をふらついてたんだから、やり方は分かっているな？」

もう一度、うなずいた。柿沢と桃井からそれぞれパスポートを預かった。

自分のパスポートをデイパックの中から取り出し、ユナイテッド航空のカウンターゲートをくぐる。

チェックインカウンターは空いていた。パスポートとエアチケットを受付の女性に差し出した。年の頃は二十代前半、顔立ちの派手な女だった。指先にも、きっちりとパールのマニキュアが施されている。少し香水の匂いもした。

時おりアキは思う。空港のアテンド関係の仕事についている女性というのは、日本に限らず、どうしてこうもケバい女が多いのだろう——と。

彼女はパスポートとエアチケットの名前を照合し始めた。前に突っ立っているアキには、その手元が丸見えだった。

最初のパスポートの見開きには、桃井の大ぶりな顔が写っていた。小倉敏夫、とある。この変名は、以前から知っていた。次いで二冊目のパスポートが開かれた。顎《あご》の尖った無表情な瞳をした顔写真の横に、横井貞則、とあった。初めて柿沢の偽名を知った。最後の三冊目はアキだった。バレるはずがなかった。

それぞれの名前をエアチケットと照合し終えた彼女は、ふと顔を上げた。

「——さま」

一瞬、反応が遅れた。相手が聞き逃したのかと思ったのだろう、彼女はもう一度その名前を繰り返した。

「岩永さま?」

あ、はい、と、慌《あわ》ててアキは答えた。

うっかりしていた。なんのことはない。岩永正一——アキ自身の仕事用の偽名だった。だが、日常その名前で呼ぶ人間はほとんどいない。まだ新しい名前に慣れていなかった。

「機内預けの荷物は、なにかございますか?」

ない、と、アキは答えた。

それで受付は終わりだった。搭乗券とパスポートがすんなりと差し出された。

彼女は、そこで初めて笑顔を見せた。

いいご旅行を、と。

曖昧《あいまい》に笑みを返し、二人の元に戻った。

「すぐに反応しろ」アキを見て、柿沢が言った。「変に勘ぐられる」

それで初めて、受付の一部始終を柿沢が見ていたことを知った。ヤな野郎だ、とまでは思わない。だが、柿沢のこういう神経の細かさが、アキはやはり苦手だった。

隣で、桃井がにやついていた。

2

ロサンゼルス行きユナイテッド890便は、定刻どおりに出発した。席はC《チャーリー》、つまりビジネスクラス。

通路中央の三席に、柿沢、桃井、アキという順番で座った。離陸後しばらくして、桃井が傍《かたわ》らから小さな本を取り出した。『スペイン語・旅の会話集』と、表紙にはあった。

「なんせコロンビアは美人の産地だって聞いているからな」アキの視線に気づいて、桃井は上機嫌で答えた。「コンニチハ、好きだ、くらいは言えるようになっておかなきゃ、万が一のときに悔いが残る」

アキは笑い、柿沢は顔をしかめた。

「仕事に行くんだぞ」

「だが、十日間、まるごと仕事ってわけでもあるまい」

「アキの教育係は誰だ。女遊びは我慢しろ」

「相変わらず固ぇな、おまえは」

そんな二人のやりとりを聞きながら、アキはぼんやりと一カ月前のことを思い出していた。

もともとは、拳銃の仕入れと、アキ自身の実射訓練のために、ハワイに行くことになっていた。

六年ほど前、ホノルル郊外の射撃場で、桃井も柿沢から手ほどきを受けたと聞いていた。当然、アキもそうなる予定だった。

行き先が急に変更になったのは、十一月の会合のときだ。ホノルルの業者が裏ビジネスを廃業したのだ、と柿沢は説明した。むろん、いかにも柿沢らしく、レストランの個室でそう説明したときには、既に別の手を打ってきていた。

コロンビアという国を知っているか？――そう柿沢は言った。

コーヒー豆と美女の産地で有名な中南米の国だということぐらいしか知らない、と桃井は答え、アキもうなずいた。柿沢は国の概要を話し始めた。

南米大陸の北西部、ちょうどパナマ地峡に接しており、カリブ海と太平洋の二つの海に面する国だという。人口は約三千七百万で、面積は日本の約三倍。産業は、コーヒーやサトウキビなどの農業主体。国民総生産は約一千億ドルで、これを一人当たりの所得に換算すると、二千五百ドル強――。

「だが、それはあくまでも対外的に発表されている数字に過ぎない」柿沢は言った。「実質的な国民総生産は、約四割増しの一千四百億ドルといわれている。何故こうなるか、分かるか？」

桃井もアキも首を振った。それを受けて柿沢は言葉をつづけた。

「つまり、その四割増し分は、アンダーグラウンドの金だということだ」

「コカ、か？」

その桃井の言葉に柿沢はうなずいた。

「昔からこの国には、巨大な麻薬シンジケートがある。名高いところでは、カリ・カルテルやメデリン・カルテルといったところだ。主な輸出先は北米。国民の十人に二人が何らかの形でこの麻薬ビジネスに絡んでいるといわれていた時期もある。が、今では往年ほどの勢力はない。麻薬撲滅運動の一環でアメリカに後押しされたコロンビア政府軍と警察が、その工場や生産地、輸出ルートを徹底的に叩《たた》いたからだ。このまま麻薬ビジネスが衰退の一途を辿《たど》ってくれれば、政府としてはなんの問題もなかったが、なにしろ腐りきっている政府だから、敵も多い。それら弱体化したシンジケートの後釜《あとがま》に座った組織がある。ＦＡＲＣなどの、いわゆる反政府ゲリラだ。こいつらは壊滅状態になっていた麻薬ビジネスを再建し、その資金力を背景に、以前にも増して大規模なテロ活動や、外国人を標的にした誘拐《ゆうかい》ビジネスを続けている。余談だが、現在その勢力圏は国土の約三分の一――つまり、日本とほぼ同面積のエリアが中央政府の権力の及ばぬ土地になっている。よけい始末に負えなくなってしまったというわけだ――」

ふと、アキは内心おかしさを堪《こら》えた。柿沢の豊富な知識には、いつもながらたしかに感心はしていた。だが、その話し振りたるや、まるでどこぞのセミナー講師だった。

「で、ここからが本題だ。これら反政府ゲリラの倉庫には、大量の火器が唸《うな》っている。資金力にものをいわせ、各国の優秀な銃器を揃《そろ》えているからだ。それらが市場に大量に出回っている。原因は様々だ。政府軍幹部が、ゲリラの拠点を制圧した後に押収した火器を横流しする。脱走したゲリラ兵が、その後の生活の足しにと持ち去ったサブマシンガンやハンドガンを売りさばく。そんな感じだ。もともとの物価も安い。かなりの出物でも安く仕入れられる。むろん、銃の携帯も認可さえとれば許されているお国柄だから、アキの訓練をする射撃場も無数にある」

桃井が口を開いた。

「けどよ、外国人のおれたちが、一体どういうルートを使って銃器を手に入れるんだ」

「コロンビアの北部海岸――ちょうどパナマ地峡の付け根あたりに、カルタヘナという都市がある。カリブ海に面した港町だ」柿沢は答えた。「そこに、知り合いが住んでいる」

「ほう？」桃井は受けた。「どんな、知り合いだ」

これに対する柿沢の答えは、一瞬、遅れた。

「昔の仕事仲間だ。十年前、おれがこの世界に入ったとき、折田のオヤジと組んでいた」そう言って、ふと思い出したようにアキを見た。「折田のオヤジは覚えているよな？　去年おまえの仲間だったやつらが病院送りにした、あの男だ」

アキはうなずいた。柿沢は話をつづけた。

「六年前、やつは引退してコロンビアへ行った。億単位の金を稼いでな。で、その後釜に、桃井、おまえが座った」

「なるほど」と、桃井は後頭部に両手を回した。「しかし、おまえの口から昔の仕事仲間の話が洩《も》れるとは、意外だな」

アキもそれは同感だった。この世界から引退した以上、現役の人間と関係を持つことはない。だから、今の仲間に接点のない昔のメンバーのことは喋《しゃべ》らない――口には出さなくても、柿沢がそういう考えの持ち主であろうと思っていた。

当然のことだと、アキも思う。もし将来この世界から足を洗ったとして、その後を引き継ぐ連中に気安く自分のことを話されるのは気分のいいものではないし、第一、彼らが万が一にも警察などに捕まった場合を考えれば、枕を高くしておちおち眠れたものではない。

「むろん、この話をすることは相手にも事前に了解済みだ」柿沢は言葉を続けた。「仕入れの手配もそいつが請け負ってくれている。じゃなかったら、このコロンビア行きも最初からない話だ」

「しかし、相手が引退している以上、そこまで手間をかけさせたら、タダというわけにはいくまい」

「当然、そうだ」柿沢が答えた。「やつには手数料として、三千ドル払うことになっている。それと、やつの知り合いの日本人で、現地で船会社のアテンドの仕事をしている人間がいるそうだ。その男に一万ドル。それで、日本までの密輸を代行してくれる。マグロ漁船あたりの積荷に紛れ込ませる算段でもするのだろう」

「計、一万三千ドルか」桃井は首をかしげた。「手間賃としては若干かかりすぎているような気もするが、密輸代も込みとして考えれば、まあ妥当なところか」

その言葉に、アキは柿沢を見た。柿沢はうなずいた。

「その元を取るためにも、大量に仕入れを行う。小振りなセミオートのハンドガンを九挺、フルオートに切り替わるハンドガンも、四、五挺は手に入れるつもりだ。フルオートで適当なやつが揃わなければ、多少大仰になるが、サブマシンガンの入手まで念頭に入れておく。むろん、それぞれ予備のマガジンも用意する。後々の互換性の問題もあるから、できれば口径の規格はすべて9×19㎜のパラベラム弾で統一したい。で、パラベラム弾の仕入れは、五百発を予定している」

桃井が軽く口笛を吹く。

銃器に関してはまだド素人のアキにも、その手配内容がかなり大掛かりなものであることはわかった。

「年々、この日本も物騒になってゆくからな」柿沢はかすかに笑った。「重武装したチャイニーズやロシアン、あるいはコロンビア・マフィア相手の立ち回りも考えておかないと、旨《うま》い儲《もう》け話をみすみす取り逃がすことにもなりかねない」

「たった三人だしな」と、桃井も納得した様子だった。

3

ユナイテッドの890便は、同日の午前十時過ぎにロサンゼルス国際空港に到着した。

「時差ってのは、変なもんだ」アキの隣でトランジットの通路を進みながら、桃井がぼやいた。「午後に日本を出て、十二時間近くも飛行機の中にいた。着いたと思ったら、今日の午前中に逆戻りだ」

同空港から、十二時三十分発のカルタヘナ行きアヴィアンカ航空56便に乗り込んだ。約八時間のフライト。ロサンゼルスとの時差は三時間。現地のクレスポ空港に着陸態勢に入ったときには、日はとっぷりと暮れていた。

このカリブ海に面した都市は、ほぼ北緯十度に位置している。人口は約九十万人。

眩《まぶ》しい陽光と心地よい潮風がお約束の、コロンビアで最大のリゾート地でもある。大航海時代に築かれた巨大な要塞《ようさい》と城壁が海に向かって突き出しており、その城壁の内側が旧市街に当たる。植民地時代そのままの石と煉瓦《れんが》の建築物がびっしりと立ち並び、今でも多くの人間がその中で暮らしている——。

そんな解説を柿沢から聞いていた。だが、実際に降り立ってみた空港は思ったよりも小さく、アキは少々拍子抜けがした。騒々しいアメリカ人の団体客に混じり、柿沢を先頭にして到着ゲートを抜けた。

ロビーは、出迎えの客でごった返していた。

が、相手はすぐにそれと分かった。いかにもラテン系らしい彫りの深い顔立ちに混じって、一人の東洋系の男が立っていた。髭面《ひげづら》の、大柄な四十前後の男——やや肥満気味だ。グレーのプリントTシャツの腹部が出っ張り、花柄のバミューダパンツを穿《は》いた素足には、ビーチサンダルをつっかけている。

まるで夜の浜辺から、そのままペタペタと歩いてきたような格好だった。

柿沢が近づいてゆくと、相手はその髭面に満面の笑みを浮かべた。

「ようこそ、カルタヘナへ」

と、わざとらしく両腕を開いてみせた。少なくとも陰気な男ではないようだった。

アキたち三人は、その男の前で荷物を下ろした。

「あんた、太ったな」開口一番、柿沢が言った。

「おまえは、昔のままのようだ」相手は答えた。

「紹介しよう」柿沢はアキと桃井を振り返りながら言った。「こっちが、桃井。組んで六年になる。おれと同い年だ。もう一人のこいつが、アキ。二十歳だ。三カ月前に、仲間に加えた」

男は、最初に桃井に、次いでアキに手を差し出してきた。

「よろしく、須藤だ」

やや緊張して、アキはその手を握り返した。相手は、ふと目元に笑みを浮かべた。

「折田のオヤジから聞いたぜ。半殺しにしたんだってな」

「先にこっちの仲間が半殺しにされたんだ」ついアキは返した。「それに、やったのはおれじゃない」

「そうそう、その調子だ」と、須藤は笑った。「おれに敬語なんか使わなくていい」

人を喰った男でもあるようだ。

空港前のロータリーに出ると、むっとした湿気が四人を包んだ。ロータリーの先にパーキングが見えた。その先に見える街並みは、オレンジ色の外灯に彩られている。

須藤と柿沢が先頭を歩き、やや遅れてアキと桃井がつづいた。

「さばけた男のようだ」桃井がそっと耳打ちしてきた。「おれは、嫌いじゃない」

アキもうなずいた。

駐車場の奥に、ワンボックス――シヴォレー・アストロのバンが停まっていた。助手席に金髪の若い女が座っている。彼ら四人を認めた女は、フロントウィンドウ越しに片手を軽く振ってみせた。

「カミさんだ」須藤が言った。

「あんたが、結婚するとはな」柿沢が返した。

須藤は曖昧《あいまい》に笑った。

「おおらかだよ、こっちの女は。必要以上に物事をつきつめて考えないし、理屈をこねくり回すこともない。一緒にいて気持ちがいい」

須藤が後部座席のドアを開くと、シート越しに女が挨拶《あいさつ》してきた。

「こんばんは《ブエナス・ノーチェス》、みなさん《セニョーレス》」

そう言って白い歯を覗《のぞ》かせた。ノーチェス、と大声で桃井が答え、柿沢は少しうなずき、アキは軽く笑いかけた。

「さっそくだが、旧市街《セントロ》のレストランで、アテンドの男が待っている」運転席に乗り込みながら須藤が言った。「そいつも混ぜて軽く飲みながら、明日以降の打ち合わせをしよう。その後、ホテルまで送り届ける」

空港からセントロまで、約二キロの距離だった。

カルタヘナは、海に向かって大きくせり出した逆三角形の半島の上に栄えた街だ。その半島の中に、都市機能のほぼすべてが収まっている。

須藤のアストロはすぐに住宅街を抜け、海沿いの道に出た。

「カリブ海だ」

須藤が言った。右手に広がった暗い空間に、いくつもの波頭が白く光っていた。護岸に押し寄せた高波が砕け散り、その飛沫《しぶき》が路上を濡らしている。

「意外と、波が荒いんだな」

誰に言うともなく桃井がつぶやいた。須藤がのんびりと答えた。

「時期にもよるが、大体こんな感じだ」

やがて前方の左手に、巨大な城壁が見えてきた。柿沢の話に聞いていたカルタヘナ城壁だった。道路脇に連なった照明に、堅牢そのものといった石造りの壁がライトアップされ、それが延々とつづいている。古い砲台跡も、そこかしこに見えた。

「よくもまあ、こんなモンを作ったもんだ」

半ば呆《あき》れ、半ば感心したように再び桃井が口を開いた。

「必要だったのさ」須藤は笑った。「この土地には天然の良港がある。五百年ぐらい前の植民地時代から栄えていた。内陸部から運び出した金やエメラルドを、スペイン本国に送り出す拠点としてな。ところが当時のカリブ海には無数の海賊が横行していて、その富を目当てに、何度も街を襲撃した。それに懲りてこんな馬鹿でかい城壁を作り、その中で市民は暮らすようになった」

その城壁を海沿いに一キロほど進んだところに、アーチ型の石門があった。旧市街の内部へと繋《つな》がる出入り口だった。アストロはその中に入った。途端に、前後左右の空間を建物がぎっしりと覆った。石と煉瓦造りの、前時代の遺物だ。

城壁のすぐ内側にあった小さなパーキングにクルマを停め、須藤は言った。

「ここから先は狭い石畳ばかりだ。クルマでは通れない。中心部にあるボリーバル広場《プラザ》まで、歩きで向かう」

ああ、それから——と、思い出したように付け足した。「車内に貴重品は残さないでくれ。車上荒らしは日常茶飯事だ。警報ブザーが鳴り響いても、お構いなしに窓ガラスを割ってくる泥棒もいる」

結局、アキが三人分のパスポートやエアチケット、カード類と現金をまとめてデイパックに入れ、持ち運ぶことになった。

須藤は全員が降りた後、リモコンで施錠をした。セキュリティ確認の電子音と共に、ハザードランプが数回点滅した。

「ぶっそうなお国柄だな」

その桃井のコメントに須藤は苦笑を浮かべ、なに、車上荒らしなど可愛いものだ、と言った。

「この国の強盗なんてのは、まず相手をぶっ殺して無抵抗にしてから、財布を抜き取ったり貴金属を剝《は》がしたりする」

「ははあ……」

そんな二人の間に、日本語を解さぬ須藤の妻がニコニコして突っ立っている。

須藤に案内され、石畳の狭い路地を数百メートル進んだところで、急に開けた空間に出た。

ボリーバル広場だと、須藤は言った。

教会《カセドラル》やホテル、レストランなどの建物に周囲を切り取られた四角い空間だった。広場中央にはコロンビア独立運動の父『シモン・ボリーバル』を祭った記念碑が立ち、その記念碑の周りを、各レストランのオープンカフェがぐるりと取り巻いている。テーブルに陣取った数多くの観光客たち。その客の落とす小金を目当てに、アコーディオン弾きや絵描きがテーブルの間をうろついている。レトロな雰囲気を感じた。

奥の空いたテーブルに、一人の東洋人が座っていた。

須藤を先頭にそのテーブルに向かって進んでいった。相手はすぐに須藤を認めたようだった。アキたち五人に向かってかすかにうなずいてきた。

「待たせたか」

男のテーブルまで行くと、須藤は言った。

「ほんの十分ほどだ」

相手の男は答えた。年の頃は三十代半ば、瘦《や》せぎすの男で、少し暗い目つきをしている。

「今回の依頼者だ」

そう言って、アキたち三人を紹介した。

「谷口です」

わずかに笑って、男は返した。

全員がテーブルに着くと、すぐにウェイターがオーダーを取りに来た。

柿沢はジン・トニックを、桃井はビールを、そしてアキはミネラルウオーターを頼んだ。須藤はアグア・ルディエンテ（コロンビアの焼酎）で、彼の妻はバニラ・アイスクリームだった。谷口はすでにスコッチのグラスをロックで傾けていた。

ウェイターが去ると、谷口が提案してきた。

「話しやすくするために、お互いに敬語は無しでいきたいんですが、どうですかね？」

柿沢がうなずいた。

「こっちとしても、面倒がない」

「どうも」

と、うなずき返した谷口は、しばらくなにかを思案した後、話を始めた。

「おれは今、一人で会社をやっている。日本の船会社のいくつかと委託契約を結んでいる。漁船がこのカルタヘナに入港したときに、食料や餌《えさ》の積み込み、宿や女の手配をする——いわゆる船舶のアテンド業務だ」持ちかけてきたとおり、いきなりくだけた口調になった。「知っているかもしれないが、マグロ漁船などの船員の中には、日本での借金返済のため仕方なしに乗り込んだ、あるいは送り込まれた人間もいる。つまり、金が喉《のど》から手が出るほど必要なタイプだ。で、そんな連中の一人が、三日後に入港してくる船に乗っている。こいつには、以前寄港したときに話をつけてある」

「なるほど」

「手順を説明する。まずおれが銃器と弾薬の入った木箱を積み荷の餌の片隅に紛れ込ませる。コロンビア側の税関の問題は心配ない。というのも、このカルタヘナには公設の港はほとんど存在しない。会社所有や個人所有の港ばかりだ。何故そうなのかは、この国の成り立ちから説明しなくてはならないから省《はぶ》かせてもらう。気になるなら、後でこの須藤さんにでも聞いてくれ。とにかく、役人は正式な令状でもない限りは港に立ち入れない。ここまではいいかな」

柿沢がアキと桃井を見た。ほぼ同時に、アキも桃井もうなずき返した。谷口は言葉をつづけた。

「積み込みの終わった船倉で、その船員が木箱を開ける。中のモノを小分けにして包み、船内のダクトや点検孔の内部に、ガムテープでしっかりと貼《は》り付ける。それで航海中はまず、見つかることはない。誰もそんなところなど覗きはしないからな。万が一見つかったところで、積み込みのときに誰がどこに居たかなど、誰も覚えていない。犯人はつかまらない。最終的にはアテンドに関わったおれが疑われる。が、それとても確証はない。ひょっとしたら、さらに部外者の誰かが、こっそりと仕掛けたのかも知れないからな」

「詳しそうだな」桃井が言った。

「当然だ」谷口は笑みを見せた。「昔はおれも乗っていた」

そのセリフに、ちらりとこの男の過去が滲《にじ》んだ。

先ほどのウェイターが、オーダーした飲み物を持ってきた。須藤が二千ペソ（約百円）のチップを握らせた。ウェイターがお礼を言って立ち去った。

「先を続けてくれ」柿沢が促した。

「今回積み込む船は、三カ月後に銚子《ちょうし》港に横付けされる。その船員には、いったん船内にモノを残したまま、下船してもらう。というのも、今回運ぶ量は相当に嵩張《かさば》る。船員一人が持ち帰る荷物としては、不自然な大きさになってしまうから手荷物検査でバレる確率が高い。バレたら、申し開きのしようがない」

　柿沢がうなずいた。

「帰港した遠洋漁業船は、近場のドックまで曳航《えいこう》される。次航海のエンジン点検のためだ。通常は順番待ちで、数日は停泊する。ドックは昼間しか開いていないから、夜は当然無人になる。その船員には、下船した直後に銚子市内で船内の合鍵を作らせておく。それからすぐに、鍵の受け渡し場所と停泊しているドックの在り処《あか》の連絡が、おれに入る手筈《てはず》になっている。おれはこの須藤さん経由であんたらに伝える。ここであんたらの出番になる。その船員から、合鍵と隠し場所を書いた船内の見取り図を受け取り、その足でドックに向かう。夜を待って船内に忍び込み、モノを回収する――こんな感じだ。何か質問は？」

　柿沢は最初に桃井を見た。桃井は軽く肩をすくめた。次いで柿沢はアキを見た。少し前から、引っかかっていることがあった。アキは口を開いた。

「失礼だけど、その船員ってのは、マトモな男なのか」

「どういう意味だ」

「……若造のおれが言うのもなんだけど、仮にギャンブルや女で身を持ち崩したような男だったとしたら、信用の置ける運び役としてはどうなのかと思って」

「世間の不幸は、人それぞれだろう」谷口は答えた。「マトモに生きてきた人間にも、落とし穴はいくらでもある。住宅ローン破産、不採算部門の切り捨てによるリストラ……珍しくもない話だ。借金地獄に嵌《はま》るのは、必ずしも本人のせいばかりとはいえない。

でも、家族は養っていかなくてはならない。そんな相手を見つけ、身の安全を納得させた上で、運び役を依頼している」

「分かった」と、アキはすんなり引き下がった。代わりに柿沢が口を開いた。

「あんた、今までに隠し荷が露見した事は」

「おれはそんなに図太くない」谷口は口の端を歪《ゆが》めた。「一回でも露見したら、この仕事からは手を引く」

柿沢は納得した様子だった。

「入港した船はその二日後――つまり、今日から数えて五日後には積み込みの予定になっている。その前後までにモノの手配を頼む」

「それは、大丈夫だ」と、須藤が答えた。「明日の朝イチで、仕入れに向かうことになっている」

会合は、ほぼ終わりだった。

場の緊張が、急に解けるのを感じた。

それまで黙ってアキの顔を見ていた須藤の妻が、何かスペイン語で口を開いた。リンド、という言葉が聞き取れた。

「おまえはカワイイ、と言っている」須藤が笑った。「滞在中に淋しくなったら、自分の女友達を紹介してあげる、と」

二十年生きてきて、そんなことを言われたのは初めてだった。そのあけすけさにも驚いた。コロンビアの女とは、こういうものなのかと思う。何と答えてよいか分からず黙っていると、隣で桃井が苦笑した。

「お礼ぐらい、言えよ」

「あ、どうも」と、思わず口籠《くちご》もった。「……ええと、グラシァス」

彼女がまた微笑《ほほえ》んだ。

それから十分ほどして、六人はテーブルを離れた。

「報酬は、モノと一緒に須藤さんに預けておいてくれればいい」別れ際に谷口は言った。「後で引き取りに行く」

柿沢がうなずいた。

「三日後までに揃《そろ》えておけば、大丈夫か？」

「充分だ」谷口は答え、最後に笑った。「あとは簡単な電話連絡だけで、あんたらに会うことも、もうない。滞在中、この街を楽しんでくれ」

4

セントロの外れから、さらに細長い人工の半島が、カリブ海に向かって四キロほど伸びている。ボカ・グランデという地区で、いわゆるビーチリゾートだった。そこのヒルトンを押さえてあると、須藤は言った。

「さっきのあの男の話だが――」クルマへと戻る途中で、桃井が口を開いた。「なんで、このカルタヘナには公設の港がないんだ？」

「この国はな、システムで動いているんじゃない。個人のネットワークで動いている」

桃井を見て、須藤は答えた。「銀行の大株主、植民地時代からの大農場主、財閥……そのネットワークの集合体が、国家を動かしていると思えばいい」

「だから？」

「だから、法律なんぞは、あってなきが如しというわけだ。十に満たないファミリーが、この国の富の七割を握っている。当然、彼らは無数の企業を傘下に収めている。その従業員を使って民意の操作も出来る。選挙での裏金も積む。彼らの意を受けた政治家や官僚が、国の中枢に座る。自由に積み出しの出来る私設港の許可も簡単に手に入れられる。いちいち役人のチェックを受ける公設港など、誰も作りたがらないというわけだ」

ふむ、と桃井は首をかしげた。「だが、どうも実感として理解できない」

「この国の成り立ちを考えれば簡単なことだ」須藤は言った。「そもそもスペインからの独立運動は、自分たちの権益を守るため、地主階級から起こったものだ。共和国になったところで、そんな彼らが利権を手放すはずがない。やりたい放題だ」

ふと疑問がきざし、アキは口を開いた。

「でも、あんたはそこまで分かっていて、なんでこんな国に住むことを選んだんだ？」

不意に須藤は笑い出した。

「見ていて、面白いからだろう」と、答えた。「タブーという感覚の薄い国じゃあ、男も女も欲望まみれだ。生き生きとして見える」

カルタヘナでの一日目が終わった。

5

二日目の朝——ホテル前まで同じアストロのバンで迎えにきた須藤は、助手席に若い男を乗せてきていた。

「カミさんの弟。義弟のマリオだ」

そう言って、アキたち三人に栗色の髪の若者を紹介した。肩幅が広く、シャツの袖口《そでぐち》から覗《のぞ》いた上腕二頭筋がなめらかなうねりを見せている。ひどく愛嬌《あいきょう》のある瞳をしていた。

「こいつの仕事は、いわゆるガードマンだ」クルマを発進させた後、須藤は説明した。「とはいっても、日本でよくあるビル警備や守衛の仕事と勘違いしてもらっては困る。この国では、長距離トラックの荷物の強奪もよく起こる。例えば、このカルタヘナから首都のサンタフェ・デ・ボゴタまでは千百キロほどあるが、その内陸へと至るオリエンタル山系の幹線道でも、しょっちゅう武装強盗が襲ってくる。そんな盗賊どもからトラックの積荷を守るのが、こいつらガードマンの役目だ。ショットガンやサブマシンガンを積み込んだクルマで、トラックの後方を伴走してゆく」

桃井が唸った。

「おっかねぇ仕事だな」

そして覚えたてのスペイン語で、「とても《ムーチョ》、危ない《ペリグローソ》」と、前席に座った若者の背中に呼びかけた。須藤が助手席を向いて、何かを言った。マリオは三人を振り返り、ニコニコして何度かうなずいた。その様子たるや純朴さ丸出しで、とても命を賭《か》け物にした仕事をしている人間には見えなかった。つまり、彼の生きている厳しい日常世界が、その表情に染み付いていない。アキはそこに、コロンビア人の気質を垣間《かいま》見たような気がした。

柿沢が口を開いた。

「ちなみに、その武装強盗たちは、どんなやり方でトラックを襲うんだ？」

その柿沢の意図は分かる。今後の自分たちの参考にしようということだ。ルームミラーの中で、須藤が苦笑を浮かべた。

「相変わらず仕事熱心だな」

「あたりまえだ」柿沢は言った。「こっちだって、毎度命がかかっている」

「通常は、山道のきつい登り坂で襲われることが多い」須藤は説明した。「走っているトラックを数台のクルマで取り囲むと同時に、運転席に向かって真横からサブマシンガンを連射する。殺された運転手の足元から、アクセルが離れる。登り坂の角度に対し、トラックはトルク不足になって自然とエンストする。むろん、ギアは直結されたままだから、後退することもない。強盗たちにとっては一挙両得だ。そのままトラックに乗り込んで積荷ごと奪えば、別のトラックの手配も要らないし、積み替える手間もかからない。遭遇してから積荷を奪って逃げるまで、わずか数分だ。その積荷と一緒にトラックも売り払えるというオマケもつく」

「なるほど」桃井が笑い出した。「勉強になるな」

クルマはボカ・グランデ地区からセントロを抜け、貧相なトタン屋根や剝《む》き出しのブロック造りの建物が並んだ街並みに入った。

アスファルトの路面がいたるところで陥没して水溜《みずたま》りを作っている。塗装が剝《は》げてホイルキャップのなくなったクルマが、放り出されたようにして舗道に乗り上げている。

アキたちの泊まっているリゾート地区とはまるで違う街並み――貧民窟《ファベーラ》だ、と須藤は言った。

住人は褐色の肌の人間が多いようだった。上半身裸の男たちがぼんやりと縁石に腰掛け、スリッパ履きの女がその前を横切る。電柱には、盗電用のケーブルが無数に絡み付いている。そんな埃《ほこり》っぽい薄茶色の世界を、明るい太陽がさんさんと照らし出している。

「これから銃を仕入れに行く場所は、このマリオが詳しい。時々、仕事用の銃や弾を仕入れに行くからだ。値ごろ感も分かっているから、交渉役に連れてきた」

貧民窟の外れに、その古びた煉瓦造りの倉庫街はあった。

日中というのに、ガランとした路上にはほとんど人影は見当たらない。赤錆《あかさび》の浮いたシャッターに、『VENDER《ヴエンデール》』の貼り紙がやたらと目に付いた。

どういう意味かとアキは聞いた。売り出し中ということだ、と須藤が答えた。大多数の倉庫は借り手が付かず、ほったらかされているということだった。

アストロは次第にスピードを落とし、やがて、ある倉庫の前で停車した。

軒下に立っていた黒人の大男が、アキたち五人に近づいてきた。

「ブエノスディアス、セニョール」

大男はマリオを認めると笑いかけてきた。そして赤錆の浮いた鉄製の扉を振り返ると、何か大声で呼びかけた。扉の中央にあった細長い小窓が開き、中から覗いた瞳がアキたちを見てきた。

軋《きし》む金属音と共に扉が開くと、小太りの白人が姿を現し、五人に向かってにこやかに手招きした。

小太りの男は、ロベルト、と名乗った。この倉庫の持ち主だと須藤が通訳した。英語は話すのは難しいが、簡単な言い回しならヒアリングは出来る、と。

倉庫内の床はコンクリートが打ちっぱなしで、約百坪ほどの広さだった。ひんやりと空調の効いた内部には、その両面の壁にスチール製の棚が組んであり、ハンドガン、サブマシンガン、ショットガンなど、様々な種類の銃器がずらりと並んでいた。

小太りのロベルトが笑顔を絶やさないまま、口を開いた。

「ヨーロピアン、アメリカーノ――コルト、S&W《スミスアンドウエッソン》、グロッグ、ベレッタ、ワルサー、SIG《シグ》……アンド、ブラジリアン――タウルス、インペル……アルヘンティーノ――FM《ファブリカミリタール》、ベルサ……」

銃器にまだ詳しくないアキにも、その単語の羅列の意味はなんとなく分かった。

つまり、コルトやSIGなどの欧米系の銃はもちろん、ブラジル製のタウルス、インペル、アルゼンチン製のものもあるということらしかった。

柿沢と桃井が右側の棚に並んだ銃をさっそくいじり始めた。スライドを引いてみたり、マガジンを取り出したり、手に持った感触や重さを確かめたりと、しばらく色々な銃を物色していた。

「軍用ピストルがメインみたいだな」桃井がつぶやいた。

「出所を考えれば、当然そうなるだろう」柿沢が答え、それからロベルトを振り返って英語で口を開いた。「ソー、ユー・ハブ・フルオートマティックハンドガン、ウィズ・パラベラムバレット？」

パラベラム弾使用の、フルオートマティックの銃を見せてくれ、ということだ。

ロベルトはうなずき、逆側の壁の棚から、三挺のハンドガンを抜き取り、テーブルの上にゴトリと置いた。

「他には《エニスイングエルス》？」

柿沢は聞いた。ロベルトは首を振り、それから須藤に向かって何かスペイン語で話した。

「パラベラム弾使用のフルオートだと、この三挺に限られるそうだ」須藤は通訳した。「レルカーなんていうイタリアの年代物もあると言っているが、口径も違う上、いかんせん古すぎて実用には向かない。どうする？ ついでにサブマシンガンも見せてもらうか」

柿沢は少し考え、それから首を振った。

「いや——まあ、それはいいだろう」

ロベルトは、テーブルの上の銃をサイズの大きいものから順に説明し始めた。アキが見るに、まず、フレームからすらりと銃口《マズル》の突き出たハンドガンを指さした。

「一番目《プリメーロ》、ベレッタ・モデル９３Ｒ。イタリアーノ」男は言った。

指先が移動して、ずんぐりとしたカタチの、フレーム先端に木製のグリップの装着された銃を示した。

「二番目《セグンド》、同じ《ミスモ》ベレッタ・Ｍ５１Ａ。イタリアーノ」

最後に、三つの中では最も小振りな銃を指さして、

「三番目《テルセーロ》、Ｈ＆Ｋ《ヘッケラーアンドコッホ》・ＶＰ７０」

と言い、須藤を振り返って、スペイン語で何かを説明した。

「このドイツ製のヘッケラーは、コンパクトなわりには装弾数十八発、フルオートに切り替えれば連射速度も毎分二千二百発と、基本性能は一番優れている」須藤は通訳した。

「だが、マイナス部分もあって、バレルが短いせいで命中精度が悪く、しかも、専用のショルダーストックを着用しないとフルオートには切り替わらない仕組みになっている」

柿沢は首をかしげた。

「そのショルダーストックを付けたときの全長は？」

須藤が小太りを振り返り、何か言った。

「アバウト、六十センチメートル」両手を広げ、ロベルトが答えた。

「ふむ――」桃井がつぶやいた。「持ち歩く大きさとしては、チトつらいな」

アキは、残る二挺のベレッタを見つめた。

すらりとしたM93Rと、ずんぐりむっくりのM51A――再び柿沢が口を開いた。

「この二つのベレッタの、正確な全長と、装弾数、連射速度を教えてくれ」

須藤がロベルトに何か言った。ロベルトが答え、それを須藤が日本語に変えた。

「M93Rのほうが、二百四十ミリ。十発で毎分千二百発。M51Aのほうが、二百十五ミリ。十発で、同じく毎分千二百発。ちなみにM93Rのほうは、フルオート使用で、三発バースト機能だそうだ」

柿沢はロベルトを振り返った。

「在庫はそれぞれ何挺ずつある《ハウメニイズイーズタイプス・ユーハブ》？」

ロベルトは、M93Rを示して四本指を立て、M51Aを示して、その立てた指を一つ、減らした。

柿沢はうなずいた。

セミオート専用のハンドガンの選定に戻った。むろん、これも9ミリ・パラベラム弾専用の銃だ。アキの見るところ、桃井と柿沢の二人はその口径の銃タイプを既に知っているらしく、棚のいろんなところから次々にハンドガンを取り出してきては、デスクの上に並べ始めた。

そして八挺の拳銃が、デスクの上に並べられた。

それらの銃をひとしきり眺め回した後、桃井が口を開いた。

「おれは、このグロッグ・モデル17が、いいような気がする」

「悪くない」いったんは柿沢も同意した。「十七発装塡《そうてん》できる。軽量だし、信頼性にも問題がない。だが、服の下に隠し持つことも考えれば、できれば全長は百七十ミリ前後に抑えたい」

桃井はうなずいた。

「じゃあ、このSIGのP230なんかはどうだ？　かなり小振りだぜ」

柿沢は首を振った。

「装塡数は七発だ。大人数が相手の場合もある。もう少しマガジン容量が欲しい」

その後も二人であれこれと相談していたが、結局はフルオートのハンドガンと同じメーカーの、ベレッタとH＆K《ヘッケラーアンドコッホ》の拳銃を選び出した。そんな二人の様子を、腕を組んだままの須藤がニヤニヤしながら見ていた。

アキ、と、柿沢が呼びかけてきた。

「ちょっと、これを手にとってみろ」

そう言って、二挺のうちの一つを手渡してきた。全体に丸みのある外観を持つ、小振りの拳銃だ。が、持ってみると意外に重い。

「ベレッタの9000S・タイプFだ」柿沢は言った。「おれの記憶だと、装塡数はマガジンに十二発とチェンバー内にプラス一。全長が百六十八ミリ、重量が七百六十グラムぐらいだったはずだ」

フレームに、（9000S）の刻印が読み取れた。その銃把《じゅうは》が、なんとなく手のひらに馴染《なじ》むような気がした。

「次はこれだ」

柿沢は、さらにもう一つの銃を差し出してきた。やたら角張った、無骨な感じのする銃だった。が、実際に空いた左手に持ってみると、右手に持ったベレッタよりわずかに軽く感じた。

「ヘッケラーのP10・ポリスピストル」柿沢がつづけた。「マガジンに十三発、同じくチェンバー内に一。たしか、全長が百七十三ミリ、六百四十五グラム」

こちらのグリップの感触は、見た目どおり、いかにもゴツゴツとした手触りだった。

「どっちが、より握りやすい？」

念のため、それぞれの銃の持ち手を入れ替えてみた。だが、印象は変わらなかった。

「どっちかといえば、ベレッタのほうがしっくりくる」アキは答えた。「でも、このヘッケラーはヘッケラーで、自分が今銃器を摑《つか》んでいるということを、ちゃんと実感させてくれる。安心感がある」

「両方とも、握り具合には問題ないということだな？」

「大丈夫だと思う」

次いで柿沢は桃井を見た。

「おれも、別に違和感はなかったぜ」桃井は答えた。「あとの感じは、とりあえず試射してみてからの話だ」

そこまでを見届けた須藤が、口を開いた。

「弾はどれぐらいを用意してもらう？」

少し考えて、柿沢は口を開いた。

「おれたちの試射に限れば、各銃につき十発ずつで充分だ」柿沢は言った。「だが、つづけてこのアキの訓練もやりたい。それとは別に二百発、用意してくれ」

倉庫の裏手に簡単な射撃場が併設されていることを、ゆうべ須藤から聞いていた。銃を買い付けるのであれば、その後のアキの実射訓練に自由に使ってよいという話だった。

須藤がロベルトを振り返り、口を開いた。少し首をかしげた後、ロベルトが何か答えた。と、それまで黙ってその場の成り行きを見ていたマリオが急に顔をしかめ、ロベルトに早口でまくし立てた。ロベルトがそれに反論するように答え、そんなやりとりが数回つづいた。が、最後にはロベルトのほうが軽く肩をすくめてみせ、仕方がない、というようにうなずいた。

「試射の弾代はタダでいいが、二百発分は実費をもらいたいと、このロベルトが言った」須藤が説明した。「するとマリオが、十挺《ね》以上もまとめて買い付けにきているんだから、初回の二百発ぐらいはサービスしろと捻じ込んだ」

桃井が笑った。

「やるな、マリオ」

「それぐらいはな」と、須藤も笑みを見せた。「実は、おまえらから貰《もら》う謝礼は、すべてこいつの懐《ふところ》に入ることになっている」

銃と弾丸を整えた後、いったん倉庫の表から出た。

狭い路地を抜け、倉庫の裏手に回り込んだ。ブロック塀にスレートの屋根をかぶせた小さな平屋が、周りを倉庫の壁面に囲まれ、うずくまるようにして存在していた。

ロベルトが何かを言った。

「元々は、この倉庫街の寄り合い所だった建物だ」須藤が解説した。「すべての窓を埋め、内部を改築して、射撃場に作り変えたそうだ」

薄暗い室内に入ると、むっとするような暑さが全身を襲った。

ノン・プロブレーマ、とロベルトがつぶやき、すぐに照明を入れ、天井に備え付けられている馬鹿でかい空調のスイッチを入れた。

入り口から十メートルほど奥に、一面が黒塗りされた壁があり、そこに五つほどの標的がぶら下がっていた。

室内の気温が下がり始めると、さっそく柿沢がセミオートの銃を手にした。

「アキ、おれの手順を見ておくんだ」そう言ってベレッタの9000Sに、まずはマガジンを突っ込んだ。「こうやってセイフティレバーを外し——」と、銃把の付け根にあったレバーを下ろし、「スライドを引く——」

次いで、乾いた金属音を響かせながらフレーム上部のスライドを引いた。

「これで、初弾がチェンバー内に送り込まれる」ふたたびアキを見て、柿沢が言った。

「あとは、ただトリガーを引くだけだ」

言うや否や、軽く片手で狙《ねら》いを定め、つづけざまに五発撃った。

うっすらと硝煙の立ち昇る中、アキは、右端の標的に五つの穴が開いているのを認めた。

「ブラーボ！」

ロベルトとマリオがほぼ同時に感嘆の声を上げた。弾痕のすべてが、的の最も中心部にある十字の際《きわ》を捉えていた。

「問題はないようだ」

柿沢はつぶやき、９０００Ｓを桃井に手渡した。桃井も同じ標的を五発、撃った。桃井の弾痕はややバラけたが、それでも五発すべてが、一番小さな円内に固まっていた。

二人は同様に、ヘッケラーのＰ１０も試し撃ちした。結果は同じだった。

「これも、大丈夫みたいだな」

満足そうに桃井が言った。

柿沢がフルオートの銃を手にとった。ずんぐりとしたベレッタＭ５１Ａだった。

「これも、最初の使い方は同じだ」アキを見ながら、柿沢は言った。「セイフティレバーを下ろし、スライドを引く」

そこまでを実際にやってみせ、Ｍ５１Ａの銃身右側面を返して、アキのほうに見せた。

「ここに、小さなレバーがあるだろう」と、トリガー上部の豆粒のようなレバーを示してみせた。「これがセレクターレバーだ。スライド側に上げると、ここに刻み込まれているように（ＡＵＴ）――つまりオートマティックに切り替わる。逆に下に落とすと、（ＳＥＭ）――セミオートになる。言っている意味、分かるな」言いながら、レバーを実際に上下させた。

　アキはうなずいた。柿沢もうなずき返し、

「じゃあ、まずセミオートで二発、残りをフルオートに切り替えて撃ってみる」

　そう言って、ふたたび標的に向かって構えた。

　二発撃った後のフルオートでは、一瞬にして弾丸が無くなった。それはそうだろう、と直後にはアキも悟った。毎秒二十発の連射機能に対して、マガジンに残っていた弾丸は八発だけなのだから。

　あまりのあっけなさに、桃井が笑い出した。

「おいおい。これじゃあ、予備のマガジンが十個は必要だぜ」

「かも知れん」と、さすがの柿沢も破顔した。「しかもスライドが軽いぶん、どうしても弾道が上がってくる」

　その言葉どおり、標的上の弾痕は十センチほどの長さで、上部に向けてステッチを刻んでいた。

「フルオートだと、本来の意味での突撃銃《アサルト・ライフル》としてしか使えないようだな」と、腕組みしたまま須藤も言った。「まあ、こけ威《おど》しに一、二挺はあってもいいぐらいか……」

　桃井はＭ５１Ａの試射を断った。

「柿沢だから、ショルダーストック無しでもそこそこ離れた的に当てられたんだ」そう、口を開いた。「おれが撃ったところで意味はない」

　最後に、ベレッタＭ９３Ｒの試射になった。

柿沢がセミオートの状態で何発か撃った。

「さっき話にも出たように、この93Rには三発バースト機能というものが付いている」その後、アキに向かって口を開いた。「意味は、分かるか？」

分からない、とアキが答えると、

「一度トリガーを引くと、三発だけが連射され、ストップする。ハンドガンでのフルオートは、スライドが軽いせいで、どうしても連射速度が次第に速くなって銃身がずれがちになる。その欠点を防ぐための分射機能だと思えばいい」

そう言って今度はセレクターレバーを上げ、標的に向かった。

短い連射音につづいて、標的に穴が開いた。三つとも、まとまった箇所に集中していた。つづいて桃井がそのままの状態で撃った。

「三発連射ぐらいだと、まずまずの命中率だな」と、桃井もうなずいた。「しかもマガジンには二十発――フルオートでも、七回分撃てる」


結局、購入する銃器は、ベレッタ9000Sが五挺、ヘッケラーのP10・ポリスピストルが四挺、ベレッタM93Rを三挺、M51Aが二挺という内訳に決まった。

柿沢、須藤、ロベルト、マリオの四人は、料金交渉のために射撃場を出て倉庫に戻っていった。

アキは、桃井と共に自らの実射訓練のために残るよう、柿沢から指示されていた。

桃井が奥の壁までゆき、五枚の標的をすべて新しいものに張り替えた。

「さぁて、と」準備を済ませ、両手をすり合わせながら言った。「じゃあ、アキ、まずベレッタの9000Sからいってみようか」

アキはうなずき、銃を手に取って新しいマガジンを入れた。安全装置を解除し、柿沢のやっていた通りにスライドを引いた。戻ってきた桃井が、アキの横に付いた。

「まず、両手撃ちから始めよう」いつもながら、その口調はフランクだ。「右手で銃を構え、左手で、その右手の付け根部分をしっかりと固定する」

言われたとおり、銃を持った両手を突き出した。

「銃は体の正面中央、肩の高さと平行になるまで持ち上げるんだ」

フロントサイトのはるか先に、標的が見えた。心臓の鼓動が少し早くなった。

「じゃあ、撃ってみろ」

まるで物でも動かすような気楽さで、桃井が言った。

一瞬ためらった後、トリガーを引いた。爆発音と同時に、どん、という衝撃が両手にきた。アキは素早く標的を確認した。が、弾痕など、どこにもなかった。

「外れだ」そんなアキの様子を見て、桃井が笑った。「一瞬、銃身が跳ね上がった」

「そうか……」

「ま、パラベラム弾自体、火力もあるほうだし、最初は誰でもそんなもんだ。気にせずどんどん撃ってみろ」

が、何度撃っても標的にはなかなか当たらない。見るとやるとでは、大違いだった。

「緊張しすぎだ」少し苛立《いらだ》ち気味のアキに対し、桃井が指摘した。「撃つ前から、そんなに肩を怒らせてどうする」

「じゃあ、どうすればいい？」

桃井は少し思案顔になった後、言葉をつづけた。

「――柿沢は昔、おれにこう教えた。『力を込めるのは、引き金を引く一瞬だけでいい。それまでは肩の力を抜き、やわらかく全身を保つ。反動に対するバランスを考え、立ち方に遊びを持たせておく』……たしか、こんな感じだった。意味、分かるな」

アキはうなずいた。いかにも柿沢らしい言い方だと感じた。簡潔で、意味の取り違えようがない――。

「そのアドバイスに加えて、もう一つ」桃井が言った。「おまえ、利き足はどっちだ？」

「右だ」

「じゃあ、もう少しその右足を引き気味にして、銃を構えるんだ。反動に対して、軽いストッパーの役目をしてくれる」

そう言って、新しいマガジンを差し出してきた。撃ち尽くしたマガジンと交換し、そのアドバイスに従って慎重に射撃姿勢をとった。結果、十二発のうち四発が的を撃ち抜いた。

「そう、その要領だ」桃井は言った。「全身から固さがとれてくれれば、もっと当たるようになる」

そのとおりだった。三回目のマガジンを変え、四回目の訓練を終えるときには、かなりの確率で標的を射抜くようになってきた。

銃を、ヘッケラー・P10に変えるように指示された。

「同じ銃を立て続けに使いすぎると、熱膨張でジャムり——つまり、弾詰まりを起こしやすい」予備のマガジンに弾を詰め込みながら、桃井は説明した。「オートマティックの宿命だ」

一休みした後、ヘッケラーを構えた。

「たぶん、初回のマガジン分は外しやすくなる」桃井は忠告した。「だが、それは新しいクルマに乗ったときに、しばらくは感覚がなじまないのと同じことだ。勘どころさえ摑めば、すぐに慣れる」

元クルマ屋らしいコメント。

たしかに初回のマガジン分こそ外しがちだったが、二回目、三回目と撃ちつづけるに従い、次第にこの銃での要領も分かってきた。

「筋がいいぞ」ふたたび桃井が言った。「その調子なら、すぐにおれなんぞは追い越せる」

アキはおかしくなった。おだててどうする、と思う。

ヘッケラーを四十発ほど撃ち、ふたたびベレッタに戻った。それを交互に繰り返した。単に標的に当たるだけではなく、次第に的の中央を捕らえるようになってきた。

二百発の弾丸が、すべてなくなった。

うまくなりかけている自分が分かった。そういうときの常として、もっと撃ってみたいと思う。だが、桃井は首を振った。

「今までの分だけでも、おそらく明日の朝、肘《ひじ》や手首の筋に軽い痛みを覚える」桃井は言った。「訓練は明日以降もつづく。止《や》めといたほうが無難だ」

倉庫に戻ると、柿沢たち四人が、コーヒーを飲みながらくつろいでいた。

「十四挺と実弾五百発、しめて七千ドルだ」柿沢が言った。

「いいんじゃねぇの」桃井が答えた。

「そっちの調子はどうだ」

「うまいもんだ」桃井が褒《ほ》めた。「最後あたりには、的の中央付近をかなり正確に射抜いていた」

柿沢が珍しくアキに笑いかけた。

「初回にしては、上出来だ」

6

三日目の朝。桃井の言葉どおり、アキは手首と肘に少し疼《うず》く感覚を覚えた。が、訓練に差し支えるほどではなく、前日と同じように須藤の運転するクルマに乗って倉庫街に赴《おもむ》いた。

須藤がロベルトから鍵を貰い受け、裏手の射撃場に廻った。

柿沢、桃井、須藤のそれぞれが腕組みをして見守る中、アキは射撃を開始した。

昨日の勘はそのままだった。二百発目が終わる頃には、ベレッタでもヘッケラーでも、弾丸の大多数が、標的の最も小さな円内に集まるようになっていた。

四日目の訓練――両手撃ちに完全に慣れたアキは、柿沢から片手撃ちをするように命じられた。

が、銃把を両手で支えていたときとは勝手が違い、アキはふたたび的を外し始めた。

「銃身から肘を通じた肩口までが、一本の線になるようにしっかり構えるんだ」横から須藤が口を出した。「その上で、肘と肩で反動を逃がすようにしろ」

教官が、三人いるようなものだ。五十発を超えたあたりから標的に当たる確率が増え始め、百発を数える頃には、次第に的の中心を射抜くようになった。

五日目を迎えた。柿沢たちのアキに対する要求は、ますます難易度を増した。

八本目のマガジンを撃ち終わり、ほぼ片手撃ちを習得したアキに、柿沢が言った。

「次は、腰にためて撃て」そう、新たな指示を出した。「抜くと同時に撃つ――いわゆる早撃ちは、この腰だめの姿勢が基本だ。だからまず、その姿勢での射撃をマスターする」

そのやり方を教わり、訓練を開始した。「あくまでも至近距離で突然相手を撃つときになった場合の撃ち方だから、命中精度はそんなに気にするな。的に当たりさえすればいい」

六日目がきた。最終段階の、早撃ちになった。

練習用にガンベルトを付けたアキを、桃井がからかってきた。

「よう、まるでクリント・イーストウッドだな」

が、アキには分からない。思わず首をかしげて言った。

「誰だ、それ？」

とたんに桃井は顔をしかめた。須藤が笑い出した。

「世代差を、感じるねぇ」

早撃ちの基本は、いかに素早く銃を抜き、腰だめの姿勢に移れるかということらしかった。実際に弾は発射せず、その反復練習を嫌になるほどやらされた。ある程度滑らかに、そして素早く抜けるようになってから、ようやく実射の許可が出た。標的上の弾痕は相変わらずバラついていたが、気にすることはない、と柿沢が言った。

「出合い頭の相手なら、確実に撃ち抜ける」

物騒極まりない物言いだ。

七日目になった。マガジンごとに、両手撃ち、片手撃ち、早撃ちと、ローテーションを組んで撃った。

「ほぼ、大丈夫だな」と、桃井がうなずいた。「もう一、二日練習すれば、完全に体が覚え込む」

午後遅くに、訓練が終わった。

夜に須藤の自宅で簡単なパーティが開かれることになっていた。アキたち三人を、須藤の妻が手料理でもてなしてくれるという。

「こういうことがコロンビア人は好きでな」と、運転席に乗り込みながら須藤は言った。「何度も断ったんだが、カミさんが今日こそはどうしてもって鼻息が荒い。まあ一晩ぐらいは我慢してくれ」

そのための買い出しもあって、倉庫を出ると、観光がてら郊外の漁村まで出かけた。

その、帰り道のことだった。

この国の田舎道では、人家はおろか、クルマの影さえもまばらだ。人口密度が日本の十分の一で自家用車の保有率も驚くほど低い。

道路の両脇に、無人のサトウキビ畑が延々とつづいていた。

「こうやって見ると、ホント、田舎だよなあ」

のんびりと桃井がつぶやいた。

と、はるか前方に、一台のクルマがハザードランプを出して停まっているのが見えた。近づくにつれて、次第にその外観がはっきりと見えてきた。

ルーフの上に回転灯が付いた、赤・黒・白の三色カラーのセダンだった。ドアの横に、制服姿の男が立っていた。

「――？」後部座席に乗っていた桃井が、アキの座る助手席の横まで身を乗り出してきた。「見たところ、ポリスのようだが……」

須藤のアストロが接近してゆくと、さらにもう一人の警官が逆側のドアから降り立った。

「妙だな」後ろから、柿沢のつぶやく声が聞こえた。「こんな淋しい場所で、検問もないだろうに」

二人の警官が大きく手を振って、須藤のアストロに停車を求めてきた。その時点で、まだ両者の間には、百メートルほどの開きがあった。

「アキ――」スピードを緩めながら、須藤が低い声音を出した。「グローブボックスの中に銃が入っている。念のために取り出しておけ」

アキは驚いて須藤の顔を見た。

「なぜ?」

「いいから言われたとおりにしろ」早口で須藤は返した。「そして、おれが撃てと言ったら撃て」

有無を言わせぬ口調だった。アキは弾《はじ》かれたようにグローブボックスを開け、銃を取り出した。膝《ひざ》下で素早く安全装置を解除し、スライドを引く。直後、須藤のアストロがパトカーから十メートルほど後方に停車した。

二人の警官が、にっこりと笑いかけてきた。須藤も笑みを返しながら、つぶやいた。

「ちょっとでも銃に手をかけるようなら、ためらわず撃て。連射しろ」

助手席側に立っていた警官が、後部座席のドアを開けた。車内に半身を突っ込んだかと思うと、次の瞬間にはドアの陰から黒い長物の柄が覗いた――ショットガン。

「撃て！」

その叫び声と同時に、アキは発砲した。フロントガラスに蜘蛛《くも》の巣が散り、二発、三発目で真っ白に染まった。喚《わめ》き声が聞こえ、ドアの締まる音――構わず、やみくもに前方を撃った。何も考えていなかった。セルの回転音につづき、エンジンの咆哮《ほうこう》が聞こえる。硝煙の匂いが鼻をつく。それでもトリガーを引きつづけた。無我夢中で、恐怖さえ感じなかった。派手なスキル音が鳴った。直後、弾《たま》切れを起こした。排気音が急激に遠ざかっていくのが分かった。

須藤が体を仰向《あおむ》けに反《そ》らしたままの姿勢で、フロントガラスを思い切り蹴《け》り上げた。あっけなく、ガラス全面が前方に剝がれ落ちた。

その先に、アスファルト上に黒いスリップマークを残し、後部ドアからはみ出た両足を引き摺《ず》ったまま、猛スピードで走り去ってゆくセダンが見えた。テールランプが割れ、リアガラスも粉々に砕けていた。

「ふう――」須藤が大きくため息をつき、後部座席を振り返った。「誰も怪我《けが》はないか」

「大丈夫だ」桃井の声が湧いた。

「こっちもだ」柿沢も言った。

須藤はアキを見て、一安心したかのように、にやりと笑った。

「言っただろう。この国の強盗はまず相手を殺してから、持ち物を奪うって」

アキはまだ茫然《ぼうぜん》と拳銃を握り締めていた。代わりに、柿沢が口を開いた。

「なんで、あいつらがニセ警官だと気づいた」

「このボリーバル県ではな、オペル・ベクトラが警察の指定車種だ」須藤は答えながら、ドアを開けた。「だが奴等――見た目にはほとんど変わらないが――同じオペルでも、アストラのほうをカモフラージュして乗ってやがった」

そして路上に降り立ち、落ち着いた様子で周囲を見回した。

「最初に気になったのは、この丈の高いサトウキビ畑だ。おれたちを始末した後、クルマごとこの奥に転がしておけば、しばらく発見される心配もない」

言いながら、クルマのグリル部分に回り込んだ。

「ふむ……やっぱり撃ち返された形跡はないな」

「根性のねぇ野郎どもだ」不意に桃井が笑い出した。「ショットガンなんぞを持ち出してきたわりには、泡食って逃げ出しやがった」

お？　という顔を須藤はした。

「ひょっとして、下町生まれか」

「なんの、練馬大根だ」桃井は答えた。「が、親父が湯島の育ちだった。言葉遣いはそのせいだ」

「惜しいな。おれは根岸だ。坊主の息子だ」

「金物屋の倅《せがれ》だ」

とたんに二人は、大笑いした。

その様子に、アキは呆れた。危うく殺されかねない場面だったというのに、まるで何事もなかったかのように、もう違う話題に花を咲かせている。

一方で、自分もやがてはそういう神経になるのだろうと感じた。

「ガラス代が、チト痛いな」

そうつぶやきながら、須藤は運転席に戻ってきた。

「さあ、せっかく買った魚が腐らないうちにおれの家に行こう」

クルマが走り出した。

乾いた草の匂いを含んだ風が、アキの顔をなぶり始めた。当然だ。運転席から前方に広がる景色は、今や完全に素通しの状態だ。サトウキビ畑の向こうに沈んでゆく、オレンジ色の夕日が見えた。

Lesson4　予行演習《ジョブ・トレーニング》

1

台の上には白玉以外、三つのボールが残っている。

五番、十三番。そして、ラストの八番《エイト・ボール》。桃井の持ち玉が、一番から七番までのロー・ボールだった。対して柿沢は、九番から十五番までのハイ・ボール。

柿沢がキューを構え、白玉を突く。白球が十三番を弾《はじ》き、その十三番は右隅のポケットへと乾いた音を立ててころげ落ちる。続けざまに柿沢はラストのエイト・ボールを狙《ねら》う。エイト・ボールを挟んだ白玉とコールした左隅のポケットの間には、若干の打角がある。が、これも難なくポケットに沈めた。

「おれの勝ちだな」

顔を上げて柿沢が微笑《ほほえ》む。桃井は顔をしかめ、ビリヤード台の縁にあるスコア表のダイヤルを回す。

桃井が一勝。柿沢が、これで三勝目。

技術はほぼ互角だ。おのれの贔屓目《ひいきめ》ではなく、そう思う。が、気づいてみると、この男にはいつも負け越している。ビリヤードに限らず、物事にはここが決め時というタイミングがある。それを確実にモノにできる男と、そうでない自分の差だと思う。

午後七時——池袋西口。劇場通り沿いにある、昔ながらのプール・バー。込み合う時間帯には早いのか、店内には彼ら以外、もう一組の客しかいない。六時過ぎだった。二人はそれぞれの自宅から電車で、この待ち合わせ場所へやって来た。次回の仕事の打ち合わせと、定期会合を兼ねている。

柿沢が腕時計を見て、ため息をついた。

「遅いな、あいつ」

桃井もうなずく。あと十分ほどで着く、と電話があってから、もう二十分以上経っている。電話があった前後に頼んだビールも、なくなりかけている。

「が、クルマだ」桃井は言った。「要町《かなめちょう》通りあたりで、渋滞に嵌《は》まっているのかもな」

「それにしたって、電話ぐらいはできる」

「そりゃ、そうだ」

連絡を取ろうと桃井が胸ポケットから携帯を取り出したとき、店のドアが開いた。

アキだ。

扉を開けて入ってきたときの素振りから、かなり急いで来たことが分かる。ちらりと店内を見回し、店内の隅に陣取っている桃井たちを認めると、まっすぐにこちらへやって来た。

「すまない。遅れた」

桃井たちの目の前で止まるなり、そう言った。柿沢が両手でキューを床に突いたまま、口を開く。

「クルマだ。遅れることもある」柿沢は言った。「が、遅れるなら遅れるで、ちゃんと連絡を入れろ」

いつものアキなら、こういう柿沢の説教に決まって嫌な顔を見せる。たとえ正論とは分かっていても、そのもっともらしさが、鼻につくのだろう。

まだ二十歳だ。若いのだ、と桃井は思う。

だが、今夜のアキは違った。すまなそうにうなずき、

「たしかに、そうだ」と言った。「でも、なんて説明しようかと思っているうちに、ついついここまで来てしまった」

「大げさな」つい桃井は笑った。「渋滞だったんだろ。電話でそう言えば、すむじゃねえか」

「だったら、よかったんだけど……」と、珍しくアキは口籠《くちご》もる。「ちょっと、困ったことになってしまってさ」

その言葉に、つい柿沢と目を合わせた。柿沢がアキのほうに向き直り、口を開く。

「どういうことだ？」


ビルの外に出た。劇場通り沿いの十メートルほど先のパーキングに、アキのレガシィB４・RSKが停まっていた。四カ月ほど前、このクルマには桃井が徹底的に手を入れた。現在ではTD05‐06タービンのまま、ブースト圧を１・３までもってゆき、約四百五十馬力の仕様にしてある。

そのレガシィのフロント部分に回りこんだ桃井は、思わず声を上げた。

「あーあ、こりゃひでぇや」

左フロントフェンダーが、バンパーからヘッドライトからウィンカーから、ぐしゃりと潰《つぶ》れている。ひょっとしたら、フロントホイールのアームもいかれているかも知れない。

念のため、聞いた。

「ここまで自走してきたとき、どんな感じだった」

「ハンドルが左にもっていかれる」

顔をしかめた。最悪。間違いなくアームがいかれている。

——店内で聞いたアキの話によると、こうだった。

池袋方面へと向かう要町通りの渋滞に業《ごう》を煮《に》やしたアキは、裏道へとクルマを乗り入れた。まずまずの空きぐあいだと思い、その狭い市道で速度を上げた。一方通行だった。市道の前方に山手通りが見えてきて、心持ち減速した。その時だった。山手通りから一方通行の標示を無視し、黒いメルセデスがいきなり切り込んできた。あっと思ったときには、ハンドルを左に切っていたという。

（じゃなかったら、間違いなく衝突していた）

そう、アキは説明した。桃井は、アキのドライビングテクニックが最近めきめきと上達していることを知っている。その技量に合わせて、クルマのパワーも上積みしてやっている。そのアキがそう言うからには、不可避だったのだろう。

左フロントを路肩の電柱にぶつけたレガシィを見て、メルセデスは十メートルほど後方でブレーキランプを点灯させ、束《つか》の間《ま》停車した。が、アキが運転席から飛び出て駆け寄ろうとした直後、また急発進して走り去ってしまった。アキはそのナンバーを読み取り、携帯のメモリーにインプットしてきたという——。

柿沢が舗道脇に立ったまま、口を開く。

「アキ、そのメルセデスのグレードは分かるか？」

「Sクラスだった。たぶん、Sの350」アキは答える。「両サイドにスモークを貼《は》って、ホイールも40《ヨンマル》か45《ヨンゴー》か、かなり扁平《へんぺい》なやつを穿《は》いていた。リアガラスの隅に家紋みたいなシールが貼ってあった」

桃井は苦笑した。

歓楽街池袋を我が物顔で走り廻る、黒いメルセデスのSクラス。しかも、両サイドスモーク貼りにリアガラスの代紋。典型的なヤクザ御用達《ごようたし》仕様だ。

「今回は運が悪かったと思って、諦《あきら》めるしかないな」桃井は言った。「仕事名義で購入したクルマだ。示談であとあとこじれると、こっちがヤバイ」

ヤクザが怖いわけではない。だが、足元を探られ、その挙句、二重戸籍に気づかれる可能性もないとは言い切れない。

だが、柿沢は言った。

「桃井、この破損箇所を直すのに、どれぐらいかかる？」

「金額か、手間か？」

しばらく考えたあと、口を開いた。

「両方だ」

「ライト、バンパー、エンジンフードはすべて純正部品だから、そんなに金はかからない。だが、フロントフェンダーはカーボン製のワンオフものだし、アーム、サスペンション、ダンパーもビルシュタインの特注品だ。タワーバーもある。これだけでも、百万はいく」

「工賃込みでか？」

「冗談言うな」桃井は笑った。「部品代だけだ。しかも、最低ラインだ」

「と、いうと」

「ボディ本体まで歪《ゆが》みがきていたら、かなり厄介だということだ。これが普通のクルマなら、フレーム修正機で全体を整えれば、それでこと足りる。が、時速三百キロに耐えるクルマに再び仕上げるとなると、スポット溶接からやり直さなくちゃならん。ボディを剝《む》いて、フレームから手を入れる羽目になる。こっちは工賃が主で、おそらくは百万から百五十万はかかる」

「すると、トータル二百万から二百五十万の間か？」

「まあ、それぐらいにはなる」

柿沢は、黙って二人のやりとりを聞いていたアキを振り返った。

「おまえ、その金額を払えるか？」

「無理だ」あっさりとアキは答えた。「引っ越し、コロンビアへの旅行、このクルマの購入費、チューン代……もう五百万以上使った。貯金はあと百万しかない」

珍しく柿沢が歯を覗《のぞ》かせて笑った。

「なら、どうする？」そう、アキに問い掛ける。「この前の銃の購入費と一緒に、おれが立て替えておいてもいい。が、ムカつくだろう」

「おい、柿沢」つい桃井は言った。「おまえ、何の話をしている？」

「こいつの性格の話だ」そう言って、アキに顎《あご》をしゃくる。「ヤクザ風情相手に、このまま泣き寝入りするのも業腹《ごうはら》だろうと思ってな」

アキが口を開いた。

「あんた、何が言いたいんだ？」

「仕事用の身分も手に入れた。銃も扱えるようになった。クルマの運転もほぼマスターした。おまえのことだ」柿沢は答える。「が、肝心の予行演習がまだだ。悪党相手の、脅し、はったりのかけ方だ。この際、練習台にはちょうどいい」

「おいおい」桃井は驚いた。「暴力団からカネを巻き上げるつもりか」

「巻き上げるんじゃない」柿沢は桃井の言葉を訂正する。「当然の修理代を、請求するまでだ。しかも最初は正攻法でやる。むしろそっちのほうが、アキの勉強にはなる」

「でも、さっきモモさんが言ったとおり、名乗りはどうする？」アキが口を挟む。モモさん――最近アキは、桃井のことをそう呼ぶようになった。少し、くすぐったい。「こっちの身元調査でもやられたら厄介だろ」

「名乗りはなしでゆく」柿沢は答える。「クルマの破損箇所の写真と、修理代の見積もりを持って、おまえが話をつけに行く」

「ムチャ言うなよ」アキが顔をしかめる。「どこの世界に、名なしの権兵衛に金を払う馬鹿がいる？」

「だから、トレーニングになるんだ」柿沢はにべもない。「その条件下で知恵を絞って、なんとか修理代を払わせるのが、今回のタスクだ。当然、脅し、すかしのテクニックが重要になる。それなりにアタマも使う」

「………」

「もっとも、やるやらないはおまえの自由だ」そう、結論づける。「が、うまくやれば、金は取れるはずだ。どうだ、やってみるか？」

マッチポンプ。桃井はうっかり笑い出しそうだった。こいつは人が悪い。さんざん意味づけを伝え人を焚《た》き付けておいた後で、やるやらないはおまえの自由意思だと丸投げする。最終の判断を、わざとアキの自主性に委《ゆだ》ねたようなカタチをとる。

「あんた、おれをおちょくってんのか」案の定、アキは口をへの字に歪《ゆが》めた。「そこまで詰められて、普通やらないとは言えないだろう」

柿沢は笑って桃井を振り返った。

「桃井。知り合いのチューンショップを当たって、仮見積もりだけ取れるように手配してくれ。アキ、おまえは陸運局だ。ナンバーから、持ち主の住所を洗い出せ」

2

柏木《かしわぎ》の事務所は、池袋一丁目の雑居ビルの中にある。

同じ一丁目にあるピンサロを二店舗、ソープを四店舗、それとキャバクラを三店舗、この事務所で統括している。裏ビジネスとして、コロンビアマフィアから仕入れたコカの密売も行っている。

それが、走流会若頭《そうりゅうかいわかがしら》として七人の舎弟、二十人の準構成員を抱える柏木真一《しんいち》の収入源のすべてだ。

くそったれ。

時おり、そう怒鳴り散らしたい衝動に駆られる。

若頭とはいえ、今も組長や会長から顎でいいように使われている身分には変わりがない。しかもこの走流会自体、関西の広域暴力団『松谷組』の枝葉の、さらにそのまた枝葉でしかない。吹けば飛ぶような弱小組織――そんな中で、泥にまみれた日々を送っている。

先週の木曜日もそうだった。

突然、組長から呼び出しの電話がかかってきた。かなりの剣幕で、すぐにおれの家に来い、という。

聞かなくても用件はわかっていた。月初めの売上報告――その三日前に提出した。底なしに冷えこむ景気で、十期連続して店舗の売上を落としている。先月の締めでは、赤字店舗が一店、ついに発生した。

それを怒っているのだ。

十分で来い、と相手は言い、電話を切った。時計を見た。午後六時半——界隈《かいわい》のラッシュは既に始まっている。思い切り舌打ちする。この時間帯、組長自宅の大谷口二丁目までは、どうみても二十分はかかる。

急いでビル裏の駐車場へと行き、クルマに乗った。メルセデスのＳ３５０。不動産会社の社長から借金のカタに巻き上げたクルマ。その会社が飛んだのを機に名義を自分へと書き換え、好きなようにドレスアップした。むろん、任意保険など入っていない。

案の定、要町通りはひどい渋滞だった。

イライラして、つい指先でステアリングを周期的に弾く。ここ何年かで、癖になりつつある仕草。経済音痴の会長、理不尽な要求を次々と突きつけてくる組長、おまけに柏木にあてがわれた舎弟ときたら、無能同然だ。

未来がない。そうなりたい自分が見えない。苛立《いらだ》つ。焦る。

山手通りとの交差点まで来た時点で、既に約束の十分を過ぎようとしていた。たまらず交差点を強引に右折する。すぐ先に、山手通りと直角に交わる市道が見える。空いているようだ。一方通行の標識——かまうものかとスピードを殺さぬまま進入した。ビルの角を曲がった途端、フロントガラスいっぱいにガンメタのクルマが迫ってきていた。

ぶつかる。一瞬で覚悟した。が、目前のクルマがいきなり真横にずれた。少なくとも柏木の目にはそう見えた。

急ブレーキを踏み、ルームミラーで後方を確認すると、ガンメタのレガシィが舗道脇の電柱にめり込むようにして停まっている。柏木のクルマに衝撃はなかった。つまり、咄嗟《とっさ》に相手が避けてくれたということだ。

レガシィのテールから、大口径のマフラーが覗いているのが見えた。アンダーウイングもきっちりと装備している。走り屋ふうのクルマに見えた。

と、運転席のドアが開き、中から二十歳前後の若者が降り立った。かなり大柄だ。睨《にら》みつけるようにして、こちらに駆け寄り始めている。普段の柏木なら、ここで自らもクルマから出て、相手に逆にいちゃもんをつけ返していただろう。

が、急いでいた。

メルセデスに損傷がないのをこれ幸いと、アクセルを踏み込んだ。

あばよ。ドジったほうが悪いんだ。

同情の気持ちなど、これっぽっちもなかった。

フェンダーミラーの中、立ち尽くした若者がどんどん小さくなっていく。この間抜け。

束の間心が弾んだ。小気味よかった。

だが、五分後に組長の自宅に着くと、その気持ちはたちまちしぼんだ。

それが一週間前のことだ。

例によって社長室で、売上増加の算段をしていると、ドアをノックする音が聞こえた。

「おう、入れ」

資料に目を落としたまま、口だけ動かした。

うらなりのような顔をした斎藤が入ってくる。柏木より七つ年下の、二十八歳。この世界に入って五年も経つのに、未《いま》だに安ソープの女に食わせてもらっている。シノギ一つ満足に見つけられない。暴力沙汰もからきしだ。唯一の自慢は、ペニスに苦労して入れた真珠リングだけという低能野郎だ。

「あの、社長」斎藤が口を動かす。「来客ですけど……」

「けど、なんだ？」顔を上げて、斎藤を見る。「おれにどうしろと言うんだ？」

いや、とこのうらなりは首を捻《ひね》る。

「どうしても社長に会いたいってやつが来てまして……まだ若い男です」

「どういう用だ？」

「さあ」

「この馬鹿」大きく舌打ちする。「用件ぐらい聞いてから、おれに取り次げ」

言いつつも、部屋を出た。

事務所内の一角を、ブースで囲んである。急ごしらえの応接スペース。作った五年前には、そのうちこんな雑居ビルをおん出て、びしっとしたインテリジェントビルに家移りするつもりでいた。が、この体たらくでは、夢のまた夢だ。

ブースに入るや否や、相手が立ち上がった。長身だ。肩幅もがっちりとしている。太い眉《まゆ》の下で、よく光る目がこちらを見ている。

だが、その出で立ちはといえば黒いダウンジャケットにジーンズ姿の、この池袋のどこにでも屯《たむろ》していそうな若い小僧だった。

(うらなりの野郎、こんなクソガキをわざわざ応接に通しやがって)

内心、毒づく。

どうも、と若者が口を開く。

「今日は、ちょっとご相談があって来ました」

一応、言葉遣いはマトモのようだ。

「相談、といわれてもね」柏木は腰を下ろしながらぞんざいに受ける。「あんたとは、一度も会ったことがないと思うが」

「会ってますよ」若者が少し笑った。「先週木曜。山手通り脇の市道で、一瞬だけ」

あっと思った。あのレガシィの小僧だ。

が、直後には平静に戻っていた。

「感心だなあ」と、わざと声を張り上げてかました。「よく、この事務所がわかったもんだ」

が――。

「ナンバー、見ましたからね」ビビる様子もなく、若者は平然と受ける。「調べようなんて、いくらでもあるでしょ」

その舐《な》めた言い方に、カチンと来た。

だいたいこのガキは、組事務所に足を踏み入れたとき、ここがどういう種類の会社かは分かったはずだ。それでもなおかつ案内を請うてきたその了見《りょうけん》が、気に食わない。「で、おれに何の用だ」ずい、と身を乗り出して柏木は言う。「ありゃ、おまえの単独事故だろ？」

「でも、そうなった原因は他にありますよ」

若者は脇の鞄《カバン》の中から一通の封筒を取り出し、それを柏木の前に差し出してきた。

「こりゃ、なんだ？」

「事故ったときの、破損箇所の証明写真と請求書です」さらりと若者は答える。「なんとか、考えてもらえないかと思いまして」

呆《あき》れた。

いくら事故の原因がこちらにあるとはいえ、どこの世界にヤクザの組事務所までノコノコとやってきて、修理代の請求をする馬鹿がいるだろうか。

「おまえ、気は確かか？」むしろ気の毒になって、柏木は聞いた。「おれたちがどんな人種なのか、分かっているのか？」

「じゅうぶんに分かっているつもりです」真面目《まじめ》くさった顔つきで、若者は言う。「だから郵便で送りつければ済むところを、こうして足を運んでお願いに来ました」

道理だ。

いかん、と思いつつも、つい笑った。世の中には、こんな酔狂なやつもいる——笑い出すと、もう止まらなくなった。涙がちょちょ切れた。

「分かった分かった」なおも相好《そうごう》を崩しながら柏木は言った。「とりあえず、見るだけは見てやる。出しておれに見せろ」

何故か愉快だった。二、三十万なら払ってやってもいいような気分になっていた。

得たりと若者は、封を開けた。

テーブルの上に、ずらりと写真を並べてみせる。

「ん？」

若者は口を開いた。

「まずは、ワンオフもののカーボンファイバー製フェンダー」

そう言って、最初の写真を示す。

「次に、アーム、ダンパー、サスの足回り一式……ビルシュタインの特注製です」

と、つづく三枚の写真へ。

「それから、他のフロント部品。フロントタワーバー、アルミ製のボンネットフード

――」

「ちょ、ちょっと待て」柏木は思わず遮《さえぎ》った。写真はまだ十枚以上ある。「残りの写真も全部、そんな具合か？」

「ライト以外は、そうです」若者はうなずく。「あと、強化溶接を入れたフレーム自体にも、僅《わず》かな歪みがきてます。以前のように時速三百キロでもちゃんと直進するような状態に戻すには、これは全バラにして、イチから手を入れなければなりません」

封筒を奪い取り、中から請求書を引っ張り出す。

その明細を見た途端、目の玉が飛び出しそうになった。末尾の金額は、二百三十五万

八千円――たったあれだけの事故で。

茫然《ぼうぜん》とした。

「なんだ、この金額は……」

次いで、その請求書の宛名《あてな》に目がいった。『(有) 走流企画』とある。柏木の経営するこの組織の法人名だ。途端、カッときた。こいつはとことん舐めている。愉快な気分が四散し、急激に腹の底が熱くなる。

てめぇっ、と怒鳴った。思い切りテーブルを蹴《け》り上げ、その請求書を相手に向けて投げつける。

「人が甘い顔見せてやりゃ、つけあがりやがってコラッ」そう喚《わめ》き、相手との中間でひらひらとテーブルの上に舞い落ちた請求書を、何度も叩いた。「たかが国産車の修理代だぞ。なんでこんなにかかる！」

「もともとが工賃・部品代込みで、三百万ほどのチューン代がかかっているクルマですから」若者は態度を変えない。「これでもずいぶんと負けてもらった金額なんですよ」

そうぬけぬけと言葉をつづけた若者の胸倉を、いきなり摑《つか》んだ。瞬間的に力を込め、くっ、と自分のほうへ引き寄せる。

「なに寝ぼけてる、このガキゃあ」低い声で凄《すご》んだ。「なますに刻んで江戸川か荒川にでも放りこんだろか、ボケナスが」

若者の右腕が上がってきて、不意に柏木の手首を摑んだ。

「暴力は、よしてくださいよ」言いながら、その指に力を込めてきた。「ちゃんと、話し合いたいだけですから」

言いながらも、恐るべき力で柏木の腕をじりじりと自らの胸元から引き剝《は》がしてゆく。柏木は若い頃から力自慢だ。今でも週三回、ジムで筋力トレーニングを行っている。が、この若造の力は、さらにその上をゆくようだった。

おまけにこのクソ落ち着きに落ち着いた態度――ふと、疑念が脳裏を過《よ》ぎる。

「……おまえ、まさか今西組の手先かなんかか?」

そう、最近敵対関係にある組の名前を口にする。

「まさか」と若者は笑った。笑いながら、柏木の腕を放した。「知り合いにすら、ヤクザ関係の人間はいません」

うん……自分で聞いておきながら、そうかもしれないと思う。さっきから時おり気になっている。確かにその反応の仕方は、ヤクザらしくない。

が、この男の背後には絶対に何かある。でなければ、こんなに余裕の構えをつづけるはずがない。

「とにかく、びた一文銭《ぜに》は払わん」明らかに気圧《けお》される自分を感じながらも、柏木は脅した。「それが嫌なら、チャカでもヒカリもんでも持って来い。いくらでも相手してやる」

「どうしても?」

「どうしても、だ」

一瞬、若者は困った顔をした。

「やっぱり、駄目ですか？」

再び、あれ、と思う。

これだ。この反応だ。この言葉遣いだ。

やはり、筋もののそれではない。売り言葉に買い言葉という会話の流れには、どうしてもならない。それもあって柏木は、先ほどから自分のペースに相手を引き込めずにいる。

「あたりめえだ」が、習慣とはおそろしいものだ。それでも柏木は勝手に動いていた。「どこの世界に（はいそうですか）って言いなりに金を出すヤクザがいる？」

「……そうですか」

言ったっきり、若者はしばらく何かを思案しているふうだったが、やがてテーブルの上の写真と請求書を片付け始めた。わざわざやってきて、これまた意味不明の素直さだ。その言動も事務的きわまりなく、およそ情感というものが感じられない。柏木は柄にもなくオカルト映画が大好きだ。昔観たジョン・カーペンター。遊星からの物体X……むしろ薄気味悪ささえ、感じた。

「どうした。あっさり引っ込むか？」

沈黙に耐え切れず、つい柏木は聞いた。

写真と請求書を鞄の中にしまってから、若者は顔を上げた。

「とりあえず、今夜は帰ります」と、立ち上がりながら言う。「でも、金額だけは覚えておいて下さい。二百三十五万八千円。また、そのうち来ますから」

なにをほざく、と声を上げようとした柏木の目の前で、若者はぺこり、とアタマを下げる。

「じゃあ、お邪魔しました」

思いもかけない態度で、ふたたび機先を制せられる。口にしかかっていたセリフが、宙に舞う。

若者はぼんやりと座り込んだままの柏木の横をすり抜け、応接ブースを出て行った。

立ち上がってブース越しに事務所の出入り口を見たときには、ちょうど若者が扉を閉め終えたあとだった。

「どうしたんですか、社長？」うらなりがおずおずと声をかけてくる。「揉《も》め事かと思えば、そんな成り行きでもなかったようですし……」

むろん、柏木にも返答のしようがない。

舌打ちして、うらなりに八つ当たりした。

「おい。塩持って来い、塩！」そう、喚いた。「戸口にばら撒《ま》いとけッ」

3

文化通りに面したインプレッサの中で、アキの帰りを待っていた。

運転席に座っている桃井は、ダッシュボードの時計を見た。

午後十時——アキが出かけていってから、そろそろ三十分以上経つ。

「なあ、柿沢」つい、助手席の相方に声をかける。「やっぱり、おれかおまえのどっちかがついていったほうが良かったんじゃないのか？」

「何故？」物憂げに柿沢が返してくる。「心配なのか？」

「逆の意味でな」桃井は答える。「当然、話は揉める。相手は喚き散らすだろう。やっこさん、こっちの指示どおりおとなしくしているかな？」

柿沢は笑った。

「もう二十歳の大人だ。選挙権もある。それぐらいの言いつけは守れる」

「だと、いいがね」

そんなやりとりを続けていると、前方にアキの姿が現れた。一見して、暴れた様子は見受けられない。桃井は内心、胸を撫《な》で下ろした。

「やっぱり、物別れに終わった」

後部座席に乗り込んでくるなり、アキは口を開いた。

「散々にかまされた」

「ちゃんと、おとなしく説明はしてきたろうな？」つい桃井は聞いた。

「おれをなんだと思ってるんだ」アキは顔をしかめる。「トレーニングの一環なんだろ。しっかりと対応したさ」

相手の態度にかかわらずきちんとした受け答えをしろ、と指示を出したのは、柿沢だった。そのほうがむしろ効果的だ、と。

それで万が一相手が金を払う気になったらそれでよし、予想通り突っぱねられたにしても、あとあとその慇懃《いんぎん》無礼な態度が、むしろ効いてくる——そう説明した。

「ところで、どんな相手だった。その柏木ってやつは？」

「見たところ三十五、六。社長とか、呼ばれてた」アキは答え、それからふと笑った。「典型的なヤー公だ、がたいもいい」

「何故、笑う？」

「うまく言えないけど、なんだか憎めない」アキは言う。「人間が軽いって言うか、喜怒哀楽すべてが剝《む》き出しって感じだ」

桃井も笑った。なんとなくその言わんとするところが想像できた。

アキがふたたび口を開く。

「で、おれはこれからどうすればいい？」

「むろん、第二段階にはいる」柿沢が答える。「おまえが金額を伝えたことで、そしてこのカネを諦めるつもりがないことを相手に分からせた時点で、今晩の目的は達した」

「で、どうするんだ？」

「一丁目のこの界隈は、あの走流会のシマだ。風俗店を十店舗ほど経営している」

「それで？」

「さっきな、おまえが事務所に行っている間、ちょっとこの辺をうろついてみた」柿沢が言う。「コロンビア人やベネズエラ人の娼婦《しょうふ》の立ちんぼがうろうろしていた。しかも、そういう風俗店の目と鼻の先でだ」

アキは妙な顔をしている。

「ピンとこないか？」

「いや……よく分からない」

「走流会の許可なしで、あの女たちがこんな場所で商売をできるはずもない」そう、解説する。「そしてその売春婦たちを管理しているのは、海を渡ってやってきたコロンビアのシンジケートだ。裏では間違いなく、走流会との繋《つな》がりがある」

うん……と、アキの反応は変わらず鈍い。

「そのアタマは、何のためについている？　よく考えてみろ」柿沢がすこし苛立つ。

「これも訓練の一つだ」

桃井の見るところ、アキは決してバカではない。どころか、今どきのふやけきった若者に比べれば格段に頭は切れる。

が、まだちょっと難しいか、と思う。この仕事での経験値が圧倒的に不足しているのだ。

「おい、アキ」と、つい助け舟を出した。「立ちんぼの女から集めるショバ代なんて、しょせんはスズメの涙だ。走流会がそんなはした金で、わざわざシンジケートの連中なんぞと組んだりするもんか」

ようやくアキは得心がいったように顔を上げ、口を開いた。

「コカ、か？」

「おそらくな」と、柿沢はうなずく。「その取引のおこぼれで、女たちもあの場で商売が出来る」

「たぶんその柏木は、どこかに買い取ったコカを保管している」桃井がそのあとを継いだ。「だが、手入れの恐れのある事務所内なんかには、まず絶対にない」

「じゃあ、自宅か？」

「甘い」桃井は答える。「警察なら、事務所と同時に自宅にも当然踏み込むさ」

「つまり、別の保管場所を確保している？」

「それを調べるのが、今からのおまえの仕事だ」柿沢がそう結論づける。「これから一週間、その柏木の後を尾《つ》けろ。自宅と事務所の他に、必ず別の場所に立ち寄るはずだ。愛人宅かも知れないし、人知れず借りているアパートかも知れない。まずは、それを見つけろ」

「分かった」

そこまで話した後、桃井はインプレッサをスタートさせた。常盤《ときわ》通りから裏道を抜け、山手通りへと合流する。

しばらくして柿沢が口を開いた。

「アキ。おれたちの仕事への考え方を、少しは理解したか？」

「と、思う」

「じゃあ、おれに分かるよう説明してみろ」

「…………」

柿沢の突っ込みに、桃井は運転しながら笑い出しそうになる。仲間内での総意《コンセンサス》を、再認ではなく再現することを求めている——あえて意識化させることにより、その総意に沿った方法論が具体的なレベルで浮かびやすくなる。それと共に、あうんの呼吸で仕事もやりやすくなる。桃井もこの世界に入りたての頃、柿沢からよくこれをやられた。

しばらく沈黙がつづいた後、後部座席から声が湧く。

「まずは、どんなことをやっても警察に被害届を出されないこと」アキは言った。「これが、いつでも仕事の前提にくると思う」

ほう、と思う。まずまずの出だしだ。

「ただ修理代を取り戻すだけなら、簡単だ。腕力にモノを言わせ、銃で脅し上げ、それで無理やりカネを巻き上げればいい。あるいはカネのあるときを見計らって夜中に事務所に忍び込み、それを盗み取る」アキはつづける。「だが、そうすると警察に一報がいく可能性もある。だからと言って捕まるとも思わないが、それは、このトレーニングの本意じゃない」

ふん、と柿沢がつぶやく。ちらりと横目で見ると、この相方もかすかに笑っている。

「じゃあどうするか？――」ふたたびアキは話し始める。「絶対に警察にチクられないようなやり方で、相手から金を引き出すしかない。それも、呑《の》まざるを得ないような条件を提示して、だ。だから、コカを奪う。そのコカを餌にして、取引を持ちかける。これで、相手は手も足も出なくなる」

「もう一つ質問だ」柿沢が言う。「その仕事の流れの中で、おれたちにとってもっとも重要な作業は何だ？」

「イメージングだ」少し考えてアキは答える。「相手の立場になって、考える事だ。何をされたら一番困るか？　ヤバイと思っていることは何か？　それをとことんまで考えて、想像する作業だ。あとはピンポイントで、その弱点をつく。すべての各論や方法論は、いつもそこから始まる」

「よし」と、柿沢が満足そうにつぶやく。「上出来だ」

「アキ、今夜は豪勢な飯を奢《おご》ってやろう」つい嬉《うれ》しくなって、桃井も言った。なんと言っても、桃井がアキのＯＪＴ《オンザジョブトレーニング》担当なのだ。

「中華でも洋食でも何でもいいぞ、好きなものを言ってみろ。一番うまいところへ連れて行ってやる」

4

チクショー！

朝から柏木は荒れまくっていた。その怒りは、夜になっても一向に収まることがない。

大問題が発覚したのは、昨日の夜だ。

中落合のマンションに、囲っている女がいる。元々は、柏木の管理するキャバクラにホステスとして応募してきた女だ。脳味噌がアイスクリームで出来ているのかと思えるほどの馬鹿女だったが、その顔と身体だけは最高だった。おまけにどこで仕込まれてきたのか、フェラチオもアナルの舐め方も絶品だ。しかもお下劣極まりない音を立てて、柏木の玉袋までしゃぶってくる。アタマの中はいつもセックスのことだけ、という願ってもない低能女だ。ああ、楽しい。柏木の唯一の娯楽。

肉に溺《おぼ》れ、今でも三日とあげずに通っている関係だ。

昨夜も汗みどろで二ラウンドこなし、それから風呂場に行き、天井の点検孔の蓋《ふた》を開けた。腕を伸ばしてその孔《あな》の周囲を探った。

「?」

おかしい——。

いつもすぐに手の届く場所にあるはずの、アレがない。

素っ裸のままフロ桶《おけ》の縁に立ち、天井裏へ頭を突っ込んでみる。薄暗い左右に、必死に目を配る。

愕然《がくぜん》とした。

ない——。

辺り一面に、埃《ほこり》にまみれた天井裏が広がっているだけだ。

この前仕入れて天井裏に隠しておいたはずの二キロのコカが、影も形もなく消えていた。一瞬、わが目を疑う。必死に首を振る。おれは、あの馬鹿女とやり過ぎだ。疲れているのだ。そう自分に言い聞かせ、一度目をつぶり、ふたたび開ける。

やはり、ない——。

どころか、置いてあったはずの場所に、微《かす》かに埃の引き摺《ず》られた跡がある。

直感で理解した。

途端、腸《はらわた》が煮え繰り返った。憤怒に燃えた。

フルチンのままリビングまでずかずかと戻り、ベッドの上でいぎたなく眠り込んでいた女を叩き起こす。

「てめぇ、このヤロ!」そう喚き散らしながらいきなり相手の両肩を摑み、激しく揺さぶる。「言え! いつここに男を咥《くわ》え込んだっ」

「なに、シンちゃん……いったい?」

寝ぼけまなこで女は答える。その口元から少し涎《よだれ》が垂れている。間抜け顔——こんな女に、おれは騙《だま》されている。怒りがますます増幅される。思い切り頰《ほお》を張り飛ばした。

「吐け、コラ!」そう唾《つば》を飛ばしながら、女の首を締め上げる。「おれが施してやった恩も忘れやがってテメェ、この野郎っ。月三十五万も小遣い渡してやってんのにこの野郎。ふざけた真《ま》似《ね》しやがって馬鹿女! 言え。いつ男を連れ込んだ? どこの誰だ。どんな男だ?」

気づいたときには、女は酸欠で気を失っていた。

一思案した後、その長い髪を鷲《わし》摑《づか》みし、ずるずると風呂場まで引き摺ってゆく。ぐったりした女を便座の上に座らせ、その手首を後ろに回して、ロープで水道管にしっかりと括《くく》り付ける。

それから首筋に力を入れ、相手を覚醒《かくせい》させた。

「なに、これっ!」女は早速泣き喚いた。泣きながら、尻をがんがんと便座に打ちつける。「お願い。解《ほど》いてよっ」

「正直に話せば、解《ほど》いてやらんこともない」余ったロープを手に持ったまま、柏木は言った。「さあ、吐け。どこのどいつだ、おまえみたいなヤリマン女とおいしい思いをしやがったのは？」

たぶん、組関係のやつだ。でなければ、おれがここにコカを持っていることなど知っているはずもない。どいつだ？　年頃のやつ——高橋、小島、渡辺——。

うらなり？

一瞬その間抜け顔が浮かび、柏木は慌てて首を振った。馬鹿な。いくらなんでも、あのうらなりはない。この女も、そこまで落ちぶれちゃいないはずだ。

気を取り直して、ぐずぐずと泣きつづける女に向かう。

「さあ、正直に言え」そう、自由を奪った女相手に思い切り凄《すご》んでみせる。「正直に言えば、多少の折檻《せっかん》で我慢してやらんこともない」

「う……ウウ……いったいシンちゃん、なに言ってんのよ」涙声で女は訴えてくる。鼻水もしこたま垂れている。「だってアタシ、なにもした覚えがないもん……」

おかしい。やはり嘘《うそ》を言っているようにはみえない。ふと、この女が可愛く思えたが、柏木は自分を戒めた。なんといっても、二千万相当のブツを失ったのだ。とことんまで、問い詰めなくては——。

ロープを振り上げ、思い切り女の身体を打った。

「いたい！」

飛び上がるようにして女は叫んだ。

「おら、吐けっ」

喚きながらもう一度ロープを振り上げ、下ろした。

「いったぁーい！」

その股間《こかん》が、赤く濡《ぬ》れ爛《ただ》れた膣《ちつ》内まで、丸見えになる。三度、四度と柏木はロープを振り下ろした。その度に女は苦痛に身を捩《よじ》り、腰をくねらせ、泣き叫ぶ。

何度かやりつづけるうちに、ふと変な気分になった。背筋がゾクゾクとする。妙な気持ちのよさを、腹の底で感じる。柏木は女好きではあるが、その性の営みに関しては悲しいほどにノーマルだ。

が、今ここで苦痛に歪む女の顔を見るたびに、そこはかとなく快感らしきものを覚えている。

SMの快楽とはこういうものかと思う。そう思った途端、アホ臭くてやってられなくなった。

ちくしょう、おれは変態じゃないぞ。

あと数回、渾身《こんしん》の力を込めて女を打ち、ふたたび気を失ったところで、自分一人リビングに戻り、布団を頭からかぶって寝た。

今日の朝、部屋を出るときに、トイレを覗いた。女は素っ裸のまま、青い顔をしてガチガチと歯を震わせていた。

「寒いよう。シンちゃん」

目が合うなり、涙目で訴えてきた。無理もない。この冷えこむ一月に、一晩中トイレの中に放り出していたのだ。肺炎にならなかったのが不思議なくらいだ。

「だから、言えよ」つい情けなくなり、むしろこちらが懇願するような口調で、柏木は言った。「正直に言いさえすれば、一晩死ぬ思いをしたんだ、もう許してやる」

が、今度もこの馬鹿女は首を振った。

「だって、ホントになにもしてないんだもん」

こんだけの目に遭っても、まだしらばくれるか——ふたたびカッときた。

が、手を振り上げて女に近づいたとき、急にその気分が萎《な》えた。

女の胸元から腹から太腿《ふともも》から、そこらじゅうがどす黒くみみず腫《ば》れになっていた。ところどころに血の滲んだ跡さえある。少し考えた。挙句、大きくため息をつき、女の手首を解き始めた。

甘いな、おれは。

正直、そう思う。こんなふやけた覚悟で、これからの極道渡世を乗り切っていけるものかと思う。が、好きで囲った女だ。たぶん今も惚《ほ》れている。どうしようもなかった。

よろよろする女をリビングまで連れて戻り、パジャマを着せ、それからベッドに寝かしつけた。

「絶対に、逃げるなよ」

そう念を押し、部屋を出てきた。

馬鹿な念押しをしたものだ。

これから柏木は、深夜まで帰って来ることが出来ない。逃げ出そうと思えばいくらでも逃げ出せる状態にしておいて、そしてその充分な時間も与えておいて、逃げるなよ、もないもんだ。挙句、浮気相手の名前も聞き出せずじまい……そんな自分の間抜けさ加減を、柏木は嘲笑《あざわら》った。

柏木はとんだ思い違いをしていた。

事務所に着くなり、そのカサノバ野郎を半殺しにして、コカの隠し場所を吐かせるつもりでいた。が、肝心のその相手が分からない。

かといって、まさかいちいち組員を呼び出し、「おい、おまえおれの女と寝て、コカを持ち出したろ？」などと聞くわけにもいかない。そんなことでもしようものなら、まさしく組中のいい笑いものだ。

出社して初めて、その事実に思い至った。自分の迂闊《うかつ》さ加減を心底呪った。

(絶対に、おれの失脚を心待ちにしている野郎だ。どいつだ？　どのケツの穴野郎だ？)

そう思いながら、朝から部下の様子を睨《ね》め回していた。

ナンバー・ツーの小島か？　そう言えばこいつ、最近おれに対して妙に生意気だ……。

高橋、という線もある。先月の赤字店は、やつの担当だった。この前、こっぴどく灰皿で殴りつけた……。

まさに、疑心暗鬼のかたまりだった。

時おり、予想範疇《はんちゆう》外のうらなりが、柏木の目の前をうろつく。思考を邪魔する。癇《かん》に障《さわ》る。

「おい、斎藤！」テーブルを叩き、思わず喚いた。「用もないのに、おれの目の前をちょろちょろすんなっ。目障りだ！」

午後になった。

気づくと、事務所内はうらなりを除き、誰一人としていなくなっていた。みんな自分の癇癪《かんしゃく》を恐れてどこかに避難したのだと、ようやく思い至った。

ますますムカムカした。くだらねぇ。どいつもこいつも根性無しだ。

夕方から外出し、会長の自宅へ。いつもの無意味な精神論を、散々聞かされた。

夜もふけてから、くたくたになって事務所に舞い戻って来た。

それにしても、本当に誰が盗んだのかと考える。この前の取引は、あの馬鹿女の自宅で行った。相手が一人、柏木も一人。現金とコカを交換した。五年以上つづいている取引だ。いちいち部下を立ち合わせる必要もなかった。そして、二週間前のこの取引のことを、柏木はまだ部下の誰にも話していない……。

そろそろあの女をとっちめに帰ろうかと思っていた、午前零時過ぎだった。

電話が鳴った。

「あの、社長……」電話を受けたうらなりが、おずおずと柏木を振り返る。「今、『エレガント』に、社長を訪ねてきた三人組がいるそうです」

またこいつの取次いだ電話か、と内心舌打ちする。この低能が電話を受けると、最近ロクなことがない。

「どんな、用件だ？」ため息をつきながら、柏木は言う。

「商売上の話だそうです」うらなりは答える。「直接社長にお会いしてお話ししたい、と。何の取引かは分かりませんが、かなり得になるということを、匂わせているみたいです」

この馬鹿、説明に主語が抜けている、と柏木は思う。だが、話の流れから、こちらに有利な取引だということは理解できる。その話し合いの場にこの事務所ではなく、荒事のまず起こせない『エレガント』を選んできているということも、なんとなく気になる。

考える。

『エレガント』は柏木の管理する店舗のうち、もっとも店内フロアの大きいキャバクラだ。もし相手がそこまで調べ上げ、最初から挨拶《あいさつ》がわりに飲み代を店に落とす気で来ているのだとしたら、けっこうな本気モードだろう。

それなら、いちおう話だけは聞いてみてもいい……。

「どうします？　こちらに来てもらいますか？」

「いや、おれが行く」正直、このうらなりと二人きりでは気が滅入《めい》る。「五分後にそっちへ行くと伝えろ」

うらなりが返事を伝えている間に、コートを羽織り、胸ポケットに名刺入れをしまう。

電話を切り終えたうらなりに向かい、思い出してこう伝えた。

「念のため、小島と高橋、それから渡辺に、すぐ『エレガント』に来るように連絡を取れ。至急だ」

「わたしは？」悲しそうな顔つきで、うらなりが問い掛けてくる。「わたしは行かなくていいんですか？」

「おまえは、留守番だ」

言い捨てるなり、事務所を出た。

『エレガント』に着くと、小島を初めとした三人は、既に店の前で待っていた。

「ご苦労」

そう言って先頭に立ち、店内に入った。いつもの癖でホールを見渡し、客の入りをチェックする。サラリーマン風の集団が、二組――それだけだ。あとはガランとしている。平日の午前零時半。そろそろ退《ひ》け時でもあるし、こんなものだろうと思う。

奥のブースに、それと思しき三人組の背中が見えた。両脇に、女が二人ずつ付いている。

「あの客です」支配人が寄ってきて柏木に耳打ちする。「三十代の男が二人に、二十《はたち》前後の若造が一人」

この支配人も、むろん走流会の準構成員だ。だから身内では、客に対してこういうぞんざいな言い方をする。

「ヘネシーを一本注文しましたが、あとは、社長待ちの状態のようです」

「分かった」と、柏木は背後の三人を振り返る。「とりあえずおまえらはカウンター待機だ。なにかあったら、すぐに呼ぶ」

そう言い残し、奥のブースに歩み寄ってゆく。肩幅の広さから察するに、三人とも揃《そろ》いも揃って大柄なようだ。大男には、馬鹿が多い。いったいどんな儲け話かと思う。右脇のホステス二人から、不意に嬌声《きょうせい》が沸く。話し上手なやつが混じっているようだ。

どうも、とつぶやきながら客の正面に回りこんだ。

途端、あっと思った。

「ひさしぶりです。こんばんは」

三人組の中央に座っていた若者が、そう言って腰を上げる。あのレガシィの小僧だ！　生意気にもウィンザーノットにきっちりとタイを締め、キャメル色のジャケットなんぞを着込んでいる。

「どういうつもりだこのクソガキ。コラッ」そう低く罵《ののし》った。「この前で、話は終わったはずだぞ」

ああ、と小僧は軽く手のひらを返してみせる。「それはもう、済んだことでいいですよ」

その仕草がまた、小面《こづら》憎い。

「なら、何の用だ？」吐き捨てるように柏木は言った。「言っておくが、今夜のおれはこの前と違って、ムチャクチャ機嫌が悪いぞ」

「少し、座って話しませんか？」そんな柏木の態度にも頓着《とんじゃく》せず、若者は席を勧める。

「今夜は社長に、儲け話を持ってきたんですから。しかも確実なやつです」

そうだ。儲け話――コカが見つからなかった場合の二千万の穴埋めも、どこかで考えておかなくてはならない。

不承不承ながら席についた。

あらためて、正面に座る三人の顔を見渡す。

気になるのは、その両脇の二人だ。見たところ、左右の男二人は柏木自身とほぼ同年代のように思える。

この小僧と同様、いや、それ以上にクソ落ち着きに落ち着いている。それがハッタリでもない証拠に、身体のどこにも不自然な力みが見られず、ごく自然な視線で柏木を見返してくる。

「すまないが、ちょいと席を外してくれ」その右隣に座っていた男が、付いていたホステス四人に口を開いた。「短い間だったけど、楽しかった。どうもね」

二重《ふたえ》の、くっきりとした顔立ち。肉厚の体つき、口元に浮かぶゆるい笑み——その鷹《おう》揚《よう》な態度も気にくわない。やはり、緊張の欠片《かけら》も感じられない。

若者の左隣の男は、依然無言のままだ。顎が鋭く尖り、薄い唇——こちらをじっと見ている切れ長の一重が、ほとんど瞬《まばた》きというものをしない。

こいつが一番の要注意人物だ、と柏木の経験が教える。

しばらくの間、両者とも無言だった。妙な居心地の悪さを感じる。その理由に、すぐに思い至った。

こいつら——と心底ムカつきながら思う。このおれを呼び出しておいて、一向に用件を切り出してこようとしない。当然あって然《しか》るべきの自己紹介もない。

「おい、おまえら」たまらずに柏木は毒づいた。「用があるのはそっちだろ。とっととその用件とやらを言えよ」

中央の若者が左隣の切れ長一重を見た。切れ長が微《かす》かにうなずく。やはり、気に入らない。

「実を言うと、借金の肩代わりに手に入れたブツがあります」若者は口を開いた。

「ほう？」

「二キロのコカイン。コロンビア産の極上モノです。仕入れ値でおそらく二千万相当」

あっ、この野郎！

飛び上がらんばかりに驚いた。

が、そんな柏木の驚愕《きょうがく》をよそに、若者は言葉をつづける。

「売値は二百三十五万八千円——仕入れ額を考えれば、嘘みたいな取引です」

「ふざけんなテメェ！」思わず立ち上がり、大声で喚いた。縄で打ちのめした女、疑いの目を向けた部下——すべてがおれの誤解——。「おまえら、ぶっ殺す！」

待て。短気は損気だ。柏木は自分の欠点を知っている。いかん、いかん。より確実に、テーブルを一足飛びに若者に摑みかかろうとして、かろうじて思いとどまった。待て
こいつらをとっちめなくては——素早く頭が回転する。

「おい！」突っ立ったままカウンターを振り向いて、小島たち三人に喚く。「おまえらみんな、こっちに来い」

それからホールに立っていた支配人を振り返り、

「おまえ、今いらっしゃるお客さんにはお帰り願え！　カネは要らんっ。とにかくすぐ

に お引き取り願え！　この店の男どもを、すぐに掻《か》き集めろ！」

そこまで言い終えると、目の前の三人を見下ろした。

「そのままじっとしてろよ。吠《ほ》え面《づら》をかかせてやる」

が、若者は小首をかしげた。右隣の肉厚男も、何故か苦笑する。こいつらぁ——よけいアタマに血が上った。

お客のいなくなったホールの隅で、ホステスたちが一塊《ひとかたまり》になって怖々とこちらを盗み見ている。

柏木直属の三人の舎弟と、走流会・準構成員でもある四人のホールスタッフが、奥のブースまでやって来た。柏木の指示どおり、そのまま三人の座るボックス席の周囲を取り囲む。

盗っ人ども三人はどういうわけか逃げ出す気配も見せず、依然ゆったりと構えている。が、柏木本人も含めれば、八対三。どう転んだところで、取り逃がす恐れはない。内心、ニンマリとした。

「先週な、例のコロンビア人たちとの取引がおじゃんになった」組織内で、弱みを見せるわけにはいかない。とっさに考えた作り話を披露する。「こいつらが、そのコロンビア人たちからコカを巻き上げやがったからだ」

なに、反論されたところで、おれの言うことが正しいと喚くだけだ——そう腹を決めていた。

直後、口を開こうとしかけた若者を、左隣の要注意人物が抑える。

「せっかくの儲け話をフイにする気か、あんた？」要注意人物が初めて口を開く。「後悔するぞ」

「ばーか、ふざけんな」思わずそんな言い方をした。「後悔するのはどっちか、思い知らせてやる。やれ！」

その号令と共に、部下たちが一斉に襲い掛かった。テーブルがひっくり返り、ヘネシーが宙に舞う。グラスが割れ、ホールの隅から女たちの悲鳴が響いてくる。

楽勝、と思えた捕り物劇は、意外な展開を見せた。速い。とにかくその三人の身のこなし、素早さは、呆れるほどに切れていた。

まずは若造だ。襲いかかってきた小島の腕を右肘で跳ね上げざま、左拳でその顔を側面から殴りつける。衝撃で身体が泳ぎバランスを崩した小島の腹部を小気味よく蹴り上げる。倒れかかったその後頭部に、さらに右拳の鉄槌《てっつい》。

二重の肉厚野郎は、既に一人目のホールスタッフを足元に転がして、今、二人目の襟《えり》首《くび》を鷲摑《わしづか》みにしたまま、脇腹に痛烈なフックを見舞ったところだ。くの字になった男のこめかみに、さらに右拳を打ち込む。二人目も、声もなくフロアーに沈む。

そして要注意人物——殴りかかった高橋の左腕を瞬時に摑み、ひねり上げたかと思うと、そのまま強引に捻《ねじ》り切る。直後、腱《けん》の弾ける軽い音が、柏木の耳元まで届いた。

「ぎゃっ！」とその口から悲鳴が洩れ、高橋はフロアーに転がったまま、のたうち始める。渡辺が背後から要注意人物の肩口を摑む。が、この男は流れるような動きで渡辺の顔面へバックの肘打ちを食わせ、さらに反転して左拳を振り下ろす。倒れかかったその首筋へ、右でもう一撃。

徹底していた。その動きに、おそろしく無駄がなかった。

こいつらも暴力のプロだ。それも筋金入りの。

そう感じた直後、柏木はその場からカウンターめがけて突進していた。

チャカ――内側の引き出しに、万が一の場合を考えて隠してあるコルト・ガバメント。

カウンター台を片腕をついて乗り越え、内部にしゃがみこむと同時に引き出しを開ける。その奥からコルトを引っ張り出す。スライドを引き、立ち上がった。

直後、背後の酒棚でガラスの破裂音が走った。はっとして銃の構えも整わぬままブースの奥を見遣《みや》る。

部下たちをその足元に転がし終えたまま、三人の盗っ人どもがこちらをじっと見ている。中央の要注意人物が、銃を手にしている。と、その銃口が続けざまにもう二回、火を噴いた。目の前にあったカクテル用のメジャーがどこかへ弾け飛び、さらにその隣のジャック・ダニエルのボトルが砕け散る。

間違いなく狙って撃ってきている――ぞっとする。

「いよぅ、百発百中だな」隣の肉厚男が、そう陽気な声を上げる。「が、これ以上は弾の無駄だ」

要注意人物もかすかに苦笑したようだ。

「あんた、銃を置いてこっちに来いよ」さらに肉厚男が、友達にでも話し掛けるように柏木に呼びかけてくる。「商談のつづきをしよう」

「……………」

思わず、ため息をついた。

三人の指示に従いカウンターを出る。奥のブースへと、のろのろと歩を進める。手も足も出ない。これだけ格の違いを見せつけられては、もう完全にあきらめモードだった。

目の前に来た柏木を見て、要注意人物が口を開いた。

「で、どうする？　たしかにコロンビア人からコカを奪ったのは、おれたちだ」

ん？　と思う。が、男は言葉をつづける。

「それは、道義に反するとかであんたが怒り出したのも分かる。が、二千万の価値のあるブツが、わずか二百四十万そこそこであんたの手に入る。あんたも得、おれたちも得。結果コロンビア人たちが大損をしただけだ」

そこまで言って、男はにやりとする。

ほう――。こんな状況ながら、柏木は感心した。

こいつ、さっきのおれの話に、わざと調子を合わせている。そうすることによって、柏木の面子《メンツ》が周りに倒れている部下にも立つように、話を仕向けている――。

男はさらに言う。

「もう一度聞く。それでも嫌なら、とっとと他の組を当たるが、どうだ？」

つい笑い出しそうになる。

（やってくれるじゃねぇか――）

不意に、そう思った。

三人に対する敵意が、急激に静まってゆく。

もともとは、こちらが原因で起こした事故だ……そう思った途端、自分でも不思議なほどに、あっさりと腹を括《くく》った。

「まあ、これだけ返り討ちにあったんだ。仕方なかろう」柏木も鷹揚《おうよう》に調子を合わせた。

「カネは、今必要か？」

「むろんだ」

少し考える。すぐに思いつく。

「十分ほど、待て」携帯を取り出しながら、柏木は答えた。うらなりがまだ事務所にいるはずだ。あいつに、今すぐ各店舗を駆けずり回らせれば、ここの今晩の売上と合わせて、すぐにそれぐらいの額は用意できる。

電話口にうらなりが出た。用件を伝えた。戸惑う低能野郎に、

「いいから、そうするんだよ！」

そう喚いて電話を切り、ホールの隅で怯《おび》え切っている女どもを振り返った。

「おら。そんなとこに突っ立って居ずに、こいつらの手当てをしてやってくれ」

店の前で、柏木は三人組と共にうらなりの到着を待っていた。

『エレガント』の今晩の売上五十万は、既に手渡してあった。

一月のビル風が、四人の前を通り過ぎてゆく。

「うぅ……今夜も冷えるなぁ、あんた」肉厚男が足踏みをしながら、そう柏木に笑いか

けてくる。「あんたもおれと同じぐらいの歳だろ？　腰にこないか？」

思わず苦笑する。

こいつら、おれのことをいったい何だと思ってやがる――だが、相変わらず不思議と腹立ちは起きない。

ふと思い出し、右端に立っている若造に言った。

「おまえ、先にこの場からいなくなれ」

「え？」

若造が意外そうに顔を上げる。緊張の取れたその顔は、やはり歳相応に幼い。いくら荒事が得意でも、まだまだひよっこだ。

「事務所でおまえが見た部下がカネを届けに来る」柏木は説明した。「おまえにカネを渡しているところを見られると、あとあと勘ぐられる」

若者は納得したようにうなずいた。

「分かった」それから他の二人を振り返り、「じゃあ、この前の場所にいる」

そう言って、足早に立ち去っていく。

挨拶もなしかい――少し、そんなことを感じた。

ビル風がふたたび足元を撫でまわし、走りすぎていく。

その北風と共に、うらなりが駆け足でやってきた。

柏木の前で立ち止まるや否や、鞄の中から掻き集めてきた現金を取り出した。

「これで、全部です」息を切らしながら、うらなりが言う。「たぶん、二百十万ほどあります」

「わかった」

その札束から残りの百八十五万八千円をきっちりと抜き出して、リーダーと思《おぼ》しき要注意人物に手渡す。

札束をあらためて数え終わった相手は、満足そうにうなずいた。

「たしかに」

肉厚男がポケットの中から番号札のついた鍵を取り出し、柏木に言った。

「JR池袋駅、西口改札脇のコインロッカー。番号は、この札の通りだ」

「分かった」

柏木が鍵を受け取ると、二人は素早く身を翻《ひるがえ》し、常盤通りの向こうへと足早に消えていった。

「なにかの、急な取引だったんですか？」

まだ肩で息をしているうらなりが言う。こいつは低能の上に、運動不足だ。本当にどうしようもない。

「そうだ」ため息をつきながら柏木は答えた。「お得な取引ってやつだ」

言い終わると同時に、不意に女のことを思い出した。

——ゆうべ、散々に打ちのめした。

うん……。

「平和通り沿いに、二時までやっているサミットがある」そう言って、余った札束の中から一万円札をうらなりに差し出した。「そこまで行って、チョコミントとストロベリーのハーゲンダッツを買って来い。一番大きいカップだ。ドライアイスも、しこたま詰めてもらえ」

あの馬鹿女の一番の好物——甘いのが好きだと、いつも笑う。でも、シンちゃんも大好き。

不意に悲しくなった。と同時に、おかしくなった。

おれもまた、どうしようもない。

5

三週間前に待ち合わせしたプールバーに顔を出すと、アキが待っていた。桃井の貸してやった自慢のジャケットを脱ぎ、ネクタイを手荒く緩めている。

「おい、おい」近づきながら、桃井は口を尖らせた。「おまえそのタイがいくらすんのか、知ってんのか？」

「だってよ、窮屈で」と、アキが顔をしかめる。「一時間、息が詰まりっぱなしだ」

「無駄口は、そこまでだ」柿沢が釘《くぎ》を刺す。「やつらの気が変わるかも知れん。さっさとこの池袋を出るぞ」

帰りのインプレッサの中、ふと思い出して桃井は笑った。

「あの柏木って野郎、たしかになんだか憎めなかったな」

「だろう？」と、ルームミラーの中でアキも笑い出す。「なんかこう、笑えるんだ」

「見ていて、飽きない」

「そう、そう」

「ははは」

調子に乗って桃井は言った。

「じゃあここらで、名アドリブだった柿沢先生のコメントを」

一瞬、間があいた。

「野獣だな」柿沢は一言で片付け、それから苦笑した。「まあ、あれだけ感情剝き出しなら、退屈知らずの人生だろう」

桃井もアキも大爆笑した。

Lesson5　実　戦《アクチュアル・ファイト》

1

目の前に火がある。

アキは地べたに座り込んだまま、じっとその熾火《おきび》を見つめている。焚《た》き火《び》のかすかな消え残り。目の前には相模湾《さがみ》がある。まだ四月だ。岸辺に絶えず吹きつけてくる潮風と相まって、夜半過ぎになるとかなり冷えこむ。

夕方、伊豆半島を熱海《あたみ》市の網代《あじろ》まで南下してきた。国道一三五号線から海沿いへ下る急な小道を、この切り立った海岸の磯辺まで降りてきた。

アキの背後には三つのドーム型テントが立っている。それぞれが一人用のドームテントだ。

しばらくして、中央にあるドームテントの入り口のファスナーが開いた。

桃井がのっそりと出てくる。

「おい、アキ。そろそろ一時だ。火を始末したほうがいいぞ」

アキは無言でうなずく。脇に置いていたコッフェルの水を残り火に少しずつかけてゆく。ジッ、ジジッ、という音がして、赤い熾火が消えてゆく。一瞬、周囲が暗くなった。

やがて夜目に慣れてきた。遥《はる》か洋上に、半月がぽっかりと浮かんでいる。ゴツゴツした磯の上に腰を下ろした桃井の姿が、ぼんやりと浮かび上がって見える。

その影の中に、白い歯が覗《のぞ》いた。

「なんか、昔を思い出すなあ、サマーキャンプ」桃井はそう言って笑った。「お手てつないでフォークダンスって感じだ」

アキはつい失笑する。これが今年三十六になる男の言うセリフかと思う。

「あんたは呑気《のんき》だな」

影の中にふたたび白い歯が覗く。

「おまえ、ちゃんと仮眠は取ったのか？」

アキは首を振った。

「どうして？」

「なんだか眠れなくて」

「緊張しているのか」

「……たぶんそうだと思う」

桃井が笑い声を上げた。

「今夜は単なる下見だ。本番は明日。そうピリつく必要はない」

そうだとは思う。理屈では分かっている。だが、どうにも神経が昂《たか》ぶっている自分がいる。

アキはため息を洩《も》らした。

それからふと気になり、一番右端のテントを振り返った。相変わらずそのテントだけは静まり返っている。

「まだ、寝てるのかな？」

「柿沢か」

「うん」

「大丈夫だ。時間きっちりには間違いなく起きてくる。今のうちに用具の確認をしておけ。少しは安心する」

桃井の言葉に従う。

小脇に置いていた黒いデイパックを開け、中身をもう一度確認してゆく。手袋、プライヤー、ペンライト、タイマーキット、目出し帽《フェイスマスク》、ホテル館内の見取り図、そして万が一のための拳銃……ベレッタ９０００Ｓ・タイプＦ。すでに初弾もチェンバー内に送り込んである。それら一つ一つを手にとって確認していった。

海鳴りの音に混じって、かすかな電子音が聞こえてきた。アラーム音。腕時計を覗きこんだ。午前一時ジャスト——。

右端のドームテント内部でゴソゴソと動き回る気配がして、ファスナーが開いた。全身黒ずくめの柿沢が出てきた。

「よお」桃井が軽口をたたく。「寝起きがいいな、相変わらず」

だが柿沢はそれには答えず、アキのほうを見てきた。

「準備は終わっているのか？」

アキはうなずいた。

「自分の分は大丈夫だ」

柿沢もうなずき返す。

「ボートの組み立てにかかろう」それから初めて桃井のほうを見た。「トランクを開けてくれ」

桃井を先頭に、磯の奥の木立へと向かう。その木立の下に生い茂った叢《くさむら》に、一台のワンボックスが停め置いてある。レンタカーだ。今度のヤマのために東京で手配した。桃井のマンションから仕事道具一式を積み込み、東名高速を飛ばしてこの東伊豆までやってきた。

むろん途中の道路上にいくつも設置されたNシステム（ナンバー自動読み取り装置）の網をかいくぐるために、ナンバープレートには特殊アクリル製のカバーを取り付けてある。監視カメラの赤外線を遮断《しゃだん》するプレートカバー。万が一警察沙汰《ざた》になったときの用心だ。

三人は叢の中に分け入り、ワンボックスの後部ドアを上げた。荷台にはヤマハ製五十ccの船外機と圧縮ボンベ、二挺のオール、空気を抜き四つに折りたたんだ四人乗りのゴムボートがある。

アキはゴムボート、柿沢は圧縮ボンベ、桃井は船外機を持って、再び岸辺へと引き返す。

波打ち際でアキはボートを広げ、縁にある空気挿入口のキャップを開ける。柿沢が圧縮ボンベから伸びたホースをその挿入口に差し込み、ボンベ本体のバルブを開く。桃井は船外機の取り付け部分のネジを緩めている。アキはゆっくりと膨らんでゆくボートを見ていた。

「おい、アキ」柿沢が口を開いた。「ホテルの見取り図は、しっかりとアタマの中に叩《たた》き込んできているな？」

くすりと笑う声が聞こえた。桃井だ。なんとなくむっとする。

「三日前からヒマさえあれば見ていた」

「だから？」

「それだけ確認しておけば充分だろう」

が、柿沢はしつこい。

「じゃあ聞くが、一階フロアーの非常出入り口は何カ所ある？」

「三カ所」

「それぞれの場所は？」

「建物の北東部、大宴会場の廊下奥。逆側北西の厨房《ちゆうぼう》奥、南東角エントランス脇にあるスタッフルーム」

そっけなく答えながらも柿沢の意図は充分に理解している。

以前に桃井から聞かされた。ヤマを踏む際に最も重要なのは、万が一失敗したときの逃走ルートの確保だ。

それに逃げる場所がしっかりとアタマに入っていれば、安心するだろ――。

そう桃井は言った。

ゴムボートが完全に膨らんだ。柿沢がバルブを閉める。アキはホースを取り外し、素早く空気挿入口を閉じた。次いでボートの縁の強度アップのため、アルミのフレームを埋め込んでゆく。ボート後部に桃井が船外機を取り付け、準備は完了した。

「今、一時十五分だ」柿沢が時計を覗き込んだ。「時速五ノットで、二時前には姫島に着くはずだ」

桃井とアキはうなずいた。

三人でボートを持ち上げ、砂浜の波打ち際まで運んでゆく。

「行くぞ」

そう言って最初に柿沢が飛び乗った。アキもそれにつづく。最後に乗り込んできた桃井がエンジンに火を入れた。軽やかな二サイクル音が周囲に響き渡り、ボートは岸辺から滑り出した。

深夜の海は比較的穏やかだ。波間に多少のうねりはあるものの、盛大に飛沫《しぶき》を被《かぶ》るほどではない。

いったん雲間に隠れていた月が、ふたたび顔をのぞかせる。周囲が見る間に明るくなる。沖合いに金波銀波がさざめき合っている。

「幸先《さいさき》がいい。風情たっぷりだな」

桃井がつぶやく。

この男はいつでも明るい――アキは思う。

金波銀波のはるか沖合いに、黒い島がぼんやりと浮かび上がって見える。

周囲が二キロほどの小さな島。

白い灯《あか》りがポツンとその中央に見える。寝静まったホテルの外灯だ。

熱海市の南東約四キロの海上に浮かぶ、姫島リゾートアイランド。九〇年代の初期に建設されたバブル期の遺物で、島内の建物はこのホテル以外にない――。

話が来たのは一ヵ月ほど前だった。

寒さも緩み始めた三月の下旬、桃井は女連れでこの姫島リゾートアイランドに遊びに行ったという。予約した部屋はオーシャンフロント、ベッドはキングサイズのダブル……つまりはそういう旅行だ。

キャバクラのネーチャンだ、と桃井は笑っていた。これがまた、小股の切れ上がったイイ女でな、と。

屋内プールで女と一緒にデッキチェアに寝そべっていたとき、四、五人ほどの男たちの一団が入り口に姿を現した。男たちのファッションはどいつもこいつも似たり寄ったりだった。悪趣味を絵に描いたようなヴェルサーチのシャツに、金の太いブレスレット。辺り憚《はばか》らぬ胴間声《どうまごえ》……どういう種類の人間かはすぐに見当がついた。

「ま、今のご時世、不景気だからな」初回の打ち合わせのとき、桃井は言った。「客の選《え》り好みなんぞしていられない状況なんだろう」

男たちはしばらく屋内プールを見渡すとすぐに引き返していった。

夜になって館内のレストランで食事を取っていた。

件《くだん》の男たちが近くのテーブルにいた。熱海から呼んだと思《おぼ》しきコンパニオンを脇に侍《はべ》らせ、さかんに大声を張り上げて喋《しゃべ》っていた。

下見、という言葉が何度か聞こえ、襲名式、という単語も聞き取れた。

それで桃井はピンと来たという——。

ボートの船首に時おり波飛沫が上がっている。暗い海上に、姫島がゆっくりと大きくなってくる。

2

ボートが島に近づくにつれ、桃井は船外機のスロットルを絞った。

エンジン音を抑えるためだ。

ホテルのスタッフや宿泊客の耳——おそらくは早出の漁船の音だと思うだろう。それでも事後のことを考えると、このエンジン音になるべく気づかれたくはない。

姫島がさらに迫ってくる。岩礁の上に立ったホテルの白い外観が、くっきりと浮かび上がってくる。桃井はさらにスロットルを絞り、舵《かじ》を島の裏側へと向けた。

海岸線をゆっくりと回りこむようにして進んでゆく。

桃井のすぐ目の前に、大柄な背中が見える。アキが黙りこくったまま、その腕の中にデイパックをしっかりと抱え込んでいる。

十五も年下のこの若者——しかも今回が初仕事だ。ガッチガチに緊張している。

「おい、アキよ」と、つい笑い出しながら口を開く。「もっと気楽に構えろ。今にも噛《か》み付きそうな顔してるぞ」

アキが桃井を見て、ちらりと笑みを浮かべる。だが、その目は笑っていない。やはり相当に硬くなっている。

かたや柿沢は船首に陣取ったまま、じっと島の外観を窺《うかが》っている。

……こいつはいつもどおりだ。およそ何事にも、慌《あわ》てるとか焦《あせ》るということがない。

島の反対側に回り込んできた。途中からアキと操舵《そうだ》を代わり、案内役に立つ。奥まって入り江のようになった場所に、今は使われていない朽ちかけた桟橋《さんばし》がある。その桟橋に向けて、ボートを誘導してゆく。

桟橋の袂《たもと》に半壊した小船が数隻沈んでいる。その間の浅瀬に乗り入れるよう、指示を出した。

柿沢が船首から立ち上がり、桟橋の杭《くい》に両手をかける。そのまま身体を引き上げ、桟橋の上に立つ。桃井もそれに倣《なら》う。桟橋の向こうに真っ暗な雑木林の斜面が見える。

柿沢が、船首のロープを桟橋の杭に素早く括《くく》りつける。

ボートに残ったままのアキは船尾に移動し、縁《ゆ》に結わえ付けられているロープを解きにかかっている。が、なかなかそのロープの結び目を解けずにいるようだ。

「早くしろ」柿沢が急《せ》かす。「もうすぐ二時になる」

「分かってる」ボートの上から声が返ってくる。「でも手元が暗いんだ」

ゴム製のボート。船首と船尾を共にしっかりと固定しておかなくては、打ち寄せる波に揉《も》まれて半壊した小船の古釘《ふるくぎ》などに触れるかも知れない。アキがようやくロープを解き終わり、錨《いかり》代わりの鉄アレイと共に海に放り込む。それから余ったロープを引き寄せて船外機に括りつける。ボートが水面に固定された。

アキが栈橋に上がってきた。

「よし」桃井は言った。「じゃあ行動を開始する」

栈橋を抜け、暗い雑木林の斜面を登り始める。桃井が先導役。アキ、柿沢とその後につづく。滅多に使われることのない下草の小道を、ペンライトのかすかな光で照らし出しながら進んでゆく。

五分ほどで、斜面の勾配《こうばい》が急にゆるやかになる。

かと思うと、前方の木立の先に白っぽい光が見えてきた。ホテルの敷地内——その要所要所に立った外灯の光だ。

木立の隙間《すきま》から、棕櫚《しゅろ》の木に囲まれた白亜の建物が、外灯にくっきりと浮かび上がって見える。

姫島リゾートアイランドホテル。

総部屋数百五十ルーム。収容人員六百名の大型リゾート施設だ。和洋中の各レストラン、フィットネスルーム、宴会場、クアハウス、ディスコホール、ショーパブから屋内プールまで、なんでもござれの巨大な娯楽施設を併せ持つ。

桃井にも記憶がある。バブル末期にはテレビでもさかんにコマーシャルを流していた。

謳《うた》い文句は、〝ゴージャスな設備と南国の風、行き届いた最上級のおもてなし〟……今となってみれば噴飯ものもいいところのフレーズだが、その当時から高級リゾートホテルとしてのイメージを前面に押し出してきていた。

だから一カ月前に、女連れでこの島を訪ねてみた。

だがその内実はといえば、その後の長いポストバブルのうちにすっかり経営内容は悪化しているようだった。クアハウスは閉館されており、ショーパブとディスコホールも休業状態という有様——館内にも宿泊客の数はまばらで、どことなく澱《よど》んだような雰囲気が漂っていた。

レストランであの男たちの話を小耳にはさんだ。

間違いない。ヤクザの襲名式の下見だと思った。

連れの女を先に大浴場に行かせ、エントランスホールでコンパニオンの帰りを待った。この島から熱海行き最終の定期便が出るのは午後九時。だからそれまでに用済みの女がいたら、間違いなくホールに降りてくる。

はたして一人のコンパニオンが姿を現した。

お相手のヤー公のお眼鏡に適《かな》わなかったのだろうが、ややふてくされた顔で二階からの階段を下ってきた。おそらくは地元熱海市のヤンキー上がり。桃井は内心おかしさを堪《こら》えながらも、その女に素早く三枚の諭吉《ゆきち》を握らせ、少し聞きたいことがある、と女をラウンジに誘った。

自分ひとりだけが今夜の小遣い稼ぎにあぶれた腹いせもあったのだろう、女は多弁だった。実に良くヤー公たちについて喋った。

出航までのわずか五分ほどで、ほぼ必要な情報を引き出せた。

四月の二十七日。水曜。関東の広域暴力団『船橋組』の九代目襲名式。一階の大宴会場で催される。集まってくるのはその持ち株会社の傘下にある企業舎弟の社長たちが三十人。付き人の幹部も含めれば百人ほどになる。

むろんその襲名式のあとには余興の定番、賭場《とば》が開帳されることとなる。

さらに二万の礼金を上乗せし、コンパニオンと別れた。

連れてきたキャバクラの女に怪しまれてはならない。クルマ屋だと以前に自己紹介していた。

速攻で男湯へと行き、局部と髪だけを洗い、歯を磨き、一風呂浸《つ》かってすぐに浴場を出た。

部屋に戻り、待ち構えていた女と一ラウンドをこなした。

午前一時過ぎ――ちょうど良い頃合。疲れきった女が正体もなく眠り込んだのを確認して、そっと部屋を出た。

一階までエレベーターで降りると、エントランスホールから奥へつづく大宴会場までのスペースに従業員の人影はなく、照明もダウンライトが点《つ》けられただけの薄暗い空間に早変わりしていた。予想通り。人件費と電気代の節約。今のホテルや旅館は、どこも似たような状況だ。

まず大宴会場へと忍び込み、間取りを確認した。カメラ付き携帯で重要な部分の映像を押さえた。さらに宴会場脇の非常口をチェックし、最後にフロント奥のスタッフルームへと忍び込んだ。

室内を物色し、観光業者用に配布される館内見取り図とホテルパンフレットを手に入れた。予約端末機を起動させ、当日の部屋の予約状況まで確認した。ついでに自分の宿泊名を住所、氏名、電話番号ともデタラメなものに書きかえる。

電話受けの予約台帳を探し出し、自分の名前の入ったページを破り捨てた。

宿泊履歴の完全なる抹消——翌日のチェックアウトの際、連れの女をティーラウンジで待たせている間に、実在しない宿泊客の精算を現金で行った。

「だから、館内の確認と下準備は済んだも同然だ」

初回の打ち合わせのとき、二人にそう説明した。

ふむ、という顔を柿沢がした。

「だが、島への到着からその建物までのアプローチはどうする？」

「それも調べてきた」桃井は即答した。「翌日、十二時のチェックアウトまでに女連れで島内をぶらぶらとしてみた」

そう言ってテーブルの上に数枚の写真を広げた。携帯の写真をパソコンのプリンターで打ち出したものだ。

「島の反対側に、昔の漁師が使っていた桟橋の名残《なごり》があった。ここにボートを係留し、ホテル裏手の林の中を通ってアプローチすればいい」と、結論づけた。「宴会場の金は、たぶん一組織につき三百から五百の間だろう。見栄っ張りな連中のことだ。見せ金という意味でもそれ以下にはならないはずだ。一億から一億五千万の間にはなる」

その言葉に、柿沢も薄く笑ってうなずいてきた。

「電信ケーブルを一時切断しておけば、あとあとも大丈夫だろうしな」

現ナマを賭《か》けての賭博《とばく》行為は当然ながら違法だ。それがヤクザの襲名式で催されるとなれば、なおさら警察は容赦しない。連中に被害届けを出すことは出来ない。問題は襲撃の直後、ホテル側がすぐさま警察に通報する恐れがあることだが、これとて直前に電信ケーブルさえ切っておけば時間が稼げる。おそらくはその間にヤクザ側との話し合いが始まり、ホテル側も名前に傷がつくことを考え、結局はことをうやむやにせざるを得ないだろう。

「でも、ホテルのセキュリティの問題は、どうなんだ？」今度はアキが聞いてきた。「本当に夜は無人に近いのか？」

「問題ない」桃井は答えた。「零時過ぎの館内には、ほとんどスタッフは詰めていない」

人件費の節減。桃井はその知識として、こういう宿泊機関が暴力団関係者の宿泊を敬遠したがることを知っている。あとあと客質の低下を招くからだ。つまりはそういう団体も受け入れざるを得ないほど、財務状況が逼迫《ひっぱく》している。

おまけに島自体が一つの巨大な要塞《ようさい》になっているので、外部からの侵入者を容易に寄せつけないという安心感もある。深夜勤のスタッフがわずかでもなんとかなる理屈だった。

そこまで見切った上で東京へと戻り、さっそくこの二人を呼び出したのだ。

アキがデイパックの中から三人分の目出し帽《フェイスマスク》を取り出す。三人はほぼ同時にマスクを被り終わる。

「こっちだ」ホテルの裏側を指差しながら桃井は言った。「まずは通信設備の確認に行く」

外灯の照らし出す敷地内に足を踏み入れる。足元の芝に影が四散する。三人の姿は白々しい光のもとに晒《さら》されている。

だが、午前二時——すっかり寝静まっているホテル。満室にはほど遠い宿泊客の数と、夜警の確保さえままならぬホテルの財務状況——誰も彼等を見咎《みとが》めるものはいない。

それでも万が一のときのことを考え、急ぎ足で敷地の縁沿いを進んでゆく。

ホテル裏手の窓のない壁面へと回り込む。

従業員専用出入り口と非常口がある一角。一階の奥にある大宴会場と、その隣の厨房に面している。

その二つの裏口の間に、NTT東日本が設置した大きな配電室がある。

一カ月前の夜、館内のパソコンをこっそりいじったとき、そのオフィスにあった数台のパソコンはすべて無線ルーターに繋《つな》がっていた。そのルーターから延びたケーブルは光ファイバーであることも確認していた。

そしてその翌日には、基地局《ベース・ステーション》——携帯電話の無線電波塔——がホテルの屋上に建っているのも確認してきていた。

島内の携帯電話から発信された電波はすべて電波塔のパラボラアンテナに拾われ、専用ケーブルを伝ってこの配電盤の内部へと至る。

そしてここで、館内を走る通常ダイヤルのNTTモジュラー回線、スタッフルームから来ている光ファイバー回線と共に集約され、海底ケーブルを伝って熱海市の親局、ないしはマイクロBS局へと繋がる。

つまり、この配電室に細工を施せば、ホテルの通信設備のすべてを押さえることができる。

午前二時――この時間帯に館内で通信設備を使う者などいない。だからこの深夜に忍んで来た。

柿沢が配電室の前に陣取り、ピッキングの小道具を取り出す。桃井はペンライトの先で扉の鍵穴を照らす。

柿沢が鍵穴に汎用《はんよう》型の細いマスターキーを突っ込み、さらにその隙間に鉤《かぎ》付きの薄いプレートを通してゆく。

「どうだ？」桃井は小さく訊《たず》ねた。「うまく開けられそうか」

柿沢はしばらく無言のままプレートを前後させていたが、

「大丈夫だ。今、シリンダーに触れた感触がある」

そう答えた直後、手元のマスターキーを半回転させた。

パチ。

乾いた音が弾け、扉のロックが外れた。

桃井は柿沢にペンライトを手渡す。柿沢がペン先で内部の配電盤の仕組みを舐《な》めてゆく。桃井の隣では、アキがデイパックのファスナーを開け始めている。

「アキ、プライヤー」

柿沢がつぶやく。すかさずアキがデイパックからプライヤーを取り出して柿沢に手渡す。

そのアキの様子になんとなくおかしみを感じる。いつもは柿沢に対してなにかと反抗的なこの若者も、さすがにこういう状況下では相手の一挙手一投足《いっきょしゅいっとうそく》に気遣いを示している。

柿沢が目当てのケーブルを次々と切断してゆく。その断面部の銅線やファイバー部分を剝《む》き出しにしてゆく。

「次、タイマーキット」

さらに柿沢がつぶやく。今度もアキがデイパックから素早くタイマー付きのキットを取り出す。中央に小さなデジタル時計の嵌《は》まった盤上のキット。その両端からモジュラーケーブルやファイバーケーブルのジャックが突き出ている。

柿沢はジャックの開口部分を開け、次々と剝き出しのケーブルを挟み込んでゆく。明日の晩の賭場開帳は午後十時から。これも台帳で確認していた。おそらくは深夜までつづく。

デジタルタイマーは明日の晩の零時ちょうどにオフになるようにセットされている。それ以降はケーブルの通電が切断される仕組みだ。タイマーの電源が再びオンに戻るのは午前六時。そのころには、桃井たち三人はこの島を完全に引き払っている。そしておそらく、ヤクザ側の責任者とホテル支配人との間で話し合いもついている……。

柿沢がセットし終わったキットを配電盤の隙間に埋め込み、扉を閉める。アキが瞬間接着剤を取り出し、鍵穴に溶液を流しこむ。

次の行動に移る。

ここからは本番当日どおりの予行演習も兼ねている。

まずは配電室の隣にある非常口の鍵を柿沢が開ける。

桃井は尻ポケットからマグネット式のセンサー遮断装置を取り出し、扉の開口上部にあるセキュリティセンサーにぺたりと貼り付けた。これで警備会社のセキュリティシステムは、このドアに関する限り無力化する。

柿沢を先頭に館内へと足を踏み入れる。アキがつづく。最後尾の桃井は非常口の扉にドアストッパーを噛ませる。

無人の厨房と大宴会場に両側を挟まれた廊下。メインの照明は落ち、緑の非常灯が絨《じゅう》毯《たん》敷きの回廊をぼんやりと照らし出している。

大宴会場の入り口は三カ所。手前の入り口に桃井が立ち、次の入り口にアキ、そして最も奥まった入り口には柿沢が進んでゆく。

三人とも予定の位置に着いたところで、タイミングを合わせて一斉に引き戸を開けた。引き戸の開き具合——途中で引っかからないか、あるいは滑りが重くないか——事前の確認作業。

薄暗い光の中、三百畳の宴会場が広がっている。ここもまた緑の非常灯に畳の表面が浮き上がって見える。アルコールとヤニの少し饐《す》えたような臭いが籠《こも》っている。縦長の宴会場の奥――柿沢が立っているほうに床の間がある。宴会場の上座だ。柿沢がその上座の付近をしきりと歩き回り始める。空間に対する歩幅の感覚を、実際に歩いてみて確認している。それから上座の中央で不意に足を止めた。

「アキ、ちょっとこっちに来てみろ」

そう言ってぼんやり突っ立ったままのアキを手招きする。桃井も上座のほうに移動する。

「ためしに、ここに座ってみろ」

柿沢は自分の足元を指差す。

言われたとおりにアキが畳の上に胡座《あぐら》をかく。

ちょうど当日の『親』の壺《つぼ》振りの位置――おそらくはその両側から川流れに、『子』の二列ができる。

「『子』の列は十五人ほどだろう」柿沢が言う。「そしてその『子』の背後に、それぞれの舎弟が三人ぐらいずつ貼り付くはずだ」

そのイメージングに桃井とアキもうなずく。

「役割を確認する。おれがまず入ってくるなり、挨拶《あいさつ》代わりの一発をこの壺振りの前の畳にぶち込む」柿沢はさらにつづける。「桃井、そしたらおまえは相手に考える時間を与える前に、すかさず口上を述べる。アキ、そしておまえは全員の賭け金の回収係だ。

その間、おれは手前の『子』の列、桃井は奥の『子』の列を見張っている」

もう一度桃井とアキはうなずく。

「金を回収し終える前に誰かが変な動きを見せるようなら、一度目はそいつの前に再び銃弾をぶち込む。さらに懲《こ》りずに動き出す奴がいれば、今度はそいつの脚を撃つ。三度目に動く奴がいれば、気の毒だがそいつには死んでもらう」

――以前に桃井と二人だけで話し合ったとき、柿沢は言った。

アキにはまだ人を撃つ度胸はないだろう。だから今回、あいつには金の回収だけを任せる。万が一の際の発砲は、おれとおまえで受け持つ――。

桃井もその意見には賛成した。

その上で後日、役割分担をアキに伝えた。案の定、アキは明らかにほっとした顔をしていた。

十分後、三人は宴会場を後にした。廊下から非常口を抜け、館外へと出た。敷地の縁を急ぎ足で通り過ぎ、先ほど出てきた場所から雑木林の斜面を下ってゆく。

桟橋に留め置いたボートが波間に揺れていた。

ボートに乗り込みながら桃井は思う。

たぶん、大丈夫だろう、と。

今回のヤマに現時点で特に問題点はない。明日の夜明けまでには間違いなく一億以上の金を強奪できる。

船外機に火を入れた。

再び洋上に滑り出しながら、なんとなく宿泊した晩のことを思い出した。

あのコンパニオンに、情報を引き出すために五万握らせた。

目つきがややきつめで、鼻先のつん、と尖った、いかにも小生意気そうな娘だった。

それでも脳ミソはまああのようで、桃井の質問には分かりやすい答え方をしてきた。

いかにもなピンクのジャケットを着ていたことを覚えている。

胸元に『アケミ』という名札を付けていた。

もう少しお礼を弾んでやっても良かったかな、とちらりと思った。

3

後部座席から同じコンパニオン仲間の会話が聞こえてくる。

「今日のお客ってさあ、一カ月前のやつらだよねえ？」

「そうそう。あのヤー公」

「なんかあんまし気が乗らないなあ……」

「あたしも。だってしつこいしさ。このまえだって散々下卑《げび》たこと言ってたし」

嘘をつけ。

あの晩、金を積まれて喜んで連中と寝たくせしやがって。

しかも典型的な紋々《もんもん》野郎とだぞ。

……ったく。とんだ枕芸者《まくらげいしゃ》だ。クサレ売女《ばいた》だ。

しかし明美《あけみ》は口には出さない。腹の中で思うだけだ。黙ってクルマを運転している。

窓の両側は熱海梅園――だが梅の咲き頃など一カ月以上も前に終わっている。そんな冴《さ》えない梅園の中の県道を、熱海の海岸に向けて下ってゆく。

運転している明美のクルマは、パジェロ・イオ……三年前に買った五十万の中古。クレーム隠しの三菱のクルマ。これまた冴えない。

二人のバカ話はまだつづいている。

「あんたさ、そのブレス、いいじゃん。え？　ひょっとしてブルガリ？」

「だーよ。九万八千円もした」

「……金はどうしたわけ？」

「もち、プロミス」相手はケラケラと笑い出す。「そんな手持ち、あるわけねえよ」

おいおい――。

下らぬ仲間、下らぬ仕事。そして車内で延々と垂れ流される下らぬ会話。

思わず内心、ため息をつく。

まったくあたしの周りときたら、いつだって肥溜《こえだ》め同然だ。

「アケミぃ、あんた今日は島に泊まっていくんでしょ？」

助手席の〝能天気女〟カオリが話しかけてくる。

「だって拘束は十時までじゃん」事務的に明美は答えた。「もうフェリーの時間は終わりだよ。帰れないよ」

「だったらさあ、今日の夜ゲームでもしようよ」

そう言ってウキウキとバッグの中に手を突っ込んでいる。出してきたものは『ウノ』――。思わず内心舌打ちする。

こいつは二十五にもなっていったい何者なのかと思う。

……今日の昼、沼津の事務所で弁当を食べながらのミーティングがあった。

やり手の女社長は言った。

今日の仕事は久しぶりの大口で、二十人もの予約を頂いています。くれぐれもホテル関係者やお客様方に対して粗相《そそう》のないように――。

この女社長は十五年ほど前まで東京でモデルの仕事をやっていた。四十を過ぎた今でも、その頃の美形のなごりが目鼻立ちに窺える。

とは言ってもファッション雑誌のグラビアモデルなどとはほど遠く、せいぜいがスーパーのチラシの下着モデルや通販カタログの上下合わせて九千八百円ほどのスーツのモデルといったところだ。仕事にあぶれているときは銀座のクラブなどでコンパニオンのバイトもしていたらしい。

つまりは倖《さち》薄いモデル生活だったというわけだが、その頃の経験を生かして、明美たちの所属するコンパニオン派遣会社を設立していた。

同性ということもあってか、社長は明美たちコンパニオンに対してはいつも厳しい。

そして言うこともキツい。

女はまず顔です。次に魅力的な身体。三番目がせいぜい明るさです。ブスは私たちの会社には要りません。

常日頃からそう言って憚《はばか》らない。もし男性社長が言おうものなら世間から袋叩きにあいかねないセリフだ。

明美は二年前にこのコンパニオン会社の面接を受けた。顔にはそこそこ自信があった。少なくとも人並み以上だと思っていた。結果は合格。入ってみて呆《あき》れた。同僚たちはみな、顔と身体こそそこそこだが、どいつもこいつもろくでもない高校を出てきた元ヤンばかりだった。

もっとも明美にしても、たいした高校は出ていない。

おまけに学生時代から髪を染め、口紅をつけ、オワン型のヘルメットを被って、ピンクの側車灯《ホタル》をつけた原チャリを蝿《はえ》のような排気音を響かせて乗り回していたのだから大差はない。

それでも時々、鼻息荒く思う。

こいつら、遊ぶ金欲しさだけにこんな仕事をしている。

でもあたしは違うぞ、と。

明美は、沼津市内の貧相な弁当屋の娘として育った。

どれくらい貧相かと言うと、禿《はげ》の父親と太った母親が揚げ物の油まみれになりながら働いている、五坪にも満たない弁当屋だ。軒先の看板はこの二十年、一度も塗り替えたことがない。本来のオレンジ色がいつの間にか黄色に変色している。金がないからだ。利が薄いからだ。

ボロい弁当屋だな、と子供心にも思った記憶がある。

しかし、儲《もう》けがあまり出ない反面、そこそこ繁盛はしていた。界隈《かいわい》の住人たちもよく両親の弁当屋を利用してくれていた。ごく自然な成り行きで、近所の友達からも、弁当屋の娘という目で見られていた。

明美はどういうわけか子供の頃からわりあい鼻が高く、しかもその鼻頭がややつん、と上向きだった。

小学校時代に付いた渾名《あだな》は、『弁当屋のピノキオ』――略して『弁ピノ』……まるで便秘持ちの名前のようだ。

その頃から自分の人生はまったく冴えていなかったのだと自覚している。

そしてその冴えない人生は高校を卒業してからもつづいた。

一度は地元のスーパーに就職したものの、結局は両親に仕事を手伝ってくれと懇願されて、弁当屋で働くことになった。

給料はスズメの涙……しかも利益が厳しい月にはそれすらも滞りがちになる。

ようは、体《てい》のいいタダ働き要員だ。

くそっ。あたしだって友達と付き合うにはお金も要るし、人並みな格好だってしたい。大体いまどき、月五万の給料でどうやってクルマを維持し、化粧品や洋服を買い、携帯代を払い、友達との付き合いをやってゆけというのか。

弁当屋の薄利の原因ははっきりとしていた。

材料費の占める割合が大きいからだ。父親はどうしても揚げ物の油にこだわった。炊くコメや付け合わせの材料にもこだわった。

いいか、仕事ってのはな、金さえ儲けりゃいいってもんじゃねぇんだ。

そう啖呵《たんか》を切って、なんとか利幅を大きくしようと思っている明美の提案を、ことごとく却下してきた。そのたびに激烈にムカついた。

ふざけんな。なにカッコつけてんだ、このバーカ。おまえが作ってんのはたかだか五百円のセコい弁当だぞ。いったい料亭の板前にでもなったつもりか。そういうセリフは、まず子供に満足な給料を払ってから言え。

だが言葉には出さない。一度口に出して大喧嘩になったことがあった。父親は禿頭から薬缶《やかん》のように湯気をたて、大暴れに暴れた。

それに懲《こ》りて、今では心の中で毒づくだけだ。

その代わり、このコンパニオン派遣会社にこっそりと登録した。今夜の泊まりも両親には友達と下田に行くのだと説明してあった。

……先ほどの事務所でのことだ。

小さな会議室に入るなりぎょっとした。

社長が打ち合わせのときの昼食用にと、二十人分の弁当を買ってきていた。発泡スチロールの容器に巻かれた、見覚えのあるオレンジのラベル。ダサいデザインのロゴマーク。『ニコニコ弁当』――。

「昼食を用意しておいたから」

社長は珍しく笑って、コンパニオンたちに弁当を勧めた。その後、明美を見てちらりと微笑《ほほえ》んでみせた。

悪い女《ひと》じゃない——この社長のことを時おりそう思う。

……面接のときに明美は言った。

あまり給料が貰《もら》えないので、小遣い稼ぎに登録にきました——。

そのときのことを社長は覚えている。おそらくは店が苦しいのだと思っている。だから売上に協力しようとこんなことをしたのだろう。

それでも居たたまれなかった。

それと知らずに自分の家の弁当を食べている同僚の中、モソモソとコメを口に運びながらも、誰かが「これ、不味《まず》いじゃん」と言い出すのを心底気にしていた。喉の奥が渇いていて、とても食欲など湧いてこなかった。

後部座席では二人組がまだブランド談議に花を咲かせている。梅園を過ぎた眼下に、熱海の市街地が見えてきた。春の陽光がフロントガラスいっぱいに差し込んでくる。

それでも明美の気分はすかっとしない。

と、つけっ放しにしていたＦＭから音楽が流れ出てきた。

♪ズンチャカ　ズンチャカ
ドンドン　ズンチャカ
あーはっ☀　あーはっ？

あーはっ☆　あーはっ？
ズンチャカドンドン
きゅぅぅーん◎
ま〜あリラックス
サーフライダーのりっ☄
波の上をすっべり降りる☀
ま〜あリラックス
サーフライダーのりっ☆☆
カミっ　カミっ　カミっ　カミっ
カミ〜ナップ∞★
さあ　カミーナ　二人《ふったりー》は
波乗り〜で☂　ノリノリですっ♡
ひとっとびっ　じっとしてらんない
サンシャイン　ブギウギ
サンセットに☽
ラリラ〜リ☀　ハリハ〜リ♪

ゆるい。とてつもなくゆるい曲だ。

思い出した。たしか『ＨＡＬＣＡＬＩ《ハルカリ》』とかいうふざけた名前の二人組《ユニット》の、『ギリギリ・サーフライダー』とかいう、これまたナメた題名の歌だ。

隣のカオリは一緒になってさかんに口ずさんでいる。

「あたしこれ、大好き」

マジかよ。

たしかこいつら、まだ十四歳だぞ……。

——やっぱりあたしの人生、冴えていない。

そう思いながら、熱海の繁華街へとパジェロ・イオを転がしていった。

4

当日の夜が来た。

洋上の東の空にふたたび月が昇っている。

午後十一時十五分——あと一時間後には、間違いなく昨日の現場にいる。

自分の心臓の鼓動が聞こえる気がする。体内に少しずつアドレナリンが分泌されてくる。

アキは三人分のハンドガンをセットアップし終わった。昨夜の９０００Ｓ・タイプＦ

とは違う。同じベレッタでもM９３R《モデル》。９０００Sに比べればやや大ぶりで重さもあるが、チェンバー内の弾薬も合わせれば、フル装塡《そうてん》数は二十一発。さらにセミオートから切り替えて三発バースト機能も選ぶことができる。

今夜のように多勢を相手に立ち回りを演じるには、うってつけの銃だ。

大きな石の上に安全装置をかけた拳銃を並べ終わり、背後を振り返った。

磯の浜辺にはすでにテントはない。三十分ほどまえに撤収し終わって、ワゴン車の中に積み込んでいた。焚き火の跡も灰を飛び散らせ、その周囲を元どおりにした。タバコの吸殻はもともと携帯用の灰皿の中にしか捨てていない。缶詰やレトルトカレーのゴミもビニール袋に入れてワゴン車の中にある。

浜辺に三人が二日間過ごした痕跡は、もうどこにも残っていない。

姫島から戻って来たらすぐにこの伊豆の東海岸を離れる。東京へと一目散だ。その前準備。

藪《やぶ》の陰に留め置いたワゴン車から柿沢と桃井が戻ってくる。

「アキ、セットアップは終わったか？」

柿沢が口を開く。アキはうなずいた。

「石の上に置いてある」

二人は早速M９３Rを肩口に吊《つ》るしたホルスターに仕舞いこむ。アキもそれに倣った。

次いでボートを浅瀬から押し出し、柿沢、アキ、桃井の順に乗り込んだ。

時計を見る。十一時二十分。

桃井が船外機に火を入れた。ボートが沖へと滑り出してゆく。

ゆうべと同じ月光。同じ波間の金波銀波。

「今晩もあいにくの月夜だな」

桃井が大声で話しかけてくる。アキは黙ってうなずいた。

月夜に泥棒は不向き――。

船首に陣取った柿沢の両側に時おり波飛沫が立っている。はるか沖合いに見えていた島影がゆっくりと近づいてくる。

ふと、口中がからからに渇いているのに気づく。

意外に小心者の自分。思わず苦笑する。

正直言って逃げ出したい気分だ。昂ぶりまくっている神経。落ち着けたい。なんとか平常心を保ちたい。

ポケットのマルボロ――つい取り出して口に咥《くわ》える。ライターの火打石をまわす。吹きつける風とボートの振動でなかなか火が点《つ》かない。思わず舌打ちする。意地になって何度も火打石を廻す。

「アキ、よ」

気づくと柿沢がこちらを振り返って、冷たい視線を向けてきていた。

「おまえ、このボートが何で出来ているか分かってるよな」

あ、と思った。

その通りだ。迂闊《うかつ》この上ない自分――強風に煽《あお》られ、タバコの火口《ほくち》がぽろりとゴム製の縁に落ちる。焼け焦げの穴を作る。結果、この洋上で三人とも溺死《できし》することになる。

「ゴメン」と、慌てて口からタバコを外し、「おれは大バカだ」

そう心底から謝った。

柿沢はもう一度まじまじとアキを見たが、

「気をつけろ」

一言だけつぶやくと再び前方に向き直った。

舵を操っていた桃井がさすがに苦笑する。

「リラックス、リラックス。あんまり緊張するな、とりあえず深呼吸でもしろ」


島の裏手にある桟橋に着いたのは、十一時五十分。

柿沢が船首のロープを持って桟橋に上がる。桃井もそれにつづく。係留係のアキは船尾のロープを解き始めた。が、今夜も足場が揺れている上に手元の薄暗さも手伝って、なかなか結び目が解けない。

――いや、違う。

先ほどライターを点火しようとしていたときからうっすらと気づいていた。風のせいでもない。暗さのせいでもない、認めたくない事実。

ちくしょう――。

指先が小刻みに震えている。その震えが止まらない。あろうことか、おれはビビッている……くそっ。

「アキ、ゆうべと同じことを何度言わせる」苛立《いらだ》った柿沢の声が飛んでくる。「零時まであと八分だ。もたもたしている時間はない。急げ」

うるせえ、分かってるさ。

だが言葉には出さない。焦ってロープの結び目に強引に指の先を突っ込み、ぐいぐいと引っ張る。……解けない。

「おいっ、早くしろ」ついに柿沢が怒気を滲《にじ》ませる。「零時ジャストには扉の前に着いてなくちゃならない」

不意に泣きたくなる。情けない自分を笑いだしたくなる。

やけくそになり、指先にさらに力を加えた。直後、結び目が半ば解けた。ちらりと腕時計を覗く。十一時五十三分――。

ええい、仕方ない。この長さでなんとか固定してしまえ。

急いで錨代わりの鉄アレイを浅瀬に投げ込む。やや短めのロープの余りを強引に船外機の周囲に巻き取り、ボートを水面に固定し終わる。

「終わった」

そうつぶやくや否や桟橋に飛び移った。

「時間がない。急ぐぞ」

桃井が先頭に立って進み始める。慌ててその後を追う。

暗い雑木林の斜面へと分け入っていった。

5

午後十時過ぎに、襲名式という名の宴会はお開きになった。予定通りだ。

明美たち二十人のコンパニオンはそれでお役御免となった。普段は添乗員専用として使われている裏部屋へと通され、五つの部屋にそれぞれ四人ずつ分宿した。一泊分の料金は素泊まりで二千円。

夕方六時からの四時間拘束——最終のフェリーに間に合わなかったとはいえ、事務所の取り分を差っぴいた時給は五千円。トータルの実入りは二万円あった。

そして今、明美はカオリと共に大浴場から帰ってきている。ホテルの浴衣《ゆかた》にスリッパを突っ掛けて部屋へと戻っていっている。

人気の絶えた風呂場では、カオリと共に体中をごしごしと洗った。

くそ。クソクソ、クソッ——。

内心で毒づきながら、懸命に肌を擦《こす》りつづけた。

明美の人生史上、最低の宴会だった。

首都圏から集まってきた最悪のクズども。くそったれのヤー公……。酒が入るにつれて下品極まりない胴間声を張り上げ、紋々だらけの片肌を剥き出しにする。油っぽい手のひらでやたら人の身体にべたべたと触ってきて、挙句の果てはスカートの中にまで手を伸ばしてきた。

ニコニコしたままなんとかその腕から逃れようとしても、もう一方の腕でがっちりと身体を押さえられていた。

お、なんだあ、意外と毛深いなあ——。

そう相好《そうごう》を崩し、歯並びの悪い口から酒臭い息を吹きかけてくる。正直、そのねちっこさには鳥肌が立った。

やめてください。

つい仕事を忘れてそう口走った。

途端に相手はガラリと豹変《ひょうへん》した。激怒した。

なんだ、コラッ。たかがド田舎の枕芸者のクセしやがって、気取ってんじゃねぇぞッ、この売女！

一声そう喚くと、明美の肩を突き飛ばしてきた。明美は無様に畳の上に転がった。それを見た周囲の男たちがいかにも愉快そうな高笑いを上げる。

はは。ネエちゃん。まあ、そうつんけんするなよ。

あとでご祝儀を弾んでやる。こっちに来い。

お、さすがに若い肌してんねえ。

胡座をかいた中年男の膝の上に抱かれ、ペロペロと首筋を舐められた。乳房を揉まれた。尻をはたかれた。

うぅ……ちくしょう。

悔しかった。思わず泣き出したくなった。なんであたしがこんな目に遭わなくちゃならないのか。それでもなんとか笑みを貼り付かせたまま四時間を過ごした。

クソッ――。

そう思いながらごしごしと首筋を洗った。内股《うちもも》に石鹸《せっけん》を塗りたくった。やはり悔し涙がこぼれそうになる。

隣の風呂椅子の上では、カオリが素っ裸のまま呑気そうに歌を唄っている。

♪あーはっ☀　あーはっ？
あーはっ☆　あーはっ？
ズンチャカドンドン
きゅぅぅぅーん◎
ま～ありラックス
サーフライダーのりっ✌
波の上をすっべり降りる☀

またしてもあの『ハルカリ』の歌。ギリギリ・サーフライダー……。

思わず腹の中で歯軋《はぎし》りする。あんな宴会のあとでもこの極楽トンボは至って上機嫌だ。自分のリズムに合わせ、首を左右に揺らしている。いったいどういう神経をしているのか。

他の入浴客がいないのをいいことに、さらにカオリは声を張り上げ、サビの部分を歌い上げる。

♪ま〜ありラックス
サーフライダーのりっ☆☆
カミっ カミっ カミっ カミっ
カミ〜ナップ∞★
さあカミーナ 二人《ふったりー》は
波乗り〜で☂ ノリノリですっ♡
ひとっとびっ じっとしてらんない
サンシャイン ブギウギ
サンセットに☽
ラリラ〜リ ハリハ〜リ♪

しかもとんでもない音痴だ。明美はついにブチ切れた。
「うるさいっ。バカ!」
途端に鼻歌が途切れた。横を見ると、カオリがびっくりしたような顔で明美を振り返っている。その口がぽかんと開いている。

「明美ぃ、どうしたの？ 機嫌悪いの？」そう、間の抜けた声を出す。「ナニ怒ってるのお？」

とことん天下泰平なこの女——途端に気持ちがくじける。シュンとする。

「……なんでもないよ。ゴメン」

つぶやきながら、さらに内股の石鹸を泡立てた。陰毛から下腹部まで泡の塊が山盛りになる。

本当は分かっている……あたしは自分に腹を立てている。なにも宴会場の件だけじゃない。こんなクソまみれの状況に、とことんムカついている。

でも、どうしようもないじゃない——。

大浴場は地下一階にあった。ペタペタとスリッパの音を響かせながら廊下を過ぎ、階段を上って一階へと出た。

照明が落ち、しん、と静まり返っているエントランス。フロントのカウンターにも、その奥のお土産コーナーにも従業員の姿はない。不景気なのだと思う。だから余分な人件費も照明代もかけられない。

「なんかさあ、この時間の玄関って、暗くて気味悪いよねぇ」

カオリの言葉に曖昧《あいまい》にうなずく。だだっ広いエントランスを二人でトコトコと横切ってゆく。

ふと、ホール脇の真っ暗なティーラウンジが目に留まった。

一カ月前、あの男に呼び止められたときのことを思い出す。

レストランで見覚えがあった。いかにも水商売風のド派手な女と一緒に、隣のテーブルでご飯を食べていた。肉厚の、どことなく人の良さそうな大柄な男だ。

ホテルを出ようとして呼び止められたときは何だろうと思った。

おれ、実を言うと、ある組織にいる人間なんだけどさ——そう曖昧な言い方でニコニコ笑い、明美の手に素早く三枚の諭吉を握らせてきた。

で、あいつらがなんでこのホテルにいるのか、ちょっと教えてもらえないかな？

ある組織とはつまり、あのヤー公たちに敵対する組織のことだろう。レストランで散々に尻を触られた腹いせもあり、明美は聞かれたことに素直に答えた。べつだん口止めされた覚えもないし、秘密にするほどのことでもないと思っていた。

五分後、男はさらに二枚の諭吉を差し出してきて、
いや、どうもありがとう。参考になった。

そう言って、にこやかに明美をホテルから送り出してくれた。

わずか五分ほどで五万の稼ぎ——かたや四時間も拘束され、大事なアソコまでいじられて二万ぽっちの実入り……。

世の中、なかなか公平には出来ていないもんだな、と思わずため息をついた。

部屋に戻ると、すでに室内の電気は窓際の豆電球のみになっていた。

他の二人はすでに布団に包《くる》まっており、大量に飲んだアルコールのせいで鼻腔が詰ま

っているのだろう、軽いいびきを立てていた。

「…………」

無言でカオリの手を取り、薄暗い部屋の中を壁際にある丸テーブルへと移動する。

「二人とも寝てるね」

囁《ささや》くような声でカオリが口を開く。

「だね」

明美はうなずきながらセーラム・ライトに火をつけた。煙を吸い込む。その火口の灯りで、テーブルの上に置かれた腕時計の文字盤が浮かび上がった。

午後十一時五十八分――。

カオリが口を少しへの字に曲げる。

「残念。せっかく四人で『ウノ』できると思っていたのに」

思わず笑い出しそうになる。おいおい、おまえはいったい小学生か。

だが、そのカオリの幼稚さ加減にはなんとなく気がなごんだ。

「どう、風呂上がりの一杯、やる？」

「あ、口直し？　いいねぇ」

浮かれた声を出し、カオリが背後の冷蔵庫のドアを開ける。

「どれがいいかなー。アサヒのドライ……サッポロの黒――」

「どれでもいいよ」

言いながらぼんやりと窓の外に顔を向けた。

その瞬間だった。

水銀灯に照らし出された敷地の奥の雑木林に、何か動くものを発見した。やがてその影は敷地の中に踏み出してきて、三つの人の容《かたち》を取った。全身黒ずくめ——三人とも男性のようだ。頭部も黒いニット帽のようなものですっぽり覆われている。すぐにその三つの影は、芝生の上を滑るような速度で移動し始めた。ホテルの裏手へと向かって駆け始め、瞬く間に視界から消え去った。

明美はただあっけに取られてその光景を見送った。

泥棒。間違いない——。

そう思い至った直後、不意に我に返った。

「あれ、明美、どうしたの？」

カオリが惚《ほう》けた声を上げる。だが、そんな質問に付き合っている時間などない。慌ててテーブル脇の電話に手を伸ばす。フロントは1。素早く受話器を上げ、番号をプッシュする。すぐに回線が繋がる。だが、誰も電話に出ない。フロントにスタッフがいなかったことをあらためて思い出す。舌打ちし、ルームサービスの3を呼び出す。しばらく待ったが、これも繋がらない。

「ねえ、何そんなに慌ててんの？」

「ちょっと黙ってて！」

——こうなれば仕方ない。直接警察に連絡するしかない。今度は外線ボタンの0を押す。ツー、というノイズ音。続けて素早く110番を押す。一瞬の静寂、再び接続のノイズ音。ようやくワンコール目が響いた。

かと思うと、唐突にそのコール音が途切れた。

「――？」

もう一度外線ボタンを押す。変だ。今度はノイズ音さえしない。何度か番号を押し直してみる。レスポンスはまったくなし。電話機はいまやただの空箱と化している。

再び激しく舌打ちする。

スタッフはいない。電話は壊れる――ったく。このホテルは一体どうなっているんだっ。

目の前にカオリの不思議そうな顔がある。

「ねえ、どうしたの？」

「泥棒よ」

「ん？」

「泥棒。今、窓の外を通った」

「えっ！」

だが、それ以上の説明はせず、急いでバッグの中から携帯を取り出す。フリップを開く。110を押しかけて、思わずその手が止まった。画面の右隅に、〝圏外〟の表示がある。

あ、れ？

宴会の前までは、間違いなくバリ三《さん》――アンテナが三本立っていた。この携帯から社長に定時連絡を入れたから、それは確かだ。

どういうこと？

「カオリ、ちょっとあんたの携帯貸して！」

「ウン」

もそもそとカオリが携帯を取り出す。画面の中のアンテナ――やはり立っていない。

「うるさいなあ」部屋の奥から寝ぼけまなこの声が湧く。「ちょっと、あんたたち、静かにしなよ」

「静かになんかしてられないよ。泥棒だよ。泥棒っ」カオリがさかんに両手をバタつかせながら喚く。「泥棒が今、外にいたんだって。大変だよ」

が、相手は鼻先で笑った。

「なーにたわけたこと言ってんの。ここは島よ。いったいどこからやってくんのよ」

ふと思い出した。

先ほど大浴場の露天風呂に浸かっていたとき、どこからかかすかにエンジン音のようなものが聞こえてきていた。

船？

途端、頭の中がぐるぐると回りだす。

森の中から突如として湧き出た黒ずくめの三人。直後に不通になった電話と携帯――偶然ではない。襲名式に引きつづいて宴会場で行われている賭博行為……おそらくは事前に知っていた。綿密な計画。

その瞬間、明美はあっと思った。

(いや、どうもありがとう。参考になった)——お礼の五万円。

あの男だ!

あの肉厚な三十男!

直後、明美はがばりと立ち上がっていた。

「どうしたの?」

「カオリ、行くよ!」

「どこに?」

「宴会場。見に行くよっ!」

6

パチッ——。

非常口の扉が開いた。

柿沢が素早くアキと桃井を振り返る。

「もう一度確認する。突入は合図から三秒後だ」

高まってくる緊張感に、アキの心臓は先ほどからバクバクと乱れ打ちをつづけている。

「行くぞ」

そう言い捨て、柿沢が扉を開けた。薄暗い廊下へと足を踏み入れ、音を立てずに進んでゆく。

アキもその後につづく。

柿沢が一番奥にある宴会場の引き戸の前に着く。アキも真ん中の引き戸の前に着いた。後ろを振り返ると、扉の隙間にストッパーを嚙ませ終わった桃井が、三番目の引き戸の前に近づいてゆく。

扉の内側の宴会場から、ざわざわとした雰囲気が伝わってくる。いかにも野卑な笑い声や掛け声。賭場真っ盛りの状況のようだ。対照的にアキたち三人の佇《たたず》む暗い廊下は、しん、と静まり返っている。

やばい。

アキは思わず歯を食いしばった。心臓はもう爆発寸前だ。足首も小刻みに震えている。緊張に気が狂いそうだ。

逃げ出したい――。

ふとそんな気持ちが心を過《よぎ》り、慌てて否定する。

もう一度柿沢のほうを見る。柿沢はホルスターから銃を取り出し、アキにかすかにうなずいてくる。反対側の桃井を振り返る。桃井も銃を抜き、アキに白い歯を見せた。

だいじょうぶ。おれだけじゃない。二人の筋金入りのプロが付いている。だいじょうぶだ――。

そう自分に言い聞かせ、軽く息を吸い込むと、ゆっくりと吐き出した。気持ちがやや落ち着く。次いでホルスターから銃を抜き、セイフティー・レバーを解除する。右手に握り締めた。

柿沢がペンライトを点灯させ、最初にアキの顔を、次に桃井の顔を照らし出した。

桃井が笑みを見せ、軽くうなずく。光がアキの顔に戻ってくる。アキもうなずき返した。

直後、ペンライトの光が消えた。

いち。

に。

さん——。

アキは目の前の引き戸を大きく開け放った。

7

「ち、ちょっとお、明美、待って」後ろからカオリの声が追いかけてくる。「そんなに急がないでよお」

だが明美は構わずにどんどん廊下を駆けてゆく。エレベーターの場所が近づいてくる。一瞬、迷う。だがここは二階。宴会場は一階。奥の階段を駆け下りたほうが早い。エレベーターの前を素通りし、廊下奥へと走ってゆく。

ちくしょう——。

明美は今、猛烈にムカついている。そして恐怖に怯《おび》えている。

あの肉厚野郎……たった五万円ぽっちの礼金で、あの会場の金を根こそぎ分捕るつもりでいる。でも、もしその強奪に失敗してあいつらが捕まりでもしたら、そしてその口から情報の出所が分かったら、このあたしは一体どうなる？

答えは明白だ。

怒り狂ったあのヤー公どもにあたしは散々にいたぶられる。殴られ、蹴られ、挙句の果ては輪姦《まわ》されるかも知れない……。

だいたい、たかが三人で百人を相手に金を分捕れるはずがないじゃないか。そんなことも分からないぐらい抜け作なのかっ。

くそぅ――とんだノータリン野郎どもだ。

なんとしても強奪を阻止しなくてはならない。彼らより一歩でも早く宴会場に辿《たど》り着き、泥棒、泥棒！　と騒ぎ立てなければいけない。

そしたらあいつらは退散するしかない。すべて事なきを得る――。

奥の階段口が見えてきた。

「痛っ」

その悲鳴に後ろを振り向く。

何故かカオリが浴衣《ゆかた》姿のままうつ伏せに倒れている。片足からスリッパが脱げ、廊下の隅で裏返しになっている。おそらくは浴衣の裾《すそ》に足を取られて転んだ――。

「うぅ……明美、痛いよう」半泣きの顔を上げ、カオリが訴えてくる。「たぶん膝《ひざ》、擦《す》りむいた」

思わず内心舌打ちする。

顔は美人だが、やることなすことことごとくトンマなこの女――。

急いで駆け寄り、強引に脇に腕を突っ込む。

「ほらっ、立ちなよっ。急ぐよ！」

……実は自分でも分かっている。泥棒たちの押し寄せる現場に、とても一人で乗り込む自信はない。度胸もない。だが、道連れがいれば少しは安心する。その気にもなれる。あたしはひどい女だ。それでも口を開く。

「急いで知らせなきゃ、大変なことになるんだよ！」

カオリが気丈にもこくりとうなずく。かわいいやつ……。

その手を取って再び走り出す。

廊下の奥まで進み、階段を一気に下り始めた。あせる。時間との勝負だ。

一階と二階の踊り場に一歩足を踏み出した、その瞬間だった。

階下――一階の暗闇から、爆竹の弾けたような音がかすかに響いてきた。

＊　＊

壺振りの前の畳にうっすらと煙が上がっている。

柿沢がすぐさまベレッタM《モデル》９３Rのセレクターレバーを切り替え、銃口で手前の『子』の列を舐め回す。

百人からの浴衣姿の男たちは間抜け面を晒《さら》したまま、すっかり度肝を抜かれている。

目の前で起こっていることが、まだ現実に信じられないのだろう。

「さあて、船橋組幹部の諸君。静かに両手を上げてもらおうか」

奥の『子』の列に銃口を向けたまま、桃井がのんびりと声を上げる。

「なに、ほんの一、二分だ。おとなしくしていたら、誰も傷つけるつもりはない」

直後、柿沢がアキに向かってかすかにうなずく。

アキは行動を開始した。手前の列を素早く移動しながら、その前に積まれている金を次々とボストンバッグの中に放り込んでゆく。男たちの獰悪《どうあく》な視線が、全身に突き刺さってくるのを感じる。敵意。憤怒。憎悪——。さらに手を早める。

突如、九ミリパラベラム弾の爆発音が響く。

ぎょっとして顔を上げると、上座に陣取った五十がらみの男が今にも爆発しかねない表情で柿沢を睨《にら》んでいる。その男の足首のすぐ脇に、ぽっこりと穴が穿《うが》たれている。

「次は、胸を撃ち抜く」

柿沢が静かに口を開く。

「おまえら、どこの組のもんだ？」と、五十男は歯軋《はぎし》りしかねない勢いで言葉を発する。

「こんなこと仕出かしてタダで済むと思うなよ」

「済むさ」桃井がからりと笑う。「おまえらなんぞに捕まるほど間抜けじゃない」

アキは奥の列に移動する。男たちの前に並んだ札束を、さらにバッグの中に回収してゆく。いつの間にか手先の震えが収まっている。クソ落ち着きに落ち着いた柿沢と桃井——その態度がアキに安心を与える。突入直前に腹を括《くく》ったせいもある。男たちの憎々しげな視線の前でも冷静でいられる。

大丈夫だ——さらに手元の動きを早める。

列の最後尾まで進み、最後の札束をバッグの中に投げ込んだ。回収終了。バッグの重み——手持ちの感覚で十キロ、およそ一億。柿沢を振り向き、うなずいてみせる。柿沢が桃井を見る。桃井もうなずく。

直後、柿沢がさらに発砲した。九ミリパラベラムが賭場中央の畳の上に弾痕を作り、男たちが再びびくりと上体を反《そ》らす。もう一度怯《ひる》ませると同時に撤収を開始——まずアキが札束のバッグを片手に、扉に向かって走り出す。桃井、柿沢とその後につづく。

宴会場を出た途端、背後で怒号が沸《わ》き起こった。ヤクザたちが騒ぎ始めている。素早く廊下を抜け、非常口を出る。

ここまでは完璧《かんぺき》——先ほどまでの恐怖も忘れ、思わずほくそえんだ。

「急げ」ホテル裏手を回り込みながら柿沢の低い声が聞こえる。「林に入りこむところを見られるとまずい」

8

「ヤだっ」カオリが喚く。「嫌だ！　あたしはいきたくないっ」

明美がその腕を引っ張っているにもかかわらず、必死に抵抗をつづける。今の銃声にすっかり怖気《おじけ》づいている。

「ナニ言ってんのっ。なおさら早く行かないと取り返しのつかないことになるじゃんよ！」

「だって怖いもん！　絶対に鉄砲だよっ」

「だからって、黙って見過ごすわけっ！」

「……だって」

「行くよ！」ぐい、とカオリの腕を引っ張った。「あたしの後ろからついてくればいいからっ」

しぶしぶ、といった様子でカオリが一歩を踏み出す。ふたたび階段を下り始める。

二度目のかすかな銃声。びくっ、とカオリの腕が引っ込みかける。足が止まる。その腕を強引に手元にひきつけ、「ビビるなっ」と、一喝する。

「…………」

カオリは明美を見て、不承不承うなずく。その黒目がちの瞳が犬のようだ。相変わらず何を考えているかさっぱり分からないこの娘《こ》——笑える。直後、明美は思ってもみなかった行動に出た。不意にカオリの首に手を廻し、その半身をぎゅっと抱きしめた。

「だいじょうぶ」つい明美は言った。「あたしがついているから、さ」

不意にカオリは身をくねらせ、きゃっと笑った。明美に飛びついてきた。あっ、と思ったときには、明美の唇を吸ってきた。一瞬だけ舌先を口中に差し込み、もう一度笑った。

「うん。行こう」

　このバカ――でも、不快ではない。つい笑い出しながらもふたたび走り出す。

　カオリの足音が明美の後を追ってくる。階段を下りきる。エントランス脇の廊下に出る。宴会場へ向かってふたたび駆け出す。薄闇の世界――足元の非常灯に照らし出された狂気の空間。だが、さっきまでのようにビビってはいない。なぜかは自分でも分からない。

　宴会場が近づいてくる。三度目の銃声。さらに生々しく聞こえる。直後、廊下に明るい光が溢《あふ》れた。その光の中に三つの影が湧いたかと思うと、非常口に向かって走り出す男たちの背中となった。

「ち、ちょっと！」

　思わず明美は叫び声を上げた。が、宴会場の中から響いてきた無数の怒号にたちまち掻《か》き消される。泥棒たちの影が非常口の向こうに消え、ドアが閉まる。宴会場からヤクザたちが大挙して躍り出てくる。

　疑われてはならない――明美は咄嗟《とっさ》に口を開いた。

「ババンって音がしたんですけど、どうかしたんですか？」

「盗っ人だ！」そう叫んだ男の顔には見覚えがある。さっき、あたしの首をぺろぺろと舐めていた変態野郎だ。「一切合切奪われた」

　ふ……ざまあみろ。

「あいつら、どっちに行った？」

　別の男が喚く。

明美は無言で廊下奥の非常口を指差した。堰《せき》を切ったように男たちが駆け出してゆく。宴会場から出てきたヤクザたちもその後につづく。

「ド腐れ野郎がっ」

「船だ、船！」

「ぶっ殺したる」

「波止場っ。フェリー乗り場に廻れ」

ヤクザが口々に叫んでいる。違う──明美は知っている。あの男たちは島の裏手の林から出てきた。フェリー乗り場からこの島に乗り込んできたのではない。

だが口には出さない。ここまで状況が転がった以上は、黙っているしかない。泥棒たちが捕まりでもしたら、このあたしはとんでもない目に遭う──。

「急げ！　この島から逃げ出しちまうかも知れん」

「おらっ。さっさと出ろよ！」

非常口を開け、裸足《はだし》のまま次々と表へと飛び出してゆく。

カオリがこちらを見る。

「あたしたち、どうする？」

「上のみんなに知らせてきて。手分けして探そう」

「うん」

うなずくや否や、カオリが廊下を戻り始める。すぐにその背中が階段の奥へと消える。パタパタというスリッパの足音が遠ざかってゆく。ゴメンね、カオリ……。

今や廊下に突っ立っているのは明美一人だ。宴会場ももぬけの殻になっている。束の間迷う。だが直後には非常口のドアに向けて走り始めた。

9

桃井たち三人はホテルの敷地を駆け抜け、雑木林の中に入った。暗い小道。音をたてぬよう、だが可能な限り疾《はや》く下ってゆく。すぐ後ろからアキの吐息が聞こえる。柿沢は最後尾——。

遠くから、男たちの無数の喚き声が聞こえてくる。おそらく非常口から次々に飛び出てきている。だが、大丈夫だ。ヤクザどもはおそらくフェリー乗り場へと向かう。そして波止場に船が存在せず、沖合いに出航した形跡もないのを見て、一体どこに消えたのかとふたたび騒ぎ出す。その少ない脳みそを振り絞って右往左往している間に、おれたちは難なくこの島をズラかる——実際そうなりつつある。桃井はにやりとする。完璧だ。

すぐに林の中の小道を下りきった。

暗い磯辺へと出る。

目の前に半月に照らし出された桟橋がある。その袂《たもと》にボートが浮かんでいる。

が——。

桃井は思わず立ち止まった。

ボートの後部が妙に沈んで見える。しかもその船尾がゆらゆらと波間に揺れている。

おかしい。

次の瞬間には、桃井の脇から柿沢が走り出ていた。そのまま桟橋の上を駆けてゆき、浅瀬へ飛び降りる。ざぶざぶと両脛《すね》で水面を掻き分け、ボートの船尾へと進んでいった。桃井とアキもその桟橋の袂まで小走りに駆けてゆく。ボートの船尾を見て、ぎょっとした。船外機の重みに船尾が半ば沈んでいる。その縁がやや折れかけている。

「おいっ、柿沢」桃井は思わず声を上げた。「なんでボートが萎《しぼ》みかけている？」

波打ち際に脛まで浸った柿沢は、黙ったままボートの縁を観察しつづけていた。が、やがて顔を上げた。

「ここの縁に、小さな穴が開いている」と、低くつぶやいた。「空気がかすかに漏れ出している」

そっとした。

このボート以外、島から逃げ出す手段はない。思わず背後のアキを振り返った。直後、この若者は顔を思い切りゆがめ、浅瀬に飛び降りた。ボートの縁に立ち、柿沢が示したその部分に耳を近づけた。かと思うと、あわててその部分を親指の腹で摘《つま》み、押さえにかかった。

「アキ、どうしてくれる？」怒りを押し殺した柿沢の声が響く。「おまえのせいだ」

「ちょ、ちょっと待てよ」アキが負けずに大声を出した。「なんでおれのせいって言い切れるんだよっ」

柿沢は波間から切れたロープを持ち上げた。

「おまえさっき、時間がないもんだから強引に船外機の上部に巻きつけただろう」柿沢は言った。「ロープが排気管に触れて溶け切れている」

「…………」

「結果、ボートの縁が廃船の突起物に触れた」

「…………」

「これじゃ島の外に逃げ出せない。途中で間違いなく沈む」そう吐き捨て、もう一度アキを振り返った、「こんなミスしでかしやがって。殺すぞ、おまえ」

「言い合いをしている場合か」苛立って桃井は怒鳴った。「なんとか早く手を打たないと大変なことになるぞ！」

「もう、なっている」柿沢は顔をしかめる。「この穴を埋める道具はない。かといって、このままここにいれば、やがておれたちは見つかる。八方塞《ふさ》がりだ」

「――――」

「アキ、そのまま穴を押さえていろ」

そう命令し、柿沢が桟橋に上がってくる。

桃井は聞いた。

「これから、どうする？」

柿沢は首をかしげる。

「幸い、弾は三人合わせてまだ六十発ほどある」

「だから？」

「だから、最悪のシナリオはこうだ。夜明けまで林の中に隠れ、襲いかかってくる奴は順次撃ち殺してゆく。朝イチのフェリーが到着すると同時に波止場まで中央突破を図り、その船を乗っ取る」

ムチャクチャだ。

おそらくフェリーには無線があり、クルーの誰かが乗っ取る前に熱海の事務所に通報する。結果、熱海港に着いたときには埠頭《ふとう》に警察が待ち構えている……。

しかし桃井も、それしか方法はないと思う。

こうなった以上、命を晒《さら》し、どこまでも力業で押してゆくしかない——そう考えた瞬間だった。

桟橋の向こうの暗がりから、ガサリ、という音が漏れた。ぎくりとして振り返る。雑木林の下の茂みが揺れていた。その隙間《すきま》からうっすらと白いものが見え隠れしている。

直後、柿沢が茂みに向かって駆け出していた。

10

雑木林の中の小道は、途方もなく暗かった。おまけにスリッパに浴衣姿のままだ。

ときおり木の根に足を取られ、危うく転びそうになる。それでも明美は必死に小道を駆け下っていた。

くそぅ、あいつら——やっぱり許せん。

たかが五万円ぽっちの金であたしをこんな立場に追いやって、それで自分たちは逃げ切るつもりでいる。

むろん、明美にしてもこの泥棒たちが無事に逃げ切ってくれたほうが安心はする。が、それとこの心の中の腹立ちは、また別問題だ。

捨てられた仔犬。

この泥まみれの世界にあたしを置き去りにして、自分たちだけおいしい思いをしようとしている――それが許せない。感じているのはそれだけだ。でもそれで充分だ。

だから鼻息荒く小道を駆け下りつづけている。いったい何のためにあの三人の後を必死に追っているのか、いまいち自分でも分かっていない。あの泥棒たちに追いついてどうしたいのかも分からない。何も考えていない。

ただ、ひたすら駆け下る。それが大事なんだ、と、わけの分からないことを考えていた。

潮騒《しおさい》の音が近づいてきた。小道の傾斜が急に緩やかになった。

林の間から、月夜に照らし出された磯辺が垣間《かいま》見えた。

貧相な桟橋の上に大柄な影が一つ。その桟橋の脇の浅瀬に、もう二つの影。その影の間に、黄色いボートが浮かんでいる。

「？」

いったい何をしているのかと思う。

なんでそのボートに乗り込んで、さっさと逃げ出さないのか。グズグズしていたら、そのうち見つかるぞ――思わず彼らの身になって考えた直後、なんでおれのせいって言い切れるんだよっ。

その波間から声が飛んできた。若そうな男の声音《こわね》――対して、もう一人のほっそりとした影がぼそぼそと応じる。言葉を区切りながら、何事かを話している。

「言い合いをしている場合か」桟橋の上の影が怒鳴る――シルエットからしてあの肉厚男だ。「なんとか早く手を打たないと大変なことになるぞ！」

ピンと来た。

何かのトラブル――あるいは不慮の事態。それで、男たちはこの場を動けずにいる。

おいおい。何やってんだよ。このままグズグズしていると、マジに捕まるぞ。

ほっそりとした男が桟橋に上がる。二つの影が向き合う。さらに話し声がつづく。

その内容を聞きたかった。いったいどんなトラブルなのか？

茂みの中を這《は》うようにして進んだ。さらに二人の影が近づく。

だが、まだうまく聞き取れない。苛立つ。

さらに近づこうと腰を浮かせた、その瞬間だった。

スリッパの爪先が地面の凸凹《でこぼこ》に引っかかり、明美は思わずつんのめった。咄嗟に腕を伸ばし、茂みの中にその両手をついてしまった。

ガサガサという大きな音――ヤバっ。心臓が縮み上がり、一瞬身を硬くする。次いで、そっと顔を上げた。

途端、目の前の光景にぎょっとした。

男の目出し帽がすぐ前に迫っていた。明美が次の行動に移るより早く、相手は藪《やぶ》越しに自分の肩を鷲掴《わしづか》みにしてきた。その指先がおそろしい力で肉に食い込んでくる。

「あっ、いっ」

激痛と恐怖に明美は思わず意味不明の声を上げた。しかし相手は力任せに明美を茂みの中から引きずり出した。しぜん、磯辺の上に投げ出される格好となった。

大声を出そうとふたたび口を開きかけた瞬間、男が銃を突きつけてきた。

「騒ぐな」男は言った。その銃口が明美の顔を向いている。「騒げば撃ち殺す」

他の二人の影がこちらに向かって駆け出してくる。心臓が喉元までせり上がってくる。

ああ、どうしよう。絶体絶命――。

＊　＊

柿沢が茂みの中から引きずり出した人間――何故か浴衣姿の女。しかも裸足だ。

なんだ？

その姿をもう一度観察する。女の顔が上がった。月光がその顔を照らし出す。途端に桃井は愕然《がくぜん》とした。

あっ――。

気がついたときには一足飛びに柿沢の元へと駆け出していた。女は柿沢に銃を突きつけられたまま、ゴツゴツした磯辺の上で横倒しになっている。

木立の前まで駆けつけ、もう一度その女を観察する。つんと小生意気そうに尖った鼻先が、夜目にもはっきりと見てとれる。三白眼気味の両目が大きく見開かれ、まじまじと桃井を見上げてきている。

やはり間違いない——あのときの女だ。

内心で思わず舌打ちする。

しかもこの女、おそらくはおれの正体に気づいている。あのときの客だということに気づいている。

「この女、どうする？」

隣に駆けつけてきたアキが口を開く。

その声に女はアキを見上げ、ふたたび懇願するような視線を桃井に戻してくる。

ちっ——。

やはりこの女、それと知っておれを見ている。まずい。

「おまえ、この女が騒がないように見張っていろ」

そうアキに言い捨て、柿沢に向かって顎をしゃくった。

「話がある。すぐ終わる」

柿沢を伴い、女が会話を聞き取れない場所まで離れる。それから柿沢に低く囁《ささや》いた。

「あの女、おれが情報を聞き出したコンパニオンだ」

「なに？」

「だけでなく、たぶん、おれのことに気づいている。様子からして、おれの顔も覚えているかも知れん。後でヤクザたちに唄う可能性もある。どうする？」

柿沢が顔をしかめた。

「殺すしかないだろ」

「気が乗らんな。それに銃声がする」

「なら、絞め殺すまでだ」

言い切り、早くも女の元に戻ろうとする。

「まあ、待て」桃井は思わずその腕を摑んだ。「なんとか殺さずに済む方法はないか？」

「何を言っている、おまえ」柿沢が呆れたような声を上げる。「悠長に構えていられる場合か。人が好いのもいい加減にしろ」

＊　＊

少し離れた場所で、男二人のボソボソとした声がつづいている。あの肉厚の男と、ほっそりとした男の影。

いったい何を話しているのかと気が気ではない。恐怖に気が狂いそうだ。

残る仲間の一人が、明美に銃口を向けたままでいる。目出し帽の穴から覗いている両目が、じっと明美を捕らえている。その目元に若さを感じた。つい口を開いた。

「あたし、どうなるの？」

こいつらは悪党――答えを期待していたわけではない。

だが、相手は意外にもすんなりと口を開いた。

「おれにも分からない」野太いが、やはり若い男の声だ。ひょっとしたら明美より年下かも知れない。「でも殺すつもりはないと思う」

「なぜ？」

「さっき、おれの名前を呼ばなかった」あの肉厚男が、ということだ。「聞かれたら、後々《あとあと》まずいからだろう」

つまり、その後々が明美にはあるということらしい。少し安心する。気持ちに若干の余裕ができ、周囲を見回す。

桟橋の上に放り出されている大きなボストンバッグ――その中身は金だ。いくらあるか知らないが、相当な額だろう。桟橋の横にはゴムボートが波間に揺れている。何故か船尾が若干沈みかけている。その縁に張りがない。

あ――。

穴？

たぶんこれだ。空気が抜けている。だからこの若者はさっき、ボートの縁にしゃがみ込んでいた。

ジャッ――石ころを踏んだような音が聞こえ、明美は振り返った。

二人の男がこちらに戻ってきている。細身の男が先頭だ。一直線にこちらへやってくる。何かを決めた素振り――ふたたび心臓が早鐘を打つ。うまく言えないが、この細い男の雰囲気には他の二人と違い、何かひやりとした無慈悲なものが漂っている。

男は明美の前でぴたりと足を止めた。直後、背後の肉厚男がゆっくりと拳銃を持ち上げ、かすかなため息を洩らした。

え？

その銃口が彼女の眉間《みけん》を捉《とら》えてきた。

あ、れ？

やっぱり殺すつもり？

そう思った瞬間、心底ぞっとした。わずか二十三年の人生。恐怖に気が遠くなりそうになる。脳裏が超高速回転を始める。明美はその経験で知っている。以前原付きバイクで事故ったときにも、脳裏を一瞬、脈絡のない記憶が走馬灯のように過《よぎ》ったものだ。

死ぬ、死ぬ、死ぬう！

「待って！」気がつくと必死に声を上げていた。「テープがあるっ。テープ！　あたししか知らないっ」

最初、自分が何を言っているのか分からなかった。思いついたイメージ。宴会場。今日の会場設営を手伝わされた。舞台上に横看板を設置するために使ったガムテープ。緞《どん》帳《ちょう》の袖に他の道具と共に置きっ放しにしたまま。今もあるはず——。

「テープ、ガムテープ！」さらに明美は叫んだ。「それを使えばボートはなんとかなるんじゃない⁉」

途端、目の前の銃口が心持ち、下がった。勇気づけられてもう一度繰り返す。

「あたししか知らないっ。殺せばテープも手に入らない！」

細身の男が、その目出し帽から覗《のぞ》いた切れ長の瞳を左右に動かす。左隣の肉厚男が小首をかしげ、最初に口を開く。

「確かにテープが手に入れば、なんとかなるかも知れない」

よく言った、肉厚男!

「おれも、そう思う」右隣の若者もすかさず同調する。「生かしておくほうが得策だ」

直感で感じる。この左右の二人は、あたしを殺したくない――。

「だが、事後この女の口はどうする?」正面の男がつぶやく。「それに、裏切ってあいつらを呼んでくるかも知れない」

このぅ――人非人! おまえにはいったい人としての情ってもんがないのかっ。

「そんなことできるわけないでしょ!」かっときて思わず喚く。「だってあたしはこの――」と、例の男を指差し、「肉厚野郎に情報を流したんだよっ。あんたらが捕まれば、あたしだって共犯でとっちめられる! それもわからないくらい、あんた、バカなの!」

そう、正面の男を思い切り面罵《めんば》した。

名指しされた肉厚男の目元が緩んだ、ような気がした。

「やれやれ、やっぱり気づいていたか」男はため息をついた。「それにしても、肉厚野郎とは、ひどい言われようだ」

「え、なんだ?」若者が戸惑ったような声を発する。「――コンパニオンって、この女のこと?」

「そうだ」肉厚男があきらめたようにうなずく。「この〝アケミちゃん〟から、情報を引き出した」

　アケミちゃん——そう呼ばれたことにさらにほっとする。

　この男にはもう、あたしを殺す気などさらさらない。でなければ、あたしの名前を、しかもちゃん付けでなど呼ばないだろう。

「で、おまえ、どうする？」肉厚男が中央の男に問い掛ける。「″アケミちゃん″、おれたちを売るつもりはないってよ」

　そうだ、言え。もっと言え——明美は心の底から願う。

「時間がない」肉厚男はさらに言い募る。「ボートからは今も少しずつ空気が抜けている」

　正面の男が明美を見据《みす》えたまま、不意に深い吐息を洩らした。

「おまえ、ボートの穴を指で押さえておけ」そう、肉厚男に言う。「その間に、おれがこの女と交渉する」

「あいよ」

　笑いを含んだ声で肉厚男は答え、すぐに桟橋へと小走りに戻ってゆく。

　正面の男が明美に向き直る。

「いくら、欲しい？」

「え？」

「ガムテープを取りに戻る共犯料だ」男は言う。「言え。いくら欲しい？」

「要らない」明美は即答した。「それよりあたしの命を助けるって確約してよ」

「五百万、払おう」男は明美の返事を無視して、話をつづける。「それに今後の口止め料が五百の、計一千万……これでどうだ？」

「だから、いらないって！」

「駄目だ。受け取ってもらう」男は頑《かたく》なに言い放つ。「了承した時点で、おまえは共犯だ。もし裏切ればおれたちはそのことを唄う。一千万でおまえから安心を買う」

このやろう――心底ムカっ腹が立つ。そこまでしてこのあたしを共犯者に引きずり込みたいのか？　そこまでしなければこのあたしを信用できないのかっ。

不意に肝が据わる。

「分かったわよ」半ばヤケクソになって返事をする。「そこまで言うんなら、一千万もらってやるよ」

男はすかさずうなずき、

「おい、おまえ」と、隣の若者を振り返った。「おまえの責任だ。この女についてゆけ。そして裏切らないよう、見張っていろ」

「ヤクザがうじゃうじゃいるホテルまでか？」若者は驚いた声を上げる。「無茶言うなよ」

「無茶じゃない。ボートを壊したのはおまえだ。尻拭《しりぬぐ》いは自分でしろ」

それから男は明美に向き直った。

「おれたちがもしうまく逃げおおせたら、金は後日払う。――そうだな、一週間後の水曜、正午ちょうどのJR熱海駅の改札口に、こいつが金を渡しに来る」

明美はうなずいた。

「じゃあ、この男を連れてホテルへ戻れ」

11

アキは、女と共に急ぎ足でホテルに向かっている。

グズグズしていれば、ホテルの従業員が島の裏側にあるこの桟橋を思い出す可能性もある。だから、暗い雑木林の斜面を躍起になって駆け上っている。

「ちょ、ちょっと待って！」後ろから女の声が聞こえる。「そんなに急がないでよ」

「一刻を争うんだ」アキは振り返りながら答えた。「だから、早く来てくれ」

「だってあたし、浴衣にスリッパなんだよっ。そんなに早く歩けるわけないじゃない」

アキは先ほどから不機嫌だ。柿沢の言い草に対して今も腸《はらわた》が煮え繰り返っている。つい舌打ちした。途端に女が猛然と怒り出す。

「舌打ちしたいのはこっちだよ！　なんであたしがこんな目に遭わされなくちゃいけないわけっ」

この女――むっとくる。桟橋で会ったときから、いかにも蓮《はす》っ葉《ぱ》な女だと思っていた。見るからに小生意気そうな表情。怒り出すとナマそのものの言葉遣い。おそらくは地元のヤンキー上がり――だがアキは、実はこういうタイプの女が嫌いではない。顔もそこそこイケていた。だから先ほど、つい情にほだされ、女の問いかけにも答えてやった。

「さっき親切にしてやった恩も忘れやがって」

「なに言ってんの、あんた」追いついてきた女も、憎げにセリフを返してくる。

「そもそもあんたが何かヘマさえしなけりゃ、こんな目には遭わなかったんじゃないの？　違う？」

ぐっと言葉に詰まる。腹立ちに余計足運びが速くなる。

「だいたい、なんであたしが共犯にならなくちゃいけないのよ」背後では女がなおもブツブツとつぶやいている。「しかも、こんな危ない橋まで渡って」

「そろそろ黙れよ」アキは苛立ちを抑えながら諭《さと》す。「ホテルが近い。誰かに気づかれるとまずい」

女は静かになった。二人で黙々と小道を登りつづける。

やがて、木立の向こうに白っぽい光が見えてきた。ホテルの外灯――。

下草の音を立てぬよう、さらに慎重に進んで行く。

敷地のほうから男たちの大きな喚き声が聞こえてきて、アキは思わず足を止めた。


おーい、そっちにはいたかあっ。

いねぇ！

ちくしょう！　どこ消えやがった！

もう一度栈橋周辺をよく調べてみろ！

やはり……敷地内には百人からのヤクザがなおも右往左往している。下手にこの場所から飛び出せば、間違いなく見つかる。

ふと気づいた。女の吐息をすぐ背後に感じる。この蓮っ葉な女——ぴったりと自分の背後に寄り添っている。女の小刻みな鼻息が、アキのうなじにかかっている。たぶん、内心では死ぬほど怯《おび》えている。そりゃそうだと思う。こうして二人でいるところを見つかれば、この女もタダではすまない。

アキは女を振り返った。目の前に女の強張《こわば》った顔がある。

「なによ?」女が低い声で口を開く。「ナニあたしの顔見てんのよ?」

おそらくはやせ我慢をして、わざとつっけんどんな反応を示してくる。

不意に、この女が可愛く思えた。

「聞けよ」アキは低く囁いた。「おれは、あんたの顔が好きだ」

「は?」

案の定、女は呆れたような顔をした。だが構わずアキは言葉をつづける。

「とにかく、気に入っている」

「だから?」

「おれはヤバくなっても、あんたがおれたちを助けていると思われるような行動は絶対に取らない。見つかってもあんたは安全だ。とにかくおれはそうふるまう。だから安心してくれ。ビビるな」

女は束《つか》の間《ま》、じっとアキの顔を見ていた。それから薄闇の中でニッと白い歯を見せた。

「テープは宴会場よ。まずあたしが敷地に出る」女は打ち明けてきた。「安全なのを確認して、あんたを呼んであげる」

アキも少し笑った。

12

二人とも、桟橋脇の浅瀬に腰まで浸かったままだ。

目の前で柿沢が空気の挿入口に顔を当て、一呼吸ごとに空気を送り込んでいる。その送り込んだ空気を逃すまいと、桃井は指先に力を込め、小さな穴を摘んでいる。最初に押さえたときからすでに十分ほど経過している。いい加減指先が痺《しび》れ始めている。柿沢も懸命に空気を入れつづけている。それでもボートが膨らんでいるとは、ちっとも実感できない。ヒトの肺活量に対して、ボート内の空気の容量が大きすぎる。

つい、ため息を洩らす。

「なあ、柿沢。アキ一人で、ほんとに大丈夫か?」

柿沢が肺の空気を吐き終わり、素早く挿入口を閉めた。

「テープを持って来たら、すぐ出発できるぐらいまでにはボートを膨らませておきたい」柿沢は言った。「それには空気を入れる人間と穴を塞《ふさ》いでいる人間の、二人がいる。あいつ一人でやるしかないだろう」

「そりゃ、そうなんだが」

「誰のせいでおれたちがこんな醜態を晒している？」柿沢は顔をしかめる。「尻拭いはきっちりやってもらう」

「万が一、やつらにとっ捕まったとしてもか？」

「当たり前だ。それが奴の負う責任だ」

「相手はまだ二十歳のガキだぞ」

「歳は関係ない」柿沢が吐き捨てる。「だいたいな、教育係のおまえがあいつに対して甘いから、こんなことになる」

「おいおい」桃井は驚いた。「おれのせいかよ？」

「そうだろ。このロープの扱い一つ取っても、そうだろ。あいつにはプロとしての自覚がまるでない。自分の行動に対して、そしてその行動が引き起こす結果への、イメージングがない。だからこんな杜撰《ずさん》な巻き方を平気でする。見通しの利かない十字路に減速せずに突っ込む低能ドライバーと同じことだ。まあなんとかなるだろう、ぐらいにしか思っていない。バカなんだ」

珍しく柿沢は多弁だ。そして早口だ。やはり相当に怒っている。

「もう一度言っておく。これはおまえの責任でもあるんだからな」

そう言って桃井をひと睨《にら》みすると、ふたたび口元を挿入口に寄せた。

「時間がない。おしゃべりは終わりだ」それからもう一度思い出したように顔をしかめた。「くそっ。酸欠で頭が割れそうだ」

茂みの先を三人の男が通り過ぎた。

明美は今、冷静だ。

この大柄な若者は言った。あたしの顔が好きだ。だから裏切らない、と。

ムチャクチャな理屈だ。でもなんとなく笑えた。

だから今、冷静でいられる。

13

「――じゃあ、行くよ」

そう言って後ろを振り返った。若者は黙ってうなずいた。その素振りに、うまく言えないがやはり幼さを感じる。

明美は敷地に足を踏み出した。踏み出すと同時にホテルの裏手に向かって小走りに駆け始めた。カサリ、という、音が後方から聞こえる。後ろを振り返らなくても分かる。若者が茂みを抜け、ある程度の距離を保ってついて来ている。

さっき打ち合わせた。

若者は言った。

「おれは十メートル以上離れてあんたを追う。それなら見られたときも言い逃れはできるだろ?」

明美はうなずいた。

ホテルの裏手に回り込んだ。非常口は半開きになったままだ。内部に人が残っている気配はない。

背後を振り返る。ちょうど若者が裏手に回りこんできた。明美の背後でぴたりと足を止め、こちらを見遣《みや》ってくる。

明美はうなずいてみせる。若者も生真面目《きまじめ》にうなずき返してくる。

緊張の極限。思わず笑い出しそうになる。

扉のノブに手をかける。かすかな金属の軋《きし》み音を立て、明美は内部に侵入した。宴会場の開いた引き戸から、光が廊下に漏れ出ている。その隙間から見える、ガランとした宴会場には誰もいない。ブーン、というかすかな空調の音が響いている。乱れた座布団の配列。転がったビール瓶や焼酎のボトル。そこらじゅうに散らばっている木札のようなもの——。

少し心臓がドキドキしてくる。

宴会場に足を踏み入れる。三百畳の宴会場を、舞台に向かって斜めに横切ってゆく。舞台の袖にある階段を一足飛びで駆け上り、緞帳《どんちょう》の背後へと回り込む。ガムテープ。その壁際の陰になった部分——。

——え？

途端、明美は思わず叫び声を上げそうになった。

ない！

ガムテープが、ないっ。

ここにおいてあったはずのガムテープとプライヤー、針金一式が跡形もなくなくなっている。慌ててその場にしゃがみ込み、緞帳の裾《すそ》をまくり上げてみる。ない。舞台反対側の緞帳に急いで移動する。その緞帳のロープを摑み、焦《あせ》ってその袂《たもと》をのけてみる。

ここにもない——。

茫然として、宴会場を振り返った。

その明美のただならぬ様子を察知したのか、黒ずくめの若者が滑るように畳の上を近づいて来る。

ひらりと舞台の上に飛び乗り、ずかずかと明美の目の前まで迫ってくる。

「いったいどうした？」

「——ない」

「は？」

「だから、ガムテープがない」

「なにぃ」目出し帽の両目が大きく見開き、若者は上ずった声を出す。「なんでだ。なんでないんだよっ？」

「そんなこと言われたって、あたしにも分からないわよっ」明美も負けずに低く囁く。少しヒステリックになっているのが自分でも分かる。「たぶん誰かが片付けた」

「どこに？」

「知らない」

——いや、冷静に考えれば分かる。たぶん誰かスタッフが、宴会の始まる前に受付のカウンターかスタッフルームに戻している。

「ここに隠れてて。あたしが探してくる」

そう言い残し、咄嗟に舞台から降りようとした瞬間、ぐい、と腕を引っ張られた。振り返ると若者が明美の腕をしっかりと掴んでいる。

「あんた、まさか最初から知ってて……」若者はためらいがちに言う。「裏切るつもりで――」

「なに言ってんのよ、このバカ!」苛立って鋭く罵《ののし》った。「さっきも言ったでしょっ。あんたが捕まればこのあたしだって道連れだってこと、分かんないのっ?」

「それは――」

「とにかく、こんな言い合いをしてるヒマないの!」思わず舌打ちする。くそっ。こいつは肝っ玉の小さな小僧だ。「あんた、それでも男なのっ。一度信用したんなら覚悟決めなさいよ!」

直後、若者は手を離した。

「五分待って。ここなら見つからない。ちゃんと隠れててよ」

そう言い残し、舞台から飛び降りた。畳の上を駆け出し、そのまま後ろも振り返らずに宴会場の引き戸を出る。

暗い廊下をエントランスに向かってさらに走り始める。自分のスリッパの音が静まり返った廊下に反響しまくる。厨房入り口の角を抜け、中宴会場のブースを過ぎる。それでも明美は速度を緩めない。

急がなくては。

グズグズしているとヤクザたちがホテルに引き返してくる。そしたらあの若者は宴会場から逃げ出せなくなる——。

カラオケハウスの区画を過ぎ、その先のお土産コーナーを抜けると、思わず立ち止まった。

吹き抜けになったエントランス全体に、明かりが煌々《こうこう》と灯っている。玄関先のガラス扉が全開になっている。

その明かりの元、ティーラウンジに浴衣姿のコンパニオンと集まってきた従業員たちが右往左往している。その中の女が、こちらを振り向いた。カオリ——。

「あっ、明美いっ」

と、喜色満面でペタペタとスリッパの音を立てながら近づいてくる。

ちっ。

腹の中で思わず自分のタイミングの悪さを呪う。

「いったいどこ行ってたの？　みんなで探したんだからあ」

「ごめん。あたしも一緒になって桟橋に行ってた」

「え？　でもあたしたちも行ったけど、明美、いなかったよ」

マズい……。

「たぶん、すぐに引き返したからだよ。裏手を通ってきたし」

だがそんな明美の言い訳など、カオリはもう聞いてはいない。

「あれ、どうしたの？　泥だらけじゃん！」

言われて思わず自分の浴衣を見下ろす。しまった――。たしかにその言葉どおり、浴衣の膝下が見るも無残に泥まみれになっている。

「ああ、これ。さっき見事にコケたからね。外で」

カオリは大げさにその眉をひそめる。

「だいじょうぶ？　ケガしなかった？」

「あ、うん」

ケガ？――ピンと来た。

うん……そうだ。これだ！　実際に膝小僧が少ししみしみしている。途端に早口になる。

「そう、転んじゃって膝擦りむいたみたいなんだよね。どこかに救急箱、ないかな？」

「あ、たぶん奥の部屋とかにあるんじゃない」と、ティーラウンジのホテルスタッフを振り返り、大声を張り上げた。「あのお、すみません！　このコ怪我しちゃってるんでえ、救急箱みたいなもの、貸してもらってもいいですかあっ？」

「お忙しいでしょうから、自分たちで探しますから」明美も負けない大声で付け加えた。

「奥のスタッフルームですか？」

その三十前後のスタッフは面倒くさそうにうなずいた。

「奥の部屋だ。どこかの棚の中にある。悪いが自分たちで見つけてくれ」

よしっ。

「じゃあ行こう、明美」

カオリはそう言って、受付カウンターの裏にあるスタッフルームに歩き始める。明美もその後を追う。五分とあの若者に言い残した。たぶんもう二、三分は経《た》った。急がなくては。

カウンターの裏手に回りこんだとき、ちらりとその内側の棚を盗み見る。予約台帳のようなものとサインペン。電卓。鋏《はさみ》……だが、ガムテープらしきものは見当たらない。

スタッフルームの扉を開けながらカオリが口を開く。

「明美、なに見てるの？　ほら、入るよ」

「あ、うん」

だいじょうぶ。きっとこの部屋の中にはあるはず……従業員室にガムテープを置いていないホテルなんて、聞いたことがない。

14

遅い——。

アキはイライラしながら腕時計を覗きこんだ。緞帳の陰に身を潜めてからこれで六度目の動作——あの女が出て行ってから、もう四分と十五秒が経過している。

何やってんだ。ったく。思わず心の中で毒づく。

たぶんあの女、なかなかガムテープを探し出せずにいる。

あのいかにも小生意気そうな顔を思い浮かべる。そこそこイケている女だが、なにせヤンキー上がりだ。たぶんアタマが悪い。だから要領よくテープを探し出せずにいる……そんな愚にもつかぬ想像を勝手に膨らませる。

くそ――。しくじったかもしれない。

やはり、誰かに見つかるのを覚悟の上で、おれも一緒に行動したほうがよかった。

つい歯嚙《はが》みする。ふたたび時計を見る。四分四十秒――。

おいおい。何やってんだよ。早く戻ってこいよお！

苛立ちが限界に達し、緞帳の陰から思わず一歩踏み出ようとした。

直後だった。

突然、どやどやという男たちのざわめきが宴会場に満ち、アキは思わず右足を引っ込めた。

まずい！　やつら、戻ってきやがった！

男たちの辺り憚《はばか》らぬ胴間声《どうまごえ》が宴会場中に響き渡る。

「いったいどこ行きやがったんだ！　あのクソ外道どもはっ」

「だからよ、もうこの島から逃げおおせてんだって」

「どうなっとんじゃ、このホテルの警備は」

「それよっかなんで携帯も電話も通じないんだ。おいっ！　誰かここの責任者を呼んで来い！」

めいめいが思い思いの意見を怒鳴り上げている。

やばい……もう、絶体絶命。どうする。どうする？

緞帳の陰にその身を擦り寄せたまま、アキは必死になって考える。

今すぐここを逃げ出すか？　このままじっとしていれば、戻ってくる男たちの数はますます増えてゆくだろう。今ならまだ、なんとか蹴散らして逃げ切ることも可能かもしれない。だが、それでどうなる？　ガムテープは手に入っていない。桟橋まで逃げ戻ったところでおれたち三人はこの島を脱出できない――。

しかしこのままじっとしていれば、やがては見つかる可能性が高い。それに女は、この状況の中でどうやっておれにテープを渡せる？

でも、テープが手に入らないと、どうしようもない……。

どうする。どうする？

腹の決まらぬまま、堂々巡りをつづける。

もう一度時計を覗き込む。五分三十秒――あぁ。

15

カオリがキャビネットの扉を開け、救急箱を探している間に、それを見つけていた。

素早くテーブルの上に手を伸ばし、ガムテープを浴衣の袂《たもと》に滑り込ませる。

「あ、あったよお」

カオリが呑気な声を出し、救急箱を両手に明美のほうを振り返る。

「さ、そこに座って足を出しなよ。手当てしてあげるからさあ」

変な素振りは見せられない。言われたとおり椅子に腰を下ろす。ゆっくりと浴衣の裾をめくり、血の滲んだ膝小僧を露《あら》わにする。

だが心の中は焦りまくっている。

まずい――。

たぶんもう約束の五分はとうに過ぎている。だがその焦りを表に出すわけにはいかない。はやく、はやく。

カオリが嫌になるほどのったりとした動作で、箱の中から脱脂綿と消毒液を取り出している。もぞもぞと消毒液の蓋《ふた》を開けている。さらに焦る。

おいおい、はやく、はやくしてくれよ。

「あ」

カオリが間の抜けた声を出す。消毒液が出すぎて、脱脂綿をびたびたに濡らしてしまっている。

おいお〜いっ。

明美はもう、じれて泣き出しそうだ。

頼むから手際よくやってくれよっ。ったく。どんどん時間が経ってるじゃないかあ！

だが口には出さない。

もうっ、たのむよカオリ！――喚き散らしたいのを必死に我慢する。

カオリが膝小僧をなんとか消毒し終わり、乾いた脱脂綿でさらに表面を拭《ふ》いてゆく。

その動作は嫌になるほど念入りだ。かつ、トロい。

「もう、大丈夫」ついに我慢できず、せかせかと明美は言った。「絆創膏《ばんそうこう》はいいよ。このまま乾かしたほうが、治り早いからさ」

「あ、そう？」

のんびりと返事し、カオリが救急箱をしまい始める。

ようし。

あとはこの子が片付け終わるのを待って、宴会場へ直行するだけだ——。

16

約束から八分経過——。

くそっ。

アキはふたたび内心で毒づく。あのヤンキー女、いったいどこを探してるんだっ。

我慢も限界に近づきつつある。むろん、状況もそうだ。緞帳の向こう側の男たちの声は、さらに数を増している。

やべえ。やべえぞ。どんどん脱出が厳しくなってきている。

焦る。焦りまくる。うぅ。ションベンをちびりそうだ。

突如、はっと思い至る。

……まさかあの女、いったん宴会場まで来たのはいいが、この大量のヤー公どもを目の当たりにして、ビビって逃げ帰ったんじゃないのか？ そして今ごろは、どこかで頭を抱え込んでいる。

思わず拳《こぶし》を握り締める。

もしそうなら、ここでこうして待っていたところで永久に女はやって来ない。

だが、このままホテルを逃げ出したところで、島からは脱出できない。

どうする？

むなしく思考が空転をつづける。

〝無茶じゃない。ボートを壊したのはおまえだ。尻拭いは自分でしろ〟

柿沢の言葉──あのやろう、と思う。人非人だ。冷血漢だ。そしてやっぱりいけ好かない野郎だ。だが、それでもあいつの言うとおりだ。

おれはミスをした。だからそのケツは拭かなくちゃならない──。

直後、腹を括った。

……こうなったら仕方がない。

幸いホテルの見取り図はアタマの中に叩き込んでいる。銃を片手に宴会場を強行突破して廊下を突き抜け、エントランス脇のスタッフルームまで行き着くしかない。ドアに鍵を下ろし、素早くガムテープかそれに類するものを見つけ、扉を破られないうちに非常口から脱出する──。

それしかない──。

そう決心し、ホルスターのベレッタM《モデル》93Rに手をかけた、その瞬間だった。

「おう、ねえちゃん！　あんたらさっきあの泥棒たち、見たよな？」そう、ひときわ高い男の声が響いた。「あの非常口から、どっち側に逃走した？」

「えっと、たしか右側だったたと思います」

あの女の声！　今、宴会場に戻って来た！

指先を銃にかけたままアキは思う。

おそらくあの女、テープを持って戻ってきている。

だが、どうする？

このヤクザたちのうようよ屯《たむろ》する会場の中で、どうやってそれをもらえばいい？？？

＊

しまった。遅かった――。

宴会場脇まで来たとき、すでにその事態には気づいていた。

それでも明美はカオリと共に宴会場に足を踏み入れた。

途端、さらに絶望的な気持ちに襲われた。三百畳の畳の上を、五十人ほどの男が右往左往している。

と、その中の一人が大声を出した。

「おう、ねえちゃん！　あんたらさっきあの泥棒たち、見たよな？　あの非常口から、どっち側に逃走した？」

咄嗟に明美も大声で返した。

「えっと、たしか右側だったと思います」

あの若者がまだ緞帳の陰にいるなら、きっとあたしの声は届いたはず——でも、これからどうする？　どうやってこれだけの衆目の中、あの男にテープを渡す？

閃《ひらめ》く。

多少危険だが、これしかない——隣にぽけっと突っ立っているカオリを振り返る。

「ちょっと奥まで行ってみよう。何か泥棒の落とし物があるかも」

「え、いいよ」

＊

ちょっと奥まで行ってみよう。何か泥棒の落とし物があるかも——。

男たちのざわめきの中、あの女の声がかすかに聞き取れた。

おそらくこっちに向かってくるつもり。アキの心臓は高鳴る。だが、どうやって？

どうやっておれにテープを渡す？

シュッ、シュシュッと、畳の上を滑る足捌《あしさば》きの音が近づいてくる。

＊

明美はカオリと共に舞台の傍《かたわ》らをそろそろと進んで行く。

畳の上にわざと目を這わせる。目立ってはならない。男たちの注目を引くような行動はしてはならない……。

例の緞帳の前で足を止める。隣を進んでいたカオリも足を止める。明美は畳の表面を見るふりをしながら、慎重に宴会場を見回す。男たちの様子を舐めまわす。

だいじょうぶ。

ヤクザたちはめいめいの話に夢中で、誰もこちらに注意を払っていない。横のカオリもぼんやりと畳の目を眺めている。

今だ——！

素早く袂からガムテープを抜き出し、正面を向いたまま後ろ手で緞帳の奥に突っ込む。指先が何か硬いものに触れた——おそらくは足。やっぱりいた！

直後、ガムテープを手放し、その腕をするりと抜いた。

＊

かすかに緞帳が揺れた。

アキは思わず叫び声を上げそうになった。何かが彼の踝《くるぶし》に触れた。反射的に足元を見た。緞帳の裾からガムテープが覗いている。

「カオリ、ここらあたりには何もなさそうだね」あの女の声。「もう少しあっちを探してみようか」

瞬間、胸が熱くなった。あのヤンキー女……危険を顧《かえり》みず、ここまでやってくれた。

そうっと身を沈め、ガムテープを手に取った。

が、その拳大の大きさに、少し戸惑う。そして考える。

「………」

これを片手に晒したまま、この宴会場を突っ切るとする。誰かがこのガムテープを目に留める。そしておそらく他の誰かが、あの女がガムテープを手に持っていたことを思い出す――それは、マズい。見も知らぬおれたちにここまでしてくれた女だ。裏切るような真似は出来ない。

「………」

直後、アキは緞帳の陰に潜んだまま、そのガムテープを両手に挟み、必死になって潰《つぶ》し始めた。

＊

ったく。なにやってんだ、あいつ――早く逃げろよ。

イライラする。

カオリと共にすでに宴会場の下座まで移動してきていた。まだ畳の上を見るふりをつづけながら、明美は内心歯嚙みしている。

我慢できず、ちらりと舞台の緞帳を盗み見る。ビロードのカーテンはぴくりとも動かない。ますます苛立つ。苛立ちながらも、ふたたび視線を畳に戻す。

バカっ。はやく、はやく逃げだせったら！

グズグズしていると、もっと男たちが戻ってきていよいよにっちもさっちも行かなくなるぞっ。なにやってんだっ。ビビったか、この根性なしっ！

直後だった。

ぼすっ、と重い音が宴会場に響き渡り、明美ははっと後ろを振り返った。男たちもいっせいに音のした方向を見遣《みや》る。

全身黒ずくめの若者が舞台から畳の上に飛び降りた——かと思うと、直後には滑るように畳の上を駆け抜け、瞬く間に引き戸の出口へと迫ってゆく。ゴキブリ並みの素早さだ。

男たちがはっと我に返る。

うぬらあぁぁあ！

こりゃあーっ。おんどりゃー！

いたぞお！

意味不明の怒号が響き渡る中、廊下へとその黒い背中が転がり出る。

瞬間、明美は見た。

その尻ポケットが不自然な具合に膨らんでいた。ガムテープ。おそらくはペタンコになったガムテープ——若者が考えていたことを直感的に悟る。思わず微笑みがこぼれた。

逃がすなっ。

追えええぇ！

ようやく男たちの言葉が意味を取り始める。穴へと吸い込まれる水流のように、その出口に向かって群がってゆく。

「うわあ。すごい」

カオリの間の抜けた声。それから明美を振り返る。

「きっと、捕まえるね。一安心」

明美はただ笑った。それはない。

廊下を通り抜けた先はエントランスだ。女たちと腑《ふ》抜《ぬ》けなホテル従業員しかいない。誰も男を止められない。さらにその先には全開になった扉がある。

だから、だいじょうぶ――。

＊

男たちの声が背後から追ってくる。アキは後ろも振り返らず暗い廊下を走りつづける。厨房の角を曲がり、さらにスピードを上げる。

大丈夫だ。やつら、おれには追いつけない。

浴衣の裾にその足の動きが鈍る。しかも素足。片やおれはストレッチの黒パンツにナイキのシューズ。体力にも自信がある。おまけにホテルの見取り図はしっかりとアタマの中に描かれている。

絶対に、捕まらない。

カラオケハウスの区画を過ぎ、その先のお土産コーナーを抜ける。明るいエントランスホールが目の前に広がる。人、人。女、女——その大半がこちらを振り返り目を丸くしている。さらにその先に、開け放ったエントランスのガラス扉が見えた。

目の隅でその出口を塞《ふさ》ごうと咄嗟に動き始めた男を捕らえる。

直後、アキはホルスターから銃を抜き、雄叫《おたけ》びを上げた。

「動くなっ」

が、人を撃つ度胸はない。これ見よがしに銃を振り回しただけだ。それでも効果はあった。その男の動きが一瞬止まる。

つかまえろっ！

背後からの叫び。構わずアキはエントランスホールを駆け抜けてゆく。

扉、扉——もう少し。

17

遅い——。

苛々しながら桃井は腕時計を見た。零時四十分。

すでにボートは到着前の原状を回復している。少しずつ漏れ出す空気に対し、柿沢が定期的に息を吹き込むだけで事足りている。その穴の周辺の水滴も、すでに手袋で拭き取ってある。

この桟橋からあのホテルまでの距離からして、十分もあれば余裕で往復できるはずだ。しかし、あの女と共にアキを送り出してからすでに二十分以上が経過している。何か不測の事態がなければ、ここまでは遅くならない。

つい口を開く。

「何かあったんだ。様子を見てくる」

しかし柿沢は首を振った。

「誰が穴を止めておく？」

「おまえだ」

「駄目だ。それでも空気は少しずつ漏れ出している。もう一人が定期的に空気を追加しなけりゃならん」

「アキがどうなってもいいのか？」

柿沢は首をかしげた。

「そうは思わない。だが、ひょっとしたらテープを探すのに手間取っているだけかも知れない。このまますぐに出発できる準備をして待っていたほうがいい」

「しかし、いつまでこうしている？」

「あと五分。それまでに戻らないようなら、おれかおまえが様子を見にゆく」

なんとなくその柿沢の考えにうなずきかけた瞬間――

おらあぁ、待たんかっ。

追えっ。追ええええぇ！

ぎょっとした。

その雄叫びは明らかに暗い雑木林の斜面から聞こえてきていた。

こらっ。止まれっ！

あいてて っ！

見えねぇぞっ。

さらにやや近くなった無数のわめき声が、桟橋まで響き渡ってくる。思わず柿沢を振り返った。柿沢は思い切り顔をしかめている。

「あのバカ、よりにもよってやつらを引き連れて戻ってきやがった」

「どうする？」

「とりあえずエンジンをかけろ、グズグズしているヒマはない」

「だが、テープを持ってきていなかったら途中で沈没するぞ」

「それでも島のどこかには移動できる」柿沢は早口でせかせかと返す。「そこでもう一度作戦を練る。いいから早くかけろ！」

桃井は素早くボートの後部に回りこみ、船外機のスターターの紐《ひも》を引いた。一発でエンジンが目覚め、高らかな排気音が周囲に木霊《こだま》した。

　おうっ、何か聞こえるぞ！

　ふねっ、船！

男たちの声。斜面の中腹辺り。

直後、桟橋の袂の茂みが大きく揺れ、黒ずくめの男が飛び出してきた。アキだ。思わず桃井は声を上げた。

「持ってきたか？」

桟橋の上を一足飛びで駆け抜けてきながらアキが大きくうなずく。ついボートに飛び乗ろうとした桃井を、柿沢が手で制す。

「なんだ？」

「空気が抜ける。穴を閉じるのが先だ」柿沢が答える。「それから三人揃ってボートに乗り込む」

　思わず舌打ちする。道理だ。だが、その間にヤクザたちが追いついてきたらどうする？

　直後、波飛沫《しぶき》の音が弾けた。

「持ってきた！」

　アキが膝下の水面を搔き分けながら近づいてきて、テープを投げる。柿沢がそれを片手で受け、素早くその表面を剝《は》ぐ。適当な長さで破り捨て、ボートの縁に貼り付ける。

いたぞ！

あそこっ、桟橋！

その声に背後を振り返る。数人の浴衣姿がくっきりと浜辺に浮かび上がっていた。

「乗れっ」

柿沢が叫んだ。アキと共にボートに飛び乗り、桃井はスロットルをひねる。動き始めたボートに柿沢が身体を滑り込ませる。

もう一度後ろを振り返る。

男たちが桟橋の上を進んできている。ボートがゆっくりと浜を離れ始めた。さらにスロットルを開ける。波飛沫が飛ぶ。五メートル。十メートル——。

「こらっ。戻ってこんか！」

桟橋の突端まで来た男が怒号を上げた。

あほう。誰が戻るか——桃井は思わず笑い出した。桟橋がどんどん遠くなってゆく。

その突端に押し寄せてきた男たちが盛んに罵詈《ばり》雑言《ぞうごん》を並べ立て、地団太を踏んでいる。

ボートの速度をさらに増し、洋上へと滑り出た。

——一安心。

あとはもう、網代《あじろ》の浜まで一直線だ。

ふと思い出し、アキを振り返った。

「そう言えば、あの女、どうした？」

「大丈夫だ」まだ荒い息のままアキは答えた。「よくやってくれた。たぶんやつらに疑われることもない」

桃井は少し笑い、うなずき返した。

18

初夏を思わせる陽光が、車窓に降り注いでいる。

ごみごみと立て込んだホテルやリゾートマンションの向こうに、時おり穏やかな熱海湾が垣間見えている。

スーパービュー『踊り子』。

五月の第一水曜——正午五分前。

アキは熱海駅のプラットフォームに降り立った。

改札口へと向かう地下通路へ下ってゆきながら、つい一週間前のことを思い出していた。

……網代の浜から東京へと戻る間中、柿沢はこんこんと説教をつづけた。

なんで割り当てられた仕事をちゃんとこなせない？

イメージングだ。おまえにはそれがない。

馬鹿丸出しだ。迂闊《うかつ》さ剝き出しだ。おまえのことだ。

こんな仕事のやり方で今後、どうするつもりだ。え？

そんな感じのセリフを機関銃のように並べ立て、アキのことを責めつづけた。柿沢は相当怒っていた。悪いのは分かっていた。だから黙って聞いていた。

だが、そのしつこさには、正直ウンザリだった。


桃井のマンションに戻ってから、強奪金の分配があった。

総額は一億と七百三十五万——ボートの購入費、レンタカー代、ガスボンベ、高速代などの必要経費を差っぴいても、一億と六百六十万。

その純益のうち、桃井が企画料としてまず十パーセントの一千六十六万を受け取った。残りの九十パーセントを三人で山分けだ。一人分は約三千二百万——ナンバー不揃いの、警察に被害届の出ることのない裏金。

アキにとって初めての報酬——札束の山を目の前にして、つい笑みが漏れた。

が、柿沢がアキの分配金に手を伸ばし、百万の束を十個、横に取り分けた。

「え？」

「あの女に払う金だ」柿沢は言った。「おまえの儲けから差っぴく」

「えーっ？　おれだけかよ」

思わず不満の声を洩らしたアキを、柿沢は睨みつけた。

「おまえのミスだ。当然だろ」

桃井も軽い笑い声を上げた。

「ま、そりゃ道理だわな。最後の尻拭いだ」

「…………」

そして今、アキは地下通路をくぐっている。待っているあの女に金を渡すため、駅の改札口へと向かっている。歩きながら濃いブルーのサングラスをかける。

たぶん、あのヤンキー女はこう言う。

あんた、あん時は、うまくやったね。

そう言って笑う。

File

工藤正利（新宿・大久保公園のホームレス顔役……　Lesson 1『裏戸籍《ダブル・アイデンティファイ》』登場）
二〇〇五年一月、肺炎のため路上で死亡。無縁仏として処理される。

小林憲子（女性長距離トラッカー……　Lesson 2『試走《シェイクダウン》』登場）
二〇〇四年五月、未明の常磐高速道を運転中、先行の飲酒車輛を避けようとして中央分離帯に激突。死亡。

須藤正幸（柿沢のかつての仕事仲間……　Lesson 3『実射《ガンショット》』登場）
現在もコロンビアに在住。妻ハリメとの間に一子を儲ける。

柏木真一（池袋の暴力団幹部……　Lesson 4『予行演習《ジョブ・トレーニング》』登場）
二〇〇四年二月、組長を撲殺後、ブラジルへと逃亡。現在、消息不明。
なお、日本とブラジルの間では《逃亡犯罪人引渡し条約》は結ばれていない。

前田明美（コンパニオン……　Lesson 5『実戦《アクチュアル・ファイト》』登場）
現在も沼津に在住。弁当屋手伝い。新しいクルマを即金で購入。スズキのエスクード。

色はパールホワイト。残金はこっそり郵便貯金。

そして、アキ（本名・辻本秀明）……プロの裏金強奪仕事人を目指し、まだまだ修行中。

≪後日談≫

コパカバーナの棹師《さおし》……気取り

1

もう我慢できねぇ——。

だからぶっ殺した。

銃でもナイフでもない。素手で撲殺した。積年の鬱憤《うっぷん》を晴らした。死体をメルセデスのトランクにぶち込み、埼玉の飯能《はんのう》とかいうド田舎まで運んだ。いじけた灌木《かんぼく》の生い茂る山林に分け入り、叢《くさむら》の中に投げ捨てた。

あばよ、このカケス野郎——。

思わず笑う。

これで二度とピーチク囀《さえず》ることもねえ——野犬にでも食われちまえ。

せいせいした。

罪悪感はない。後悔もない。自首するつもりなどさらさらない。そんな殊勝な心がけなど、世の中の大半を占める抜《ぬ》け作《さく》どもに任せておけばいい。

おれには関係ねぇ。

大急ぎで豊島区までとって返し、囲っている女のマンションに行った。セックスだけが取り柄のバカ女。フェラチオとアナル舐《な》めが得意技だ。たぶん脳味噌がアイスクリームで出来ている。ベッド以外の場所ではどろどろに溶けまくっている。ハーゲンダッツのチョコミント味を毎日食う。おそらくは足りない脳味噌の養分補給だ。たはは。

だが、そんなこの低脳女が彼は好きだ。たぶん惚れている。

だから通帳を差し出して言った。

「この金を半分やる」残金は一千六百万。組に内緒でセコセコとためてきた彼の全財産。「これを持ってとっとと逃げろ」

「え、どういうこと？　シンちゃん」

彼は思わず顔をしかめる。

え、どういうこと？　よく分からない。シンちゃん——。

この女はいつもこれだ。およそ咄嗟《とっさ》の理解力というものがない。

だからたった今、事情は説明したろうが。

だが、この白痴と話すのもこれが最後だ。だからもう一度だけ、要点を説明してやる。

「いいか、おれは組長《オヤジ》を殺した。やがて死体が見つかる。警察や組のロクデナシどもはおれが臭いと睨《にら》む。アリバイを取られれば一発だ。だからその前におれはふける。この東京から逃げ出して、やつらの目の届かない土地へと逃げる」

女は蛙《かえる》のような表情を浮かべ、彼の話を聞いている。ちゃんと理解しているのかは分からない。

「で、問題はおまえだ。ここに残っていれば、おまえは間違いなく組のチンカス連中に捕まる。おれの居所を尋問された挙句《あげく》、散々に慰《なぐさ》み者にされる。臭いペニスを何度もナマでぶち込まれ、最悪は誰の子とも分からないガキを孕《はら》む。嫌だろ？」

女はうなずく。少しは理解しているらしい。

「でも、どうして別々に逃げるの？　一緒に逃げちゃダメ？」

　こんな場合ながら思わず彼は笑った。やはりこいつはバカだ。

「おまえ、犯罪者になりたいのか？　おれと逃げたら、たぶん逃亡幇助《ほうじょ》罪だぞ」

「逃亡ホウジョ？」

「人殺しを逃がす手伝いをしたということだ」と、説明してやった。「おまえは一人で逃げろ。そうすれば警察からは罪に問われない。事件の参考人になるだけだ。組の連中にしたって血眼《ちまなこ》になっておれを探すのは、この首を取ったやつが三代目を継ぐからだ。が、おれが捕まらなくても、半年もすればどうせ跡目《あとめ》は決まる。組は新体制になり、おれのことはうやむやになる。おまえの捜索もなくなる。そうすればおまえは東京に舞い戻ってきてもいい。言っている意味、分かるな？」

「うん」

「おまえはまだ若い。その巨乳もある。男好きのする顔も持っている。また昔みたいに飲み屋に勤めれば、売れっ子間違いなしだ」

「でもシンちゃんは？　シンちゃんはどうするの？」

「おれはある場所に逃げる」

「どこに？」

「おまえは知らないほうがいい」

「……私がバカだから？　口が軽いから？」

　彼は笑ってうなずいた。

「おまえなんざ、警察の尋問にでもかかればイチコロだ」

女はぽかぽかと彼を殴ってきた。

「ひっどーい！」

「そう言うな」なおも笑って彼は言った。「これでお別れだ。最後ぐらい仲良く行こうぜ」

言った途端、不覚にも泣きそうになった。

おそらくこのバカは、一年もすればおれのことなどすっかり忘れちまう。またぞろどこかの与太者を咥《くわ》え込み、そいつのペニスを抜群のフェラテクでしごいてやるのだろう。ケツの穴まで舐めてやるのだろう。アホ面丸出しで喘《あえ》ぎ、涎《よだれ》をたらし、お下劣そのもののよがり声を出す……。

くっそーっ。口惜《くや》しさに気が狂いそうだ。腸《はらわた》が煮え繰り返る。

気がついたときには女を押し倒していた。嫌がる相手を無理やり組み伏せ、パンティーを剝《む》き、ペニスをぶち込んでいた。

がんがんに突きまくってやる。

やがてヴァギナがぺしょぺしょと卑猥《ひわい》な音を立て始めた。

うぅ。

と、女が吐息を洩《も》らす。

シンちゃん、気持ちいい。

そう言って彼にしがみついてきた。半開きになったその間抜けな口元が、とことん劣情を誘う。

……くそ。くそ。クッソー！

なんでこの女とおしまいなんだ？

なんでこいつとのセックスはもう出来ないんだ？

怒りに任せて舌を絡ませ、唾液《だえき》を吸い合った。太腿《ふともも》を割り、陰核にすっぽりと吸いつき、舌先で転がしてやった。女もそれに応《こた》える。睾丸《こうがん》から蟻《あり》の門渡《とわた》りからアナルまでを音をたてて吸い上げ、舐め上げてくる。

もう、汗まみれ唾液まみれ体液まみれの、色狂い丸出しだ。

ふたたび正常位で合体。子宮口まで届けとばかり、ずぶずぶと挿入する。突く。突く。突きまくってやる。ぬるぬるになった膣《ちつ》内の肉襞《にくひだ》が、ときおり彼のペニスをひくひくと締め付けてくる。その男根の表面をなぞる素晴らしい感触に、急激な悲しみに襲われる。

ああ。

一時の激情に任せたばかりに、おれは今、この大好きな淫乱《いんらん》を永久に失おうとしている——やっぱり泣き出しそうだ。

この女は阿呆《あほう》だ。が、おれはそれ以上の大馬鹿野郎だ。

くっそーお。

2

そしてこの日、彼――シンちゃんこと、柏木真一《かしわぎしんいち》は、ここに居る。

……到着するまでに一週間を要した。

新幹線に乗って東京を抜け出し、まずは九州の博多まで行った。博多から韓国・釜山行きの定期フェリーに乗り、そこから列車に乗って首都のソウルまで移動。ソウルからKE便のロサンゼルス行きを手配し、太平洋を横断。

ロサンゼルスからはグレイハウンドバスに乗り、二百キロ以上を南下して、メキシコとの国境の町・サンディエゴから越境。メキシコ最北端の町・ティファナへと入った。

さらにそのティファナから長距離列車で三千キロを南下し、メキシコシティへ到着。

そこからRG便のリオ・デ・ジャネイロ行きに乗り込み、赤道を跨《また》いで南半球にあるこの借金大国に到着した。

太陽とサンバの国――ブラジル。

日本を起点として見ると、二万キロを隔て、丸い地球のちょうど反対側に位置する。

ここに至るまで、彼は途中で三度、その足跡を消している。

警察はまだ彼が国内に居るものだと思っているだろう。東京から博多行きの新幹線に移動の痕跡が残らないのは当然だが、韓国行きのフェリーも、そのチケットに移動の履歴は残らない。

よしんば韓国に逃げたことを突き止め、さらにその韓国からアメリカに渡ったところまで追跡できたとしても、ロサンゼルスからふたたび彼の足跡は不明になる。自前のパスポートを使った逃亡手段としては、ほぼ完璧《かんぺき》に近い。日本のポリ公どもには当分の間見つけられないはずだ——思わずほくそ笑む。

そして発見されない間に、柏木には一つやることがある。

柏木は馬鹿ではない。少なくとも自分ではそう思っている。今日日《きょうび》のヤクザは単なる筋肉バカでは勤まらない。組織の幹部ともなれば特にそうだ。

コロンビア・マフィアとのコカの取引のため、恥ずかしながらスペイン語教室にも多少通ったことがある。日経ビジネスに目を通し、日経・朝日の二大全国紙も毎日かかさず読んでいた。

ある日の新聞の特集で、知ったことがある。

ロナルド・ビッグスという男の話だ。四十年前にイギリスで大列車強盗を起こし、ブラジルまで逃げてきた逃亡犯。が、このブラジルまで赴《おもむ》いてきたロンドン警視庁にいったんは捕まったものの、そのあとすぐに釈放された。本国イギリスへは強制連行されなかった。

何故か？

実はこの男、そのブラジル滞在中に現地人女性を孕《はら》ませていた。ブラジル政府は国内で生まれた子供の扶養義務を持つ者に対して、その国外への強制連行を認めていないということだった。

いわゆる不逮捕特権だ。

（へぇ。こんな抜け道もあるのか……）

そう思った記憶がある。

組長を殺した直後には、その記事のことを思い出していた。

だからこの南半球随一の観光地（リオ・デ・ジャネイロ）まで、一目散に逃げて来た。

リオ・デ・ジャネイロは、人口六百万を超える大都会だ。複雑に入り組んだ美しい入り江を無数に持っている。中心地《セントロ》のメインストリートであるリオ・ブランコ通りやプレジデンテ・バルガス通りには高層ビルが建ち並び、その風景をコルコバードの丘という標高七百十メートルの高台から遠望すると、一つの巨大な摩天楼を形成しているのが分かる。

都市の規模といい、街並みが海岸沿いの岩盤上の狭地にびっしりと集約されているところといい、かつて柏木がヤクの密売で何度も訪れた香港《ホンコン》に似ている。

そしてこの都市の南に位置する海岸部——レーメやイパネマ、レブロンの海岸通りには、カラフルな衣装を身にまとった女性が溢《あふ》れ、リオっ子《カリオカ》たちの陽気な笑い声がこだまし、オープンカフェのレストランからは、サンバの躍動的なビートやボサ・ノヴァの軽やかな旋律が流れ出ている。

その中でも、極楽トンボ丸出しのブラジリアンがわんさと集まってくるこのコパカバーナ海岸にホテルを取った。

ここなら尻軽なブラジル女がきっと捕まる——ロナルド・ビッグスという男の先例を、

そっくりそのまま真似するつもりだった。

（なに、ガキさえ孕ませればこっちのもんだ）

そう高を括《くく》っていた。

極道者の命など一般人に比べればはるかに軽い。時効までせいぜい六、七年というところだろう。メルセデスを叩き売った金とあわせ、現金は九万ドルほどある。この国のド田舎にさえ引っ込めば、一年に五千ドルもあれば余裕の暮らしだ。時効になり、日本に戻るときにはその残金を女とガキに呉《く》れてやればいい。

やはり、完璧だ――おれはアタマがいい。

少なくとも滞在初日は、そう鼻息荒く思っていた。

が、そのコパカバーナ滞在も三日になり、五日を過ぎ、そして一週間が過ぎようとしている。

「…………」

今日も柏木は、朝からホテルを出た。

さんさんと降り注ぐ太陽のもと、潮風の吹き付けるアトランティカ大通りをぶらぶらと歩く。砂と波飛沫《しぶき》が漂う波打ち際――その遥《はる》か向こうに、レーメの丘がうっすらと煙って見える。

「…………」

つい、ため息をついた。

柏木はようやく自分の思い違いに気づき始めている。

（マズッた……）

このコパカバーナの海岸には、彼の目的に合う尻軽女など、どうやら居そうにない。

日中にこの界隈《かいわい》を歩いている人間など、男も女もその大半が腹の突き出たリタイヤ組……つまり彼の言葉でいう〝死に損ない〟だ。ヨタヨタとした足取りで、ダックスフントなどを連れ歩いている。

かといってビーチに屯《たむろ》する若い男女たちは、そのほとんどが外国人観光客か、地元民でもこの国のいわゆる富裕層に属している連中らしい。平日の昼間からビーチバレーや波乗りに興じる彼ら……考えてみれば金持ちにしか出来ない時間の遣い方だ。

彼らの社会的な身分や財産――柏木の規定によれば、金持ちとは失うものの多い人種のことだ。そんな女たちと仲良くなったところで、柏木のような流れ者のしかも異邦人には、なかなかナマではやらせてくれないだろう。妊娠させるなど夢のまた夢だ。

標的を切り替え、レストランのウェイトレスや屋台の売り子などを口説こうともした。が、商売に忙しい彼女たちは、ポルトガル語も満足に出来ない柏木の誘いにはなかなか乗ってくれない。

加えて、このリゾート地での彼の格好もある。白いコットンパンツに編みサンダル、花柄の黄色いアロハにカレラのグラサンというスタイルで、コパカバーナの目抜き通りを肩を怒らせながら歩いている。

対して海岸を闊歩《かっぽ》するリゾート客はすべて、短パンにTシャツ姿、ないしは水着姿という出で立ちだ。そんな中でジャパニーズ・ヤクザそのものの彼の格好は、異様なほど浮き上がって見える。よけいに警戒心を抱かせる。おまけにこの格好では気軽に砂浜に立ち入って行くこともできず、余計に気後《きおく》れする。

が、柏木としてはこの格好をどうしても維持せざるを得ない。背中には不動明王の紋々《もんもん》が所狭しと広がり、その極彩色の絵柄は二の腕と太腿の途中まで達している。若気の至りだ。痴《し》れ者《もの》丸出しだ。……だが、やはり隠さざるをえない。

結果、老人ばかりが群れる遊歩道を当てもなく歩く羽目となる。

それにしてもこのアトランティカ大通りの小便臭さはどうだ。雰囲気が、ではない。文字通り〝小便臭い〟のだ。

爺ィや婆ァの連れたペットがしばしばその舗道脇で糞便《ふんべん》を垂れる。結果、鼻の曲がるほどの臭気が辻々《つじつじ》に漂っている。

ったく、南半球随一の観光地が、聞いて呆《あき》れるぜ――。

そんなことを毒づきながら、ぶらぶらと足を進めてゆく。

コパカバーナの海岸は四キロに渡りつづいている。そこからさらにコパカバーナ要塞《ようさい》のある岬《みさき》を横切り、イパネマ海岸まで足を伸ばす。この海岸が約二キロ。気が向けばさらにその向こうのレブロン海岸まで行くこともある。距離にして往復約二十キロ。

十時ごろにホテルを出て、途中のカフェで何度かビールを引っかけ、適当なレストランでゆっくりと昼飯を食い、ぶらぶらとホテルまで戻ってくるともう夕方だ。

ナンパという本来の目的も忘れ、いつの間にか毎日の日課になってしまっている。

ちっ。

思わず舌打ちする。

この土地の女という女にまったく相手にされない自分……意気盛んにリオに乗り込んできたというのに、滑稽《こっけい》極まりない。

くだらねぇ——。

だが不思議と焦りはない。

ひょっとしたらこの能天気な太陽のせいかも知れなかった。お気楽さ丸出しのこの土地柄のせいかも知れなかった。

なに、ここで女をモノにできなくてもそれはそれでいいや。いよいよダメなら、また別の土地に移ればいい——そんなふうに呑気《のんき》に構え始めている自分がいる。

夕方近くになり、アトランティカ大通りをホテルへと戻り始めた。

街灯の灯《とも》り始めた遊歩道を行き交う、無数のジョガーや犬を連れた観光客たち。

その中に、あの女の姿を見かけた。

ここ数日、このアトランティカ大通りで必ず遭遇する。

いや、正確には女とはいえない。

チンポの立たない女性なんぞ、柏木は女の範疇《はんちゅう》に入れていない。言ってみれば、用なしになった性器をぶら下げた〈ヒト科メス〉といった存在に過ぎない。

この〈ヒト科メス〉は、明らかに日本人だった。

柏木は気づき始めていた。

この南米では、日本人観光客は一目見てすぐにそれと分かる。ひとつにはその絶対数が少なすぎるせいもあるのだが、どいつもこいつもいかにも高価そうな服を着て、ブランド物の靴を履《は》き、妙に生《なま》っ白《ちろ》い肌を晒《さら》している。浅黒い肌のリオっ子や小麦色に焼いた欧米系の観光客からは明らかに浮いて見える。

その肩肘《かたひじ》張った気負いが、乙《おつ》に澄ました雰囲気が、なんとも言えず貧乏臭く見える。貧乏なのではない。貧乏臭いのだ。

「…………」

一見したところ、このヒト科メスは、歳は四十代後半から五十代の前半といった様子だ。

だが、柏木にとって問題なのはその年齢ではない。五十を過ぎても色っぽい女は色っぽいことを（つまりチンポが立つということを）、かつて組織で水商売を統括していた経験から知っている。

つまり、どうにもその見てくれがいけない。まるで饅頭《まんじゅう》のような小太りの体型を包むのは、袖口《そでぐち》にフリルのついた花柄のブラウス、アコーディオンのような折り目のついた長いスカート……足元は白いソックスに、これまたエレッセの白いテニスシューズという出で立ちだ。はっきり言って最低の格好だ。最悪の体型だ。

おまけに子豚同然の丸い顔の上には、黒い日よけ帽がちょこんと載っている。化粧も冴《さ》えない。クレヨンのように眉《まゆ》を描き、頬紅《ほおべに》もこってりと載っている。およそ化粧をし慣れていないダサダサ女特有の過剰な厚塗り――そんな〈ヒト科メス〉が、このアトランティカ大通りをゆっくりと歩いている。目障りだ。風景のジャマだ。

と、その小さな瞳が、ちろちろと通りを行き交う若いブラジリアンを窺《うかが》っているのに気づいた。

は、はーん。

柏木は思わずニヤリとした。彼には分かる。ピンとくる。

ホストクラブに繰り出してくる中年女が、よくこういう目つきをしていた。

よりにもよってこの雌豚は、若い男をその目で求めている。あわよくばお近づきになりたいと内心では願っている。とんでもないホモサピエンスだ。

思わず笑い出しそうになる。

ばーか。このマンカス女——身のほど知らずにも限度ってもんがあるぞ。いくらブラジル男が好き者でも、おまえみたいな饅頭女を誰が相手にするかよ——。

その饅頭女とすれ違う。

一瞬、相手がちらりと視線を向けてきた。クレヨンの眉、おかめのような頬紅——正面から見ても、やはり間抜け面そのものだ。

うっ。

もう我慢の限界。

直後にはゲラゲラと笑い出していた。

3

その男とすれ違った直後、背後から馬鹿笑いが聞こえてきた。ぎょっとして思わず後ろを振り返る。

見るからに佞悪《ねいあく》そうな三十代の大柄な男——まだ高笑いをつづけながら大股で去ってゆく。

いったい何なのだと思う。が、直後には自分が笑われていたことをなんとなく悟る。

思わずむっとする。耳たぶまで赤くなってくる自分が分かる。

すれ違いざまに嘲笑《ちょうしょう》を浴びせながら去ってゆく。こんな失礼なことがあるだろうかと思う。

しかし何故自分が笑われたのかは分からない。不安に陥《おちい》る。昔からの癖……他人にどう見られるのかを異常に気にしてきた。ご近所での評判。町内会での我が家に向けられる視線……目立たぬよう、人と無用のトラブルを起こさぬよう、結婚後の二十五年をひたすら凡庸《ぼんよう》に努めてきたつもりだ。

短大を卒業後、自動車販売会社に就職した。夫とはそこで知り合った。典型的な職場結婚だ。相手のことを特に好きなわけではなかった。ただ、嫌いでもなかった。多少短気でがさつなところはあったが、それでも生理的な嫌悪感を催すタイプではなかった。

彼女は当時、二十五歳だった。職場内で行き遅れになりたくないという気持ちもあった。だから結婚した。結婚四年目までに子供が二人できた。両方とも娘だった。

が、どうやらその結婚生活は失敗だったように思う。

「…………」

彼女が三十歳のとき、夫は独立して商売を始めた。輸入中古車のディーラーだ。もともと家庭を顧みることの少なかった夫は、彼女や子供のことに輪をかけて無関心になった。

ある日、夫の上着から一枚の写真が出てきた。ポラロイド写真……明らかにラブホテルと分かる室内で、全裸の若い女が笑っていた。薄々は予想していたものの、現実のものになってみるとやはりショックだった。

しかし、そんな決定的な証拠を夫に抗議することもなく、黙って上着のポケットに戻した自分がいた。

今、もし離婚にでもなったら幼い子供たちはショックを受ける。心の中に永久に消えない傷を残す結果になる。

そう自分に言って聞かせた。

それに万が一そうなった場合、彼女には幼子を抱えて自活してゆく自信がなかった。

彼女はその失意の三十代を、飯炊きと洗濯、掃除、子育てのみに費やすこととなる。半径一キロメートルほどの生活範囲……世間というものから、時代というものからどんどん取り残されていかれるような気がした。

娘二人に手がかからなくなると、パートでもいいから勤めに出たいと夫に申し出た。夫は反対した。そんなもので得る稼ぎなど高が知れているだろうが、と。

何も、答えられなかった。

四十代になり、彼女はますます夫に相手にされなくなると同時に、中学と高校生になっていた娘たちからも次第に軽んじられることになる。

ある日、長女から言われた。

みっともねーんだよ、あんたは。

付き合っている男――カマロとかいう下品なアメリカ車に乗っている、高校中退のプー太郎。その彼氏のことで長女を問い詰めたとき、そう切り付けられた。

「そういうあんたはどうなんだよ。私たちをダシに使うのもいい加減にしろよっ。言い訳に使うなよ！」

何も、言い返せなかった。

それでも耐えた。言い訳といわれようとなんだろうと、次女が社会人になるまでは絶対にこの暮らしをつづけていくべきだ。

そして去年、長女につづいてその次女が社会人になった。

衝動を抑え切れなかった。もう、いいだろうと感じた。

――私の半生。恥辱に塗《まみ》れている。その不満と淋しさを、すべて食欲に肩代わりさせた。挙句、二十代前半の頃とは似ても似つかなくなった小太りの自分がいる。鬱屈《うっくつ》した気持ちが、私をここまで醜くさせた。

これ以上我慢していると、自分が壊れていくような気がした。

定期預金に二千万ほどの金が積んであった。会社の予備資金と、万が一のためを考えて将来のために貯めておいた金――。

「…………」

悩んだ挙句、その金を半分だけこっそり解約した。

解約した時点で、すでにパスポートと期日オープンのエア・チケットは手配していた。行き先はどこでもよかった。できる限り日本から遠い国。物価が安ければさらによかった。娘の昔使っていた地図帳を取り出し、ブラジルに決めた。半ばヤケになっていたこともある。

新婚旅行以来、海外には行ったことがなかった。だからターミナル駅にあった旅行代理店で、イチから海外旅行の手順を聞き直した。リオのホテルをあらかじめ手配してもらい、アドバイスに従ってシティ・バンクに口座を開いた。海外で現金を引き出すとき、一番便利だからだ。そこに、一千万を振り込んだ。

そして今、彼女はこの地にいる。

陽気な人間が息をする借金踏み倒し大国。噂《うわさ》には聞いていた。うまく説明できないが、そのイメージから醸《かも》し出される何かに、あやかりたいと思っていた。

ごくかすかな望み。ひょっとしたら、私もここで少し変われるかも知れない。違う世界を、肌で感じられるかもしれない。

それを知ることが出来たなら、どうせこのままの私の人生など、生きている価値はない。すぐに死んでもいいと秘《ひそ》かに思っていた。その何かを求めて、無意識にアトランティカ大通りを行ったりきたりした。

が――、
情けない。

その大事な何かの代わりに彼女の目を引いたのは、ビーチやカフェに屯する若いブラジル男たちの姿だった。コーヒー色の肌に浮かんだかすかな汗。滲《にじ》むようにして光っている。大胸筋の上にくっきりと浮き出た鎖骨に、眩《まぶ》しい若さを見る。気にするまいとしても、どうしても視線が釘《くぎ》付けになってしまう。

日本での家庭を置き去りにしてきた途端、そして母親という役割を放り出した途端、まるで何かから解放されたかのように発情している。恥ずかしい……。不毛だった結婚生活の二十数年間、彼女はひたすら読書に励んだ。ハーレクイン・ロマンスを手始めに、さまざまな恋愛小説を片っ端から読み漁《あさ》った。代償行為だ。心を文字で埋めようとした。そしてその読書傾向は、しだいにきわどい性描写のあるものに向かっていった。森真沙子。鳴海丈。団鬼六などを読みふけった。時には興奮して、誰もいない日中の台所やトイレでオナニーを始めた。オナニーしながら少し想像していた。

——いつか、私もこういう経験をすることがあるかもしれない。私だって、まだまだ終わりじゃない。

だから、ホテルを出てこの海岸通りを歩き始めるとき、いつもそこはかとない期待に胸を膨らませていた。

が、この毎日の日課も二日になり、三日になり、一週間が過ぎ、そして二週間目を迎えようとしている現在、その期待はゆっくりとしぼみ始めていた。

自分が無意識のうちに視線を向けてしまうブラジリアンたち。ある者は薄笑いを浮かべてすぐに顔をそらし、またある者はあからさまに顔をしかめて舌打ちをする。

まるで相手にされない。

わざわざ地球の裏側までやって来て、日本で夫と子供たちから受けていたのと同じような屈辱を味わわされている自分がいる。

孤独。

話す相手といえば、ホテルのフロントマンかカフェやレストランのウェイターに限られている毎日。しかもカタコトの英語と覚えたてのブラジル単語を使っての、たどたどしい会話のみだ。

彼女には分かっている。彼らが束の間《つかま》でも笑顔を向けてくれるのは、自分が金を払う側の人間だからだ。それ以外の理由はない。

早くも、くじけ始めている。

もう、日本に帰ろうか——。

ごくまれにそう思うこともある。が、そのたびに思い直す。

いや。

それはやはり嫌だ。私自身がなんにも変われないまま、このままおめおめと日本には帰れない。家族を含めて周囲の笑いものだ。それだけは絶対に出来ない。

鼻息荒く思う。

やはり、何かを経験しなくてはいけない。

自分が劇的に変われるような、なにか身を焦がす情熱のようなもの——それはたぶん、日本の熱海を百倍も大きくしたような、こんな一大観光地にはない。この南半球のもっと北部、赤道寄りの、よりディープなブラジルにまで足を踏み込めば、何か見つかるかもしれない。

……なんだろう。

けっきょく私は、まだしぶとく期待している。たぶんハーレクインのようなもの……馬鹿馬鹿しい。それでも、あきらめ切れない。このままでは、私はどんどん無意味に老いてゆく。

そう。ここまでやって来たからには、行けるところまで行ってみよう——。

岬の突端にあるコパカバーナ要塞の向こうに、太陽が沈みかけている。海霧に煙るビーチで、サッカーやビーチバレーに興じている若い男女。陽気な笑い声。甲高《かんだか》い嬌声《きょうせい》。

私とは無縁の世界。

やはり、ため息は出る。

五時過ぎにホテルに戻った。

海岸通りからひとつ奥の通りに入った場所にある、コパカバーナホテル・ミラゾル——一泊で百レアル（約五千円）。日本の旅行代理店から予約してもらったホテルだ。

日本でこの金額なら、せいぜいくたびれかけたビジネスホテルがいいところだろうが、ブラジルでは平均的な低所得者層の半月分の給料に相当する。目抜き通りにあるコパカバーナ・パレスホテルやメリディアン、マリオットに比べればやや格落ちだが、それでも充分に四星ホテルの質感や設備はある。部屋も真新しく、セキュリティにも問題がない。朝食もそっけないコンチネンタル・ブレックファストではなく、ちゃんとした食材を使ったバイキング形式になっている。ブラジルのホテルはここしか知らないが、それでも〝あたり〟だとひそかに思っている。

いつものようにロビーを横切ってゆき、奥のフロントに向かう。すっかり顔なじみになった小太りのフロントマンが、笑顔を見せながら鍵を手渡してくれる。

「ありがとう《オブリガード》」

「どういたしまして《デナーダ》」

営業用の笑み。営業用の物腰……私に対してではない。私の金に対して愛想を振りまいている。

心の中でため息をつき、エレベーターに向かおうと身を翻《ひるがえ》した、そのときだった。

不意に背後から肩をつかまれた。前触れもなく体に触れられることなど、ここ二十年絶えてなかった。

ぎょっとして思わず後ろを振り返った。

4

最高《エクセレンテ》――。

耳元で、満足げな吐息が漏れた。

………。

ちらりと枕もとの時計を見る。午後十時。一時間近くピストン運動をつづけていたことになる。組み敷いたままの混血女《ムラータ》から漂ってくるかすかな体臭。汗みどろの体。その肌の接している部分のべたつきが、空《むな》しさを伴う。

商売女との事後など、所詮《しょせん》はこんなもんだ。

柏木はかすかにため息をつき、その体を女から外した。

とっても良かった《ムイント・エクセレンテ》——。

もう一度、女がつぶやく。不意に柏木は笑い出したくなる。

おい、おい。

そんなに良かったんなら、さっき前払いした百レアル返せよ。

だが、口には出さない。黙ってその半身を起こし、タバコに火をつけただけだ。しらけた虚脱感。今さらながらに気づいて、コンドームを外す。しばらくそのままじっとしていた。

背中の向こうで女が身を起こし、服を着け始める気配が感じられる。

「☀☆▲♨」

女が何かをつぶやいた。振り返る。下はすっぽんぽんのまま、ブラだけを着けたムラータが、ニコニコしたまま片手を差し出している。

もう一度女がつぶやく。

「チップ」

「は？」

女の顔からほんの少しだけ、笑みが消える。

「チップ。ポルファボール」

このやろう――つい日本語で口走る。

「もともと込みで百だろうが」

その声音で分かったらしい。女の顔から完全に笑みが消えた。なおも片手を突き出したまま、カタコトの英語に切り替えてきた。

「タイム、ロング。スペシャルプライス」

かっときた。な〜にがエクセレンテ、だ。

「うるせえ。この売女《ばいた》」

気づいたときには女の二の腕をつかんでいた。ドア口まで引き摺《ず》るようにして連れて行き、残った洋服もろとも廊下に叩き出した。

「☂☆▲☄↯★☃！」

扉越しの女のわめき声。ドアを拳で乱打する音。笑い出しそうになる。

ばーか。ふざけんな。この安ホテルじゃ街娼《がいしょう》風情が廊下に半裸で突っ立っていたところで、誰もなんとも思わねえよ。

が、直後には思い直し、財布から十レアル札を抜き取った。あとあとしつこく来られると面倒だ――。ドアを開け、胸元に服を抱えたままの女に札を投げつけた。

「あばよ。二度とおれに声かけんな《ネバー・コールミー》」

女が答えるのも待たず、力任せにドアを閉めた。窓際のベッドまで戻り、ふたたび腰を下ろす。吸いさしのタバコを口に咥える。

気づくとドアの外が静かになっていた。シーツの上にある、残滓《ざんし》の入ったコンドーム。

……ふう。

時計を見る。十時五分——。

クサクサする。たまにはすっきりして眠りたいと、声をかけてきた娼婦を買った結果が、これだ。よけい逆効果だ。

よりにもよって、おれはなんであんな腐れ売女なんぞを買ってしまったのか。

実際、もっとレベルの高い女は通りにいくらでもいた。通り沿いにあるオープンテラスで一人晩飯を食っていると、目の玉の飛び出るような美しい街娼が無数にやってきて柏木に声をかけてきた。いつも断ってきた。

なのに、今晩に限って、どうしてあんな巨乳でもない、顔だってそこそこのムラータを買ってしまったのか。

つかの間、考える。やがて気づく。

……たぶん、場所だ。あのムラータは、アトランティカ大通りの外れのビーチ際に、ポツンと立っていた。暗い海を見たまま、ぼんやりと何かの曲を口ずさんでいた。軽く、そして苦いメロディ。

その佇《たたず》まいが、あのときのおれの何かとシンクロしたのだと思う。

つい苦笑する。

幻想だ。

風俗店を統括していたときの経験で分かる。だいたいどこの国でも、娼婦にマトモな女なんぞほとんどいない。たとえかつてはマトモだったとしても、肉体を売る商売の過程で、心が荒《すさ》みきってゆく。歪《ゆが》んでゆく。

この二週間、完全に一人きりで行動している自分。心が少し弱くなっているのだと気づく。

くそっ。

――やはりクサクサする。自分にムカつく。

えーい、このまま寝るのはやめだ。

手早く服を身に着け始めた。鍵を手に持ち、部屋を出る。タイル敷きのそっけない廊下。しかも壁の電灯がひとつ、切れかけている。一泊三十レアルの安ホテルでは文句を言えた義理ではないが、やはりブラジル人はだらしがないと思う。

薄暗いロビーを抜け、外にでた。生暖かい夜風が体に吹き付けてくる。通りの向こう側の電気屋。その下りたシャッターの表面に、ソニー、パイオニア、ヒタチのペイント文字。

ふと日本を思い出す。

よく分からないよ、シンちゃん――。

少し、笑う。

おそらく今頃はどこかの場末のキャバレーで、あの巨乳を揉《も》まれながら客の相手をしている。

海岸通りに向けて歩き出した。

5

最悪《さいあく》——。

彼女は、かしこまって座っている。

海岸通りのオープンテラス。彼女のテーブルの対面に、若い女が足を軽く組み、腰を下ろしている。

「…………」

その茶髪の娘がメンソールタバコに火をつける。ちらりと彼女を横目で睨《にら》んだまま、口元から煙を斜めに吹き出す。その横柄な仕草同様、顔つきも生意気そのものだ。きつめのアイライン。細く跳ね上がった眉。

彼女の娘。長女だ。

今日の夕方、その肩を背後から摑《つか》まれ、振り返ったときには仰天《ぎょうてん》した。

私を追ってこの地球の裏側までやってきたのだ。

でも、どうして——？

だから聞いた。

〝何故ここにいるのが分かったの？〟

すると娘は吐き捨てるように言った。

〝あんたの行く旅行代理店なんて、すぐに見当つくよ。どうせ半径一キロのエリア内だもん。四軒目で当たり〟

それでもこの娘はそこまでして、私の行き先を心配してくれた。どころか、ここまでこうしてやってきてくれた。迷惑だと思う反面、やはり必要とされている嬉しさを感じた。

〝ごめん。何も言わずに出てきたりして〟

すると娘は、きっと彼女を睨みつけた。直後、洪水のような言葉が押し寄せてきた。

〝あったりまえじゃん！　あんたがいなくなったせいで、みんな大迷惑だよっ。あのバカ親父だって怒り狂ってるし、家の中だってグチャグチャだし、あたしだってクソ忙しいのに、こうして有休使って肩身の狭い思いしながらやって来たんだからさっ。もうっ！　家の中の面倒、誰が見んのよっ。洗濯は？　朝ごはんは？　掃除は？　ゴミ出しは？　アイロンかけはっ！　もうっ！　早く帰ってきてやってよっ！　まだバレてないからいいけど、近所にでも知られたらいい赤っ恥よっ！〟

その切りつけるような言葉――感じる。この子は、あたしのことを心配しているのではない。あたしの存在がなくなった結果の、利便性や体面だけを心配している。

役割のみの存在。その事実を、この地球の裏側まで来ても冷酷に突きつけられる。そして夫は、あたしがここにいるという事実を知りながらも自らはやって来なかった。おそらくは家族同士で連れ戻しに行く役割を押し付け合った。

心が軋《きし》み、急激に頑《かたく》なになるのが分かった。

そして今、彼女はその娘とテーブルに向かい合っている。あまりの居心地の悪さに、先ほどから背筋が猛烈に凝《こ》ってきている。

本当に最悪。そして憂鬱《ゆううつ》――。

吸い差しを灰皿にゴリゴリと押し付け、娘が口を開く。

「ねえ。さっきから黙ってないで、何とか言いなさいよ」

むっとくる。だいたいこれが、生みの親に対する口の利き方だろうか。だからそっけなく返す。

「何を？」

すると、さすがに娘は言葉に詰まったようだ。

「……何をって、こんなところまできて、これからどうするつもりだったのかとか、そういうことよ」

ふん。

腹が据《す》わってくる。関心もないのに、そんなことを聞いてどうする？

急にこの場を離れたいと思った。一瞬だけ、一人になりたい。自由になりたい。単なるあたしだけの存在に、なりたい。

「ちょっと、トイレ」言うなり立ち上がった。「荷物、盗まれないようにちゃんと見といて」

やや驚いたような娘の表情を視界の隅に捉《とら》えながら、すたすたと店内のトイレに向かった。

……しばらく個室の中でじっとしていよう。

6

夜の潮騒《しおさい》の音を聞きながらアトランティカ通りを半ばまで歩いてきて、その娘に目が留《と》まった。

柏木も何度か食事をしたことがあるイタリアレストラン――そのオープンカフェの隅のテーブルに、若い女が片肘をつき、つくねんと座っている。

おや、と思う。

日本人、か――？

そのほっそりとした肉付き。この能天気な風土ではついぞお目にかかれない、きりっとしたややきつめの顔立ち。どことなく男好きもする。つまりは柏木の閾値《いきち》以上――。

しかし観光にきた日本人にしては、どうも様子がおかしい。柏木がこれまで見たこのリオでの若い日本人は、まず十中八九が新婚旅行の匂いのぷんぷんとするカップルだ。

が、この女にはその雰囲気がない。

かといって、地生《ぢば》えの日系ブラジル人にも見えない。その白い肌合いやメイクの仕方が、やはり純ジャパを感じさせる。

どうする？

一瞬迷う。考える。もし日系ブラジル人なら、即、口説きモードだ。かりに純ジャパだとしても、この佇まいは観光旅行者のそれではない。おそらくは会社か政府関係のブラジル駐在者。それにしてはあまりアタマの良さそうな女には見えないが、なに、とりあえずかまうものかと思う。

口説き、ペニスをぶち込んで孕ませれば、あとはこっちのもんだ。その上で、ガキのためにこの国でのブラジル国籍を申請する。

とりあえずは行動に移り、出自を確認すること。それが先決だ。

背の低い植え込みの入り口から、敷地内に入っていく。手前のテーブルを次々と抜け、奥までゆっくりと進んでゆく。その娘が顔を上げ、ちらりと柏木を見る。が、すぐに視線をそらし、また頬杖《ほおづえ》をつき直す。

微妙。

一見して気のない素振り。が、柏木を捉えたその視線は、一瞬というにはやや長かったような気がしていた。コンマ五秒ほどの観察時間が、プラス。

つまりはその時間で、このおれの面構えをさらに観察した。コンマ五秒は、閾値を越えた者だけに与えられる再評価のアドオンだ。

あるいは、同じ日本人かもしれないという興味——。

よし。

女の場所からテーブルをひとつ挟んだ位置に腰を下ろす。カフェは二割ほどの客の入り。空いている。すぐにウェイターがやってきた。あのクソいまいましいセックスのあとで軽く腹が減っている。

「ブラウマ、ひとつ《ウン》。カルボナーラ、小さいやつ《ペケーニョ》」

そう言ってビールと軽食を注文した。ウェイターが去ってゆく。柏木はさりげなく娘を見る。女は頬杖をついたままだ。その対面の椅子には、女物のショルダーバッグがかかっている。女の二人連れ、と見当を付ける。

娘がこちらを一瞬うかがった。

ここだ――タイミング。ごく自然に、言葉が口をついて出た。

「あんた、日本人？」

直後、娘は少し警戒するような表情を浮かべた。柏木はさらに言葉を続けた。

「いや、ただ話しかけたかっただけだ。おれも日本人なもんで、さ」

そのくだけた口調にかえって安心を持ったのか、娘がかすかにうなずく。

「そうよ」

直感――外れ。最初の警戒心と、すぐにその警戒を解くこのゆるさ。こいつはこのブラジルの地に馴染《なじ》んでいない。つまり駐在者ではない。おそらくは単なる旅行者。

急速に期待がしぼんでゆく。

時間の無駄。一瞬席を立とうかとも思った。が、まあいい。ビールと軽食を頼んでしまった。どうせヒマなのだ。それを食ってからでも遅くはない。

女のテーブルを観察する。タンドリーふうのチキンの食べ残しと、豆の煮込み料理《フェイジョアーダ》も半分以上残っている。皿の上の、やがては捨てられる残飯。

ウェイターが先にビールを持ってくる。発泡スチロールの容器に覆われたビール瓶。

ブラジル人は何故か、半分凍りかけたようなキンキンに冷えたビールが大好きだ。だから、ある程度のレストランに入ると、その冷気を保つために必ず発泡スチロールの容器にくるんでくる。

「この国には、観光で？」

そのビールを一口飲み、柏木は聞いた。途端に娘は苦笑を浮かべ、ため息をつく。

「だと、いいんだけど」

「違うのか？」

娘は椅子にかかっているショルダーバッグに、軽く顎《あご》をしゃくった。

「言ってみれば、逃亡犯を捕まえにきたのよ。わざわざ地球の裏側からね」

一瞬ギクリとし、危うく腰を浮かせそうになる。しかしすぐに思い直す。

まさか、な――。

単なる比喩《ひゆ》だ。この女が国際刑事警察機構《インターポール》の職員とは、その雰囲気からして到底考えられない。

「で、その逃亡犯ってのは、こいつ」そう言って、もう一度バッグに顎をしゃくる。

「あたしの母親」

安心する。やっぱりな。そうだよな。そんなわきゃ、ねえ――。

ふと背後に人の気配を感じた。娘が低く言った。

「ほら。来た」

振り向く。こちらに近づいてくる小太りの影。ほっとした直後ということもあった。

気づいたときには、つい気安く口走っていた。

「なんだ、饅頭女か」

途端に〈ヒト科メス〉が憤然と口を開く。

「なんですって！」

思わず笑い出しそうになる。

なんですって、ときた。

いったいこの女は今が昭和だとでも勘違いしているのか。この言葉遣いだけでも、完全に時代から取り残されている。

が、実際にゲラゲラと笑い出したのはその娘のほうだった。

「うまいこと言うね、あんた」そう言って柏木に笑いかけ、直後にはまじめな顔つきに戻って饅頭女を見た。「早く座ってよ、母さん。まだ話は終わってないんだから、さ」

しかし母親はまだ屈辱に興奮冷めやらぬ様子だ。

「そんなこと言ったって、あんた、こんな男といつ知り合いになったのよっ」

「たった今」けだるそうに娘が答える。「たまたま近くのテーブルに居合わせただけ。いいから、座ってよ」

「だってあたしのこと、饅頭だなんて言ったのよ！」

「いいじゃん。人にどう思われようが」ますます面倒くさそうに娘が言う。「それより今は、もっと大事な話があるでしょ」

「…………」

しぶしぶ、といった様子で饅頭女が腰を下ろす。

しばらくしてカルボナーラがやってきた。それを食べながら、聞くともなくその親子の会話を小耳に挟んでいた。

どうやらこの饅頭女はそれまで築いてきた家庭をすべて放り出し、この地にやってきているらしい。しかも家の預金通帳の金を持ち逃げして。

柏木は口をもぐもぐさせながらも密かに思う。

やはりとんでもない〈ヒト科メス〉だ。そこまでしてこの地にやってきて、いったい何を得られるというのか。見るからに更年期を迎えた冴えない饅頭女になんぞ、誰も夕ダでは愉悦を与えてくれない。

今、横のテーブルで、娘もまさにそういう意味合いのことを言っている。

母さん、でもここでいったいどうするつもりよ？

こんなトコに一人でいたって、言葉も分からない、知り合いもいない、何も楽しいことなんてないでしょ？

わからない、と母親が答える。でも、あの家には戻りたくない。あの家にいたって、楽しいことなんてひとつもなかった。これからもない。

娘が言う。それでも、やがて飢え死にするよりましでしょ。路頭に迷うより、うんといいでしょ。

それに対して、再び母親が口ごもりつつも返す。

……でも、ただ生きていけるだけが、食べていけるだけが、人生じゃないわ。

うっ――。

思わずカルボナーラを噴き出しそうになる。いったいこの饅頭女のどこを押せば、こんな気障《きざ》なセリフが口をついてでてくるのか。

ばーか。このメルヘン中年女。てめえなんかそうして息をしていられるだけでもありがたいと思え。

必死に笑いをこらえる。それでも喉仏《のどぼとけ》がひくひく上下し、右手のフォークの先が震えている。

ぐっと下腹に力をこめなおす。

しばらくして、ようやく笑いの波動が去ってゆく。

母娘はまだ話し合いをつづけている。というか、言い分はお互いに平行線をたどっている。母親は娘の説得に一向に応じようとしない。素に戻った柏木は、再びスプーンとフォークを黙々と動かし始める。

ただ生きていけるだけが、人生じゃないわ――。

……そう、ね。

ため息が漏れた。

思い出す。二十数年前。だが、振り返りたくもない過去の出来事。

柏木は群馬の片田舎で生まれた。窪川、という冴えない町だ。人口は二千人に満たない。近所の住民のほとんどは農業や林業などの第一次産業か、あるいは地元の代議士が誘致してきた公共事業のおこぼれで食っている弱小建設業者とその従業員。そういう土地柄として、選挙の投票率はいつも九十パーセント以上だった。

誰もが地域の人間力学と無縁ではいられない。ド田舎特有の息苦しさ。当時、この地域に大きなスーパーマーケットなどなかった。毎日昼前になると、軽トラックを改造した移動販売店が町の役場前にやってくる。魚屋と万屋《よろずや》。近所の遊び友達はお互いに、それぞれの家庭事情を呆れるほどよく知っている。

あいつの父ちゃん、借金まみれだべさ。

おまえ、しょせん飲み屋の倅《せがれ》やろ。偉そうにすんな。

秋になれば空っ風が吹きつけ、冬にはベタ雪が積もる。ひねこびた世界。そこで、十六歳まで過ごした。

きっかけは十五のとき。笑ってしまうほど手垢《てあか》のついた理由だ。

ある日、移動販売の魚屋が突然やってこなくなった。同時に、柏木の母親も家からいなくなった。近所中大騒ぎになった。

柏木の母親は男を作って出て行った。魚屋の歳は五十。母親は三十七。

父親は役場に勤めていた。生真面目《きまじめ》一本やりの七・三分けの小男。

対して母親は、現在の柏木に骨柄《こつがら》の良く似た大柄な女だった。あまり物事に拘泥《こうでい》しない、陽気な女でもあった。いわゆる美人というわけではなかったが、子供の柏木から見ても、その顔の造作にはどこか男の劣情を刺激するものがあった。

口さがない噂話。耐えられない近所の視線。その世界に、置いてけぼりにされた自分。逃げ場所などない。

恨んだ。心底、母親を呪《のろ》った。三十七にもなってトチ狂った、大馬鹿女だ。色情狂だ——。

挙句、工業高校を中退し、逃げるように東京へと出てきた。

二度と思い出したくもない。死ねばいいと思っていた。おれを、あんな酷《ひど》い目に遭わせやがって。おそらくはマトモな仕事などない。あの五十男と、パチンコ屋や三流旅館の住み込みとして働くぐらいが関の山だろう。ざまあみろ。貧苦に喘《あえ》いで、とっとくたばっちまえ——。

だが、三十を超えたころから、たまに思い出すようになった。

明るく大らかだったお袋。

反対に、親父の顔を思い出す。息子の自分から見ても、陰気臭い、つまらぬ小男だった。およそ何も考えず、ただ息をしているだけの木っ端《こっぱ》役人——吹けば飛ぶような役場勤めなのに、チンケなエリート意識だけは人一倍。粗チン野郎だ。けっ——笑っちまう。

おれが女でも、あの男と寝るのはごめんだ。

だから、思う。

……お袋は、もし今も生きているならば、おそらく笑って暮らしている。経済的には全然楽ではないはずだ。だが、あんなショボい親父と一緒に暮らすより、はるかに後悔の少ない人生だろう。

少なくとも、そうあって欲しい。

死ねばいい。くたばってしまえばいい。

だが、今も生きていたら、どこかで楽しく暮らしていてくれたらいい——。

はっ、とわれに返る。ぎくりとする。

なんだ？

いったいおれは何を考えている？　ナニ自分ひとりで浸《ひた》ってるんだ。

笑い出したくなる。いったいおれは、健気《けなげ》な〝マルコ〟か。カルピスこども劇場『母をたずねて三千里』か。

馬鹿馬鹿しい。あまりのくだらなさに、膝《ひざ》にかけたナプキンを放り出したくなる。

と——、
不意に近くから驚きの声が沸《わ》いた。吸い寄せられるようにその声の方角を振り返る。

思わず柏木も目を瞠《みは》った。女の乞食が一人、ウェイターが押しとどめようとしているにもかかわらず、このカフェの敷地に入りこんでいた。こちらにゆっくりと歩いてきている。

まだ若い。若いが、実に醜い顔の黒人女だった。だが、それが問題なのではない。

彼女は妊婦だった。ボテッと大きくせり出した腹は、ボロボロのチビたTシャツからはみ出て丸見えだ。しかも、裸足《はだし》という有様だ。カソリックの国。だから先ほどのウェイターも、彼女を強引には止めきれずにいる。さらに女はゆっくりと近づいてくる。その腹と胸元には、以前にナイフか何かででも抉《えぐ》られたのか、大きな裂傷の痕《あと》が残っている。

薄ら寒いものを感じる。気になって横のテーブルを見る。例の母娘もいつの間にか言い合いを止め、あっけにとられてその女を見ている。

妊婦乞食は、柏木と母娘のテーブルの目前まで来て、不意にその足を止めた。薄笑みの張り付いたぼんやりとした視線が、柏木のテーブルの上と母娘のテーブルの上をさまよった。

よろり、とその踝《くるぶし》が母娘のテーブルに向かう。

呆然《ぼうぜん》としたままの母娘を前に、妊婦はボロボロの歯並びを剝《む》き出して初めて笑った。

その口から発した意味は、なんとなく柏木にも分かった。

お金は、恵んでもらわなくてもいい。

ただ、あんたが今食べ終わったその肉の骨をくれ。

そう言って、母娘の食べ残しであるチキンとフェイジョアーダの皿を指差してきた。

人間としての精神性もプライドも、そこには存在しない。

柏木はぞっとした。母娘もその圧倒的な現実を目の前に気圧《けお》されたのか、ついうなずいてしまったようだ。

女は皿の骨を手摑みにすると、柏木と母娘の目の前でそれをかじり始めた。骨にこびりついたほんの少しの肉片をいかにもうまそうにちゅうちゅうと啜《すす》り、フェイジョアーダの残り汁を指の先に付け、ぺろりと舐め、再びにんまりと笑った。

それからチキンの骨を片手に、よたよたと去り始めた。周囲の嫌悪と好奇心剝き出しの視線も一向に気にならぬ様子で、植え込みの出口に向かってゆく。

出口を、抜けた。

その悪夢のような姿は、やがてアトランティカ大通りの暗闇に呑《の》まれた。

柏木は母娘のテーブルを振り返った。

女二人は強烈な毒気にでも当てられたかのように、まだ惚《ほう》けた顔をしている。

「おい、あんた――」

気づいたときには勝手に口が動いていた。おれには関係ない。余計なお世話だ――そう思いつつも、振り返った母親の目を見て言葉をつづけていた。

「あんた、いつかああなってもいいっていう覚悟は、できてんのか？」

一瞬、母親は表情をゆがめた。だが、直後には、はっきりとうなずいた。

「出来ているわ」

嘘《うそ》だ。このメルヘン饅頭女にそこまでの覚悟があるはずがない。ごまかしだ。

だが、今うなずくことにより、少なくとも気持ちだけはその一線を越えた。柏木はうなずき返した。

「だったら、あんたの思うとおりにすればいい」

「ちょ、ちょっとナニ！」娘が憤然として口を挟んでくる。「おじさんさ、他人のことだと思って気安いこと言わないでよっ」

「ふざけんな」柏木は笑った。「けったくそ悪《わり》ぃ家族の体面だけで連れ戻す。この饅頭女のことなんざ、これっぽっちも考えてねえ。血はつながってても、てめえだって他人だろ」

娘がぐっと言葉に詰まる。

饅頭女は何故かじっと柏木の顔を見つめたままだった。

が、直後には立ち上がり、むすっと黙り込んだままの娘を振り返る。

「めぐみ。もう、帰りましょう」

おや？　その毅然《きぜん》とした物言い——先ほどまでの感じとは、少し違う。一歩柏木のテーブルに歩み寄ると、そのスタンドに差し入れてあった伝票を手に取った。

「私が、払います」

そう言って、店の奥を振り返った。ウェイターが足早にやってくる。彼女は財布を取り出すと、五十レアル札を取り出した。

つり銭を待とうともせず、饅頭女は出口へと向かい始めた。奢《おご》ると言ったわりには、一度も柏木のほうを振り返らなかった。

「母さん、待ってよ」

娘があわててそのあとを追いかけてゆく。母親を先頭に植え込みの向こうへと曲がり、闇へと消えていった。

柏木は、一人になった。

三分の一ほど残っていたビールで、カルボナーラの残りを胃袋へ流し込んだ。流し込んだ途端、げっぷが出た。

不意に笑い出したくなった。

コパカバーナの棹師《さおし》気取りが、とんだ説教野郎に早変わりだ。

……が、まあ、おかげで夜食もタダになった。今夜はこれでよしとしよう。

レストランを出て、アトランティカ大通りを横切る。海沿いの遊歩道へと出る。椰子《やし》の並木の下で戯《たわむ》れている宵《よい》っ張《ぱ》りたち。潮騒の音。電飾の眩しい屋台。冴えない老絵描き。嬌声を上げている売春婦。オカマの群れ。

それらの脇を通り過ぎながら、柏木は再び微笑む。

みんな、明日のことなど考えていない。

そう――この世界は、悪くない。

あるのは、満ちてゆく今という時間だけだ。

本作品はフィクションであり、実在の個人・団体などとは一切関係がありません

日本音楽著作権協会（出）許諾第1002480-001号

単行本　二〇〇四年六月　徳間書店刊
一次文庫　二〇〇七年二月　徳間文庫刊

文春文庫

定価はカバーに
表示してあります

ギャングスター・レッスン
ヒート アイランドⅡ

2010年4月10日　第1刷
2011年2月5日　第2刷

著　者　垣《かき》根《ね》涼介《りようすけ》
発行者　村上和宏
発行所　株式会社 文藝春秋

東京都千代田区紀尾井町3-23　〒102-8008
TEL 03・3265・1211
文藝春秋ホームページ　http://www.bunshun.co.jp
落丁、乱丁本は、お手数ですが小社製作部宛お送り下さい。送料小社負担でお取替致します。

印刷・凸版印刷　製本・加藤製本
Printed in Japan
ISBN978-4-16-768603-1

（　）内は解説者。品切の節はご容赦下さい。

大沢在昌
闇先案内人（上下）
「逃がし屋」葛原に下った指令は、「日本に潜入した隣国の重要人物を生きて故国へ帰せ」。工作員、公安が入り乱れ、陰謀と裏切りが渦巻く中、壮絶な死闘が始まった。（吉田伸子）
お-32-3

恩田　陸
まひるの月を追いかけて
異母兄の恋人から兄の失踪を告げられた私は、彼女と共に兄を捜す旅に出る。次々と明らかになる事実は、真実なのか――。恩田ワールド全開のミステリー・ロードノベル。（佐野史郎）
お-42-1

恩田　陸
夏の名残りの薔薇
沢渡三姉妹が山奥のホテルで毎秋、開催する豪華なパーティ。不穏な雰囲気の中、関係者の変死事件が起きる。犯人は誰なのか、そもそもこの事件は真実なのか幻なのか――。（杉江松恋）
お-42-2

小笠原　慧《けい》
サバイバー・ミッション
二〇XX年の東京で連続首狩り殺人事件が起き、捜査に当たる女性捜査官・麻生利津と人工知能Dr.キシモト。犯人が現場に残したカードの謎とは？　傑作サイコ・サスペンス。（大森　望）
お-43-1

太田忠司
月読
「月読」――それは死者の最期の思いを読みとる能力者。異能の青年が自らの過去を求めて地方都市を訪れたとき、次々と不可解な事件が……。慟哭の青春ミステリー長篇。（真中耕平）
お-45-1

垣根涼介
午前三時のルースター
旅行代理店勤務の長瀬は、得意先の社長に孫のベトナム行きの付き添いを依頼される。少年の本当の目的は失踪した父親を探すことだった。サントリーミステリー大賞受賞作。（川端裕人）
か-30-1

垣根涼介
ヒート　アイランド
渋谷のストリートギャング雅《みやび》の頭《ヘッド》、アキとカオルは仲間が持ち帰った大金に驚愕する。少年たちと裏金強奪のプロフェッショナルたちの息詰まる攻防を描いた傑作ミステリー。
か-30-2

（　）内は解説者。品切の節はご容赦下さい。

垣根涼介
サウダージ
故郷を捨て過去を消し、ひたすら悪事を働いてきた一匹狼の犯罪者と、コロンビアからやって来た出稼ぎ売春婦。ふたりは大金を摑み、故郷に帰ることを夢みた。狂愛の行きつく果ては——。（　）
か-30-3

加納朋子
螺旋《らせん》階段のアリス
脱サラして憧れの私立探偵へ転身した笘が、事務所で暇を持て余していた仁木の前に現れた美少女・安梨沙《ありさ》。人々の心模様を「アリス」のキャラクターに託して描く七つの物語。（柄刀　一）
か-33-1

加納朋子
虹の家のアリス
育児サークルに続く嫌がらせ、猫好き掲示板サイトに相次ぐ猫殺しの書きこみ、花泥棒……脱サラ探偵・仁木と助手の美少女・安梨沙が挑む、ささやかだけど不思議な六つの謎。（倉知　淳）
か-33-2

笠井　潔
魔
ストーカーや拒食症、家族崩壊など現代社会を揺るがす「魔」の正体に迫る私立探偵・飛鳥井。驚愕の謎解きと詩情溢れる文体が圧倒的な余韻を残す、ミステリーの最高峰。（小森健太朗）
か-36-1

香納諒一
贄《にえ》の夜会（上下）
《犯罪被害者家族の集い》に参加した女性二人が惨殺された。容疑者は少年時代に同級生を殺害した弁護士！　サイコサスペンス＋警察小説＋犯人探しの傑作ミステリー。（吉野　仁）
か-41-1

北方謙三
やがて冬が終れば
獣はいるのか。ほんとうに、自分の内部で生き続けてきたのか。私自身が獣だった。昔はそうだった。私の内部の獣が私になり、私が獣になっていた。ハードロマン衝撃作。（生江有二）
き-7-2

北方謙三
冬の眠り
人を殺して出所した画家仲木のもとに女子大生暁子が訪れる。仲木の心に命への情動が甦りその裸を描き、抱く。そこに奇妙な青年が……。人間の悲しみと狂気を抉《えぐ》り出す長篇。（池上冬樹）
き-7-6

（　）内は解説者。品切の節はご容赦下さい。

北方謙三
擬態
四年前、平凡な会社員立原の躰に生じたある感覚……。今や彼にとって人間性など無意味なものでしかなく、鍛え上げた肉体は凶器と化していく。異色のハードボイルド長篇。（池上冬樹）
き-7-7

北村　薫
水に眠る
同僚への秘めた想い、途切れてしまった父娘の愛、義兄妹の許されぬ感情……。人の数だけ、愛はある。短篇ミステリの名手が挑む十篇の愛の物語。山口雅也ら十一人による豪華解説付き。
き-17-1

北村　薫
街の灯
昭和七年、士族出身の上流家庭・花村家にやってきた若い女性運転手〈ベッキーさん〉。令嬢・英子は、武道をたしなみ博識な彼女に魅かれてゆく。そして不思議な事件が……。（貫井徳郎）
き-17-4

北村　薫
玻璃《はり》の天
ステンドグラスの天窓から墜落した思想家の死は、事故か殺人か――表題作「玻璃の天」ほか、ベッキーさんの知られざる過去が明かされる、『街の灯』に続くシリーズ第二弾。（岸本葉子）
き-17-5

桐野夏生
ファイアボール・ブルース
女にも荒ぶる魂がある。闘いたい本能がある。「ファイアボール」と呼ばれる女子プロレスラー・火渡抄子と付き人の近田がプロレス界に渦巻く陰謀に立ち向かう長篇ミステリー。（鷺沢　萠）
き-19-1

桐野夏生
ファイアボール・ブルース2
女子プロレス界きっての強者・火渡。彼女に憧れ、付き人になった近田。同期の活躍を前に限界を感じる近田のケジメのつけ方とは。人気シリーズの連作短篇を集めた文庫オリジナル。
き-19-4

北森　鴻
闇色《あんしょく》のソプラノ
夭折した童謡詩人・樹来たか子の「秋ノ聲」の〈しゃぼろん、しゃぼろん〉という不思議な擬音の正体は？　神無き地・遠誉野《とよの》で戦慄の殺人事件が幕を開ける。長篇本格推理。（西上心太）
き-21-1

（　）内は解説者。品切の節はご容赦下さい。

北森　鴻
顔のない男
惨殺死体で発見された空木精作は、交友関係が皆無の〈顔のない男〉だった。彼が残したノートを調べる二人の刑事は新たな事件に遭遇する。空木は一体何者だったのか？（二階堂黎人）
き-21-2

北森　鴻
蜻蛉《かげろう》始末《しまつ》
明治十二年、今をときめく政商・藤田傳三郎を襲った疑惑。明治政府を震撼させた藤田組贋札事件の真相とは。維新前後の激動の中で光と影の宿命を負った二人の友情と別離、そして対決。
き-21-3

北森　鴻
緋友禅　旗師・冬狐堂
古物、骨董品を扱う旗師、宇佐見陶子は、画廊で見たタペストリーに魅せられる。しかし作者は死に、作品は消えた。騙しと駆けひきの骨董業界を描く連作ミステリー。表題作など全四篇。
き-21-4

北森　鴻
深淵のガランス
画壇の大家の孫娘の依頼で、いわくつきの傑作を修復することになった佐月恭壱。描かれたパリの街並の下に隠されていたのは!?　裏の裏をかく北森ワールドを堪能できる一冊。（ピーコ）
き-21-6

黒川博行
封印
大阪中のヤクザが政治家をも巻き込んで探している〝物〟とは何なのか。事件に巻き込まれた元ボクサーの釘師・酒井は、恩人の失踪を機に立ち上がった。長篇ハードボイルド。（酒井弘樹）
く-9-4

黒川博行
カウント・プラン
物を数えずにいられない計算症に、色彩フェチ……その執着が妄念に変わる時、事件は起こる。変わった性癖の人々に現代を映す異色のミステリ五篇。日本推理作家協会賞受賞。（東野圭吾）
く-9-5

黒川博行
文福茶釜
剝いだ墨画を売りつける「山居静観」、贋物はなんと入札目録「宗林寂秋」、マンガ世界の贋作師を描く表題作「文福茶釜」など全五篇。古美術界震撼のミステリー誕生！（落合健二）
く-9-6